坐聽青蛙跳水聲

李長聲 著

www.cosmosbooks.com.hk

書　　名	坐聽青蛙跳水聲
作　　者	李長聲
編　　輯	宋寶欣
美術編輯	楊曉林
出　　版	天地圖書有限公司
	香港皇后大道東109 -115號
	智群商業中心15字樓（總寫字樓）
	電話：2528 3671　傳真：2865 2609
	香港灣仔莊士敦道30號地庫 / 1樓（門市部）
	電話：2865 0708　傳真：2861 1541
印　　刷	亨泰印刷有限公司
	柴灣利眾街德景工業大廈10字樓
	電話：2896 3687　傳真：2558 1902
發　　行	香港聯合書刊物流有限公司
	香港新界大埔汀麗路36號中華商務印刷大廈3字樓
	電話：2150 2100　傳真：2407 3062
出版日期	2019年6月初版 ‧ 香港

前言

感謝「天地圖書」又給我一片天地，出第二本書。

書名叫《坐聽青蛙跳水聲》，和第一本《閒看蒼蠅搓手腳》同樣，仍然用日本的俳句，這回是松尾芭蕉的。聽青蛙跳水，坐聽還是臥聽不得而知，反正是閒着。俳句是消閒的產物，芭蕉將其比作「夏爐冬扇」。有閒暇，而且有閒心，正好寫俳句或者隨筆。芭蕉的《奧之細道》與《枕草子》和《徒然草》並稱日本三大隨筆。作為遊記，《奧之細道》不怎麼有趣，我喜愛的是他一路上吟詠的俳句。芭蕉行旅一輩子，以俳句為生，成就相當於我們的杜甫，後世譽之為「俳聖」。

我是來日本以後才愛上俳句的。以前在國內讀過一些俳句的漢譯，怎麼也讀不出好來。偶然翻閱哲學家梅原猛的書，讀到一段話，真有點振聾發聵的意思，便讀起俳句，漸漸讀出了興味，隱約觸及日本心。這段話如下：

日本人自古學中國文化，例如我們在中學時就讀過《史記》，學了杜甫、李白。普通日本人都知道一些《史記》的故事，能背誦一兩首杜甫、李白的詩。然而，中國知識人不想知

道日本的小説《源氏物語》，而芭蕉甚至連名字都不知道。可《源氏物語》是日本的優秀小説，和中國的《西遊記》《金瓶梅》不相上下。我認為，中國文學中最優秀的文學是歷史文學和詩詞，而日本文學中最優秀的是小説和詩歌。像我們讀《史記》或杜甫、李白的詩那樣，中國人也應該多讀點《源氏物語》、柿本人麻呂的和歌、芭蕉的俳句，卻根本沒有這種事。這樣的話，真正的日中文化交流是不可能的，也算不上真正意義上的日中友好關係。要真正知道日本，必須知道日本的文化；要知道日本文化，必須知道《源氏物語》、柿本人麻呂、芭蕉。

初讀這段話是昭和末年，從今年（2019 年）5 月 1 日起年號改為令和。其間的平成，可能是有史以來我們中國人最了解日本的三十年，很多人親眼所見，甚至親歷親為，所以梅原猛所感嘆的情況已經有很大的變化。《源氏物語》出版了幾種譯本，更不要説年輕人，尤其哈日族，雖然淨是從漫畫、影視得來的莫須有的印象或見識，足以把日本大叔問得丈二和尚摸不着頭腦。

「令和」二字是從《萬葉集》裏找出來的，拼湊在一起。凡事中國人要麼不知道，知道了可就不得了，好些人興奮得夜不能寐，替人家追根溯源，這年號也就逃不脱中國的古籍。想來他們那點知識無非從網上查來，便寫得如數家珍，當今世界上怕就怕這類評論家，外加標題黨。其實，日本人，首先是安倍首相，醉翁之意在於《萬葉集》是自家的，便擺脱中國古籍，

起碼做一個象徵，雖然用中國古典本來是他們的上千年傳統。哪怕把源頭尋到甲骨鐘鼎裏，也只能是中國人的自得其樂，好似阿Q的大拇指和第二指彷彿比平常滑膩些。誠如周作人所言：「日本文中夾着漢字是使中國人不能深徹地了解日本的一個障害。」

《萬葉集》是歌集，天皇家怡然當政的時代編纂，現存最古老，和歌的源頭在於此。和歌是貴族文化的傳承，而俳句起於民間，本來就是對和歌的脫離。有人說日本有三萬詩人（新詩），三十萬歌人，三百萬俳人。藝人搞笑作俳句，沒有作和歌的，足以見其俗。天皇家作和歌，不作俳句。每年正月皇宮裏舉行賽詩會，賽的是和歌，叫「歌會始」。據說興始於鎌倉時代，江戶時代天皇靠邊站，閒着也是閒着，幾乎年年搞這個活動。明治十二年（一八七九年）開始讓普通國民也參與，賦得作和歌（短歌），入選者進宮參加歌會始，與皇家同樂。有點像應制詩，出一個漢字為題，平成年間最後的題目是「光」。天皇家一言一行講究「型」，堪為日本文化的典範。從電視觀看，皇族女人們身穿一襲西洋式長裙，像是協商好，赤橙黃綠，一人一色，而民間人士的西裝或深藍或淺黑，女人穿淡素的和服，顯得更日本。皇太子妃感冒，未出席，也作了一首歌。明年歌會始她作為皇后蒞臨，大概上皇、上皇后就不再露面。應徵的作品有兩萬多首，從中選取十首，作者蕭立，專家朗誦，尾音拖得長長的。

時間能消磨或陶冶萬物，變俗為雅，俳句也早已自有其雅，可喜的卻是它依然活在民眾當中，如清酒雅俗共賞。芭蕉這首詠蛙膾炙人口，原文是「古池や蛙飛びこむ水の音」，我用它造了一個歇後語：蛤蟆跳進老池塘──噗通（不懂）。我寫不來自己不懂的事物，但怎麼才能懂呢？時常要反用陸游那句詩：紙上得來終覺淺，絕知此事要躬行。關於日本，即便是僑居久住，也不可能事必躬親，而書籍大都是現實的縮影，歷史的積累，知識的薈萃，或許比躬行得來的認識更可靠。這樣一來，抄書難免多了些，時而遭譏笑。那也不打算上下其手，把人家的東西改裝成自己的偶得或高見，這屬於「拾金不昧」吧。

目　次

從臉說起

　　臉是人體開天窗最多的部位，所以從繁體字來看，臉這個字似乎比顏更象形，但當代日本不使用它，只是用顏字，「過後盡開顏」的顏。

　　中國人旅遊日本，走在街上便有了遺憾：不聽他或她說話根本覺不出人在國外，面孔都一樣。再感嘆下去，可能是一通同文同種論。歐美人出現在日本電視上，話說得無論多麼流暢也一眼能看出非彼族類，而中國人要想當老外，就得把腔調弄得怪裏怪氣，說不定還是被當成他們在國外長大的後裔。

　　有個叫西尾幹二的，多年前出版了一本《國民的歷史》，書前附有二十多幅佛教造像的圖片，題為「日本人的臉」，說這樣的造像藝術，除了古希臘，滿世界沒人比得上。當時他組建「新歷史教科書編造會」，經常上電視，我不由地留意他的臉，發現那正是「豬頭小隊長」的長相，忍俊不禁，涉筆也貶損一言半語。說來也真怪，日本名人的尊容有幾張我特別看不上眼，如論客渡部升一，好像小時候那臉上總是大鼻涕過河，

留下了痕跡，顯得髒兮兮，其實他是「正真正銘」的富家子弟。偏巧這些人都歸為保守派，我的好惡便像是以政治面貌取人，實際上渡部之流的著書我向來用心讀。就照片所見，日本作家裏最難看的臉恐怕是松本清張，我卻很喜愛，那一臉的忠厚，可他在政治與社會問題上偏偏是倒向日共的。

日本人特別在意自己的臉。關於日本臉的文字記載，最早見於我們陳壽的《三國志》，說「男子無大小皆黥面」。穿衣戴帽，惟其臉裸露，或許心有不甘，便大肆塗抹。最誇張的是藝伎，把臉塗得慘白，並非像抹牆，而是塗成一片白白的鴨蛋形，然後點櫻唇，若細加端詳，竟頗有「巧笑倩兮，美目盼兮，素以為絢兮」的意思。影視劇裏武士總愛把斗笠或草帽壓得低低的，細作、盜賊就要將布巾繫在鼻孔下，而虛無僧的「天蓋」更像筐，兜頭蓋臉。大概在文明世界，只有日本的能戲還是帶假面表演。漫畫的大眼睛高鼻樑，恐怕也從小給日本人烙印以歐美人為美的劣等感。

日本人向來自詡凡事跟別人不一樣，世界上獨一無二。文化還好說，這張臉可怎麼說呢？也自有說法。編寫《梅脯與日本刀》大有名的考古學家樋口清之說，日本人的臉三百年一變，長臉變圓，圓臉變長。江戶時代臉就由長漸變為圓，貓頭貓腦的，到了明治維新那陣子又轉而變長，大有「入歐」之相。歐美臉不僅長，而且白，於是一個叫田口卯吉的文人鼓吹戴禮帽，曬不着太陽，不就白若歐美？看江戶浮世繪，畫的卻多是

長臉，莫非正因為現實中少見，才認為馬面最好看？但司馬遼太郎好像跟這個周期性唱反調，認為日本人的臉大概是始於大正末年，日見其圓。不過，「作家是一種蛀蝕人心的工作」（勞倫斯語），不聽也罷。可聽的是專家的研究，據之，戰後幾十年，日本人的臉變化比較大，越拉越長。原因之一是食物越來越軟，吃軟飯無須咀嚼，長此以往就會像魯迅說的，下巴總要慢慢掛下，將嘴張了開來。多吃硬食能增強咀嚼肌，聽說餅乾之類的食品在包裝上也要標示硬度了。

日本人總捉摸自己的臉，究其原因，或許是困惑於不知道自己從哪裏來。最早在日本列島上定居的人被叫作繩紋人，臉像熊一樣圓，據說阿伊努人就是其劫餘僅存。大約兩千年前從大陸渡海而來的人叫彌生人，臉型橢圓，跟早已成土著的繩紋人混血，生下現代日本人的祖先，天庭飽滿，地閣方圓。把這三種人的臉混合，畫出日本人未來的模樣，像一粒松籽，下巴尖尖的，只怕連長牙的地方都不夠。

近年來女性時髦小臉，化妝仍不見小，乃至抽脂肪，動手術，全不管大東亞天成的骨架。平常與日本人接觸，每每也感覺他們像帶着假面。現任日中文化交流協會會長的辻井喬有詩吟道：尋覓／失落在假面／與假面之間的／我的臉孔。

擠眉弄眼

年年在報刊上看見七個發達國家的首腦或財政部長們一字排開的照片，日本人個頭兒怎麼也不夠高，表情也有些落寞，好像被人家勉強帶着玩的孩子。過去以為是説不來歐美語言之故，但宮澤藏相是精通英語的，所以，舉止神態的不同，到底是出於文化的差異。

看日本的漫畫或根據漫畫改編的電視卡通片，印象深刻，特徵之一是人物的身體瘦而長，眼睛大而圓，像西洋娃娃。看來經濟與漫畫相加，日本人才得嘗夙願，圓了脫亞入歐夢。

也許是日本藝術品造成的，在我的印象裏，日本人相貌的特徵之一是單眼皮。特別是假面具中的女面，那種單眼皮更給人以恐怖感。中國以雙眼皮為美，單眼皮就等而下之。女人整形美容，最多的是動刀再割出一層眼皮來，聽説後來又時興加厚嘴唇，想來也不無道理——眼睛畢竟只能看，即便是媚眼。有這樣一句諺語：夜裏看，遠處看，斗笠下面看——在曖昧的日本，看女人也看得曖昧，像電影上低垂斗笠，遮掩了「心靈

的窗口」。女人成群結隊跳阿波舞，用斗笠遮面，招搖雙手，個個都顯得嬌美。這美一大半是想像出來的。

12世紀前半的美術作品《源氏物語繪卷》上能看到一種很獨特的人物畫法，叫引目鈎鼻。畫出來的女性有唐朝美人的豐腴，眼卻是一條線，若開若闔，鼻是一個鈎，若有若無。簡簡單單，再配以長髮粗眉小嘴，生動而有趣。那時流行畫眉，把額頭抹得慘白，塗上兩塊墨豬，眼睛被一帶而過。

江戶時代（17世紀至19世紀中葉）的理想美人像就是浮世繪畫師喜多川歌麻呂畫的模樣，眼睛細細的。浮世繪是風俗畫，開創於菱川師宣，多是畫妓女和藝人。江戶中期有一個叫東洲齋寫樂的，他畫的藝人，眼睛小而圓，銀幕上的寅次郎就有一雙這樣的小眼睛。明治時代歸化日本的歐洲人小泉八雲給日本女孩看西方美人畫，她驚訝：眼睛那麼大。江戶前期的作家井原西鶴寫過好色一代男、女，用文字描繪江戶美人，卻是「目不好細」。

到了現代畫家竹久夢二（1884-1934）筆下，美人的眼睛大起來，這種夢二式美人風行大正時代，為大眾所喜愛。夢二是生活美術、商業美術的先驅，擅長表現時代的生活情感，像《黑船屋》抱着黑貓的女性，體態修長，大眼睛浸透哀愁，如夢如幻。

作為臉的構成符號，眼睛具有極其重要的意義。戰後漫畫的眼睛越畫越大，幾乎佔據一張臉的大部份面積，擠小了甚至

擠掉了鼻子和嘴的位置。長髮，巨大的黑瞳，還閃爍着十字或星星的光輝，是少女漫畫的特徵。把漫畫形象落實到現實當中，就常見電視上女優忽閃着大眼睛，水汪汪，亮晶晶。

黃毛與黑髮

上網搜讀，一段文字引起了興趣：「中國隊單從隊員髮型看，無論是正選還是後備，都傳統規範，既無貝克漢姆的雞冠式，也不見比堤的辮子裝，更不見中田英壽式的大金毛。國腳們形象很有中國的儒家正氣。」作者從足球談到文化，不屑於中國式「斯斯文文」，鼓吹拉丁文化的「野性」。我的興趣停留在頭髮上──中田英壽和隊友們的金髮紅毛。

2002 年日韓共同舉辦世界盃足球賽，日本隊踢得風頭正勁的時候，一個女初中生給報紙寫信，說：「隊員幾乎都染成黃頭髮，甚至有的人腦袋通紅。全世界都看着，還是請照顧一點兒生為日本人的驕傲，用黑髮凜然比賽罷，我覺得那才最帥。」

通觀人體，惟頭髮能隨意變化，美化乃至妖魔化，所以各色（膚色）人等，原始也罷，現代也罷，總是打頭髮的主意，千姿百態，便有了種種文化內涵。儒家認為髮膚是自然之賜，不可以隨意破壞，可惜這種順其自然的哲理後來被纏足給毀

了。日本人早先也剃髮。司馬遼太郎有一部歷史小説叫《韃靼疾風錄》，寫江戶年間一位格格從大陸漂流到日本平戶島，此地一向與浙江、福建往來貿易，藩主派桂莊助送她回去，借機刺探金國（史稱後金）。可汗努爾哈赤為製造假象，他背後有日本做後盾的假象，便厚待莊助，但格格因父親裏通明朝，也將被縊殺。莊助詭稱格格已嫁給自己，救下格格。皇太極即位，改國號為清。莊助隨軍出征，攻打北京城。在皇太極的大帳裏，司馬遼太郎編排了一個諸將議論剃髮的場面。女真人、蒙古人也剃髮，卻覺得日本武士的頭髮剃得很滑稽。蒙古人剃髮好似削鴨梨，頂部剩下的頭髮編成辮，而女真人剃得多，後腦勺留髮，編一條辮子。身穿明式錦袍的皇太極就此強調「捨小異，存大同」，共同去滅了蓄髮的大明。

日語裏「髮」和「神」的發音都來自「上」——神在天上，人的魂魄住在頂上的毛髮裏。八世紀的奈良時代，大和朝廷參考中國文物制度，認為剃髮是野蠻，予以禁止。像中國人一樣把頭髮在頭頂挽成髻，然後戴帽子，通常是「烏帽子」，望文生義，乃塗黑的帽子。到了戰國時代（大致為 1467 年至 1568 年），群雄割據，戰亂不已，作戰時頭髮擋眼又捂汗，於是把額上的頭髮剃掉，露出一片白地，狀如月亮，就叫作「月代」，如今在電影電視劇中很常見。額無「月代」，頭髮亂蓬蓬，不修邊幅，表示那武士沒有了主子，變成「浪人」。

關於月代的語源，黃遵憲當年聽來的説法（見《日本國志·

禮俗志》）很有趣。他說，《莊子‧馬蹄篇》有云：加之以衡扼，齊之以月題，所謂月題，馬額上當顱如月形者也，就是馬籠頭，因發音相近，日語誤「題」為「代」。亮出光溜溜的「月代」，當初不是用刀剃，而是一根根拔去。剩下的頭髮在頭頂上梳攏，或結成一束，撅在腦後，或打成二折，髮梢朝前，讓西洋人怪訝「頭上架着小鐵炮」。禿腦門無可表現，武士及面首把美的工夫全下在髻上。

後來有一個叫出雲阿國的巫女，傳說歌舞伎就是她開創的，好學男人樣，也在頭上結髻，領導時代新潮流。妓女們群起效仿，又搞出「島田髻」，發展到明治初年，髮型多達三百種。政府推行文明開化，於 1871 年下令剪髮。女人也跟風，卻遭到男人反對，但日式髮型不衛生，不經濟，不方便，終於讓位給西洋髮型。現在髮髻只殘存在相撲力士的肥頭大耳上，女人穿和服梳髻，大都是假髮。

陳壽《三國志》記載，古代日本女性是垂髮。日本人信奉的天照大神是太陽神，女，一頭黑髮。傳統以黑為美，以長而直為美。《古事記》裏記述一美女，讓應神天皇和太子（仁德天皇）都動心，叫「髮長媛」。平安時代的女人，直直的長髮從頭上披下來，再展開摺扇半遮面，男士就只能欣賞那一掛黑色瀑布。讓日本人形容，像濡濕的烏鴉羽毛，那是很光潤的。有一首古歌，女作者所作：早晨，男人走了（當時的習俗是男到女家過夜，早上離去），不知他今晚還來不來，不知關係能

不能長久，女人梳理着夜裏弄亂的黑髮，不禁感嘆「今朝黑髮亂我心，郎意應比黑髮長」。

16 世紀到日本傳教的弗羅伊斯給耶穌會打報告，比較日本與歐洲的民俗之異，寫道：歐洲女性很快就滿頭白髮，但日本女性到了 60 歲，由於塗油，依然是黑黑的。而且把眉毛統統拔掉，在額頭上方塗兩塊黑顏料。使頭髮發黑的油總發出惡臭，和頭髮灑香水的西洋女性的香味兒大不一樣。川端康成寫過《日本文學之美》，開篇就引用和泉式部、藤原定家的和歌，一女一男，千年前的兩位歌人先後歌吟了「黑髮」。上世紀初女歌人與謝野晶子刊行歌集《亂髮》，吟詠 20 歲女孩那驕人的黑髮為春天添彩。

大自然總不至於把人的臉色搭配錯。日本人或中國人染髮，黃乎乎的，看上去一臉模糊。臉缺少凸凹，由黑髮勾出輪廓，所以中國人自古擅長畫白描。從明治剪髮令到運動員染髮，歷時百餘年，日本人總算在頭髮上大有脫亞入歐之勢。他們打小看慣了漫畫卡通的長腿黃髮大眼睛，比中國人更接受洋模洋樣。巨人棒球隊老闆公然聲稱不歡迎染了一頭黃毛的球員入隊，但轉天就改了口：能抓耗子就是好貓，管他甚麼色兒。不過，到底又嘀咕一句：染黃染黑，算不上個性。有道是：敢將膚髮作一色，面目生來只二維，豎起峨峨雞冠子，但隨牛後滿場飛。

「入歐」的鬍鬚

　　跟西洋人相比，日本人鬍鬚只能算稀少。但我們中國人看來，他們毛髮重，平時油頭粉面，幾時不見就變了一個人似的，髭壓唇，髯絡腮，情不自禁地給他們一句：吃生的吃的。日本古時稱土著阿伊努人為「毛人」，類似我們的「胡人」之稱。中曾根康弘當總理的時候說：我也濃眉濃鬚，估計有不少阿伊努的血，這話被視為侵犯阿伊努人權。

　　亞當長沒長鬍子？有人說上帝造他的時候給安了鬍子，也有人說 NO，他偷吃了禁果才長出鬍子，那是原罪的記號。要說咱中國，盤古開天闢地，死後左眼為日，右眼為月，頭髮鬍鬚變成了滿天星辰。中國古書裏鬍鬚很常見，尤其是異人的特徵，而日本的神話傳說不大提鬍鬚，只有一個叫素戔嗚尊的神「八握鬚髯」，較為神氣。他是天照大神的弟弟，為神兇暴，曾渡到朝鮮半島拿來樹木，教導植林之道。鬚、髭、髯，這三個漢字在日語裏同音，一把抓，好像本來對鬍鬚就不大在意。陳壽《三國志》記述了倭人的髮型，未涉及鬚髯。可能我們的

三國時代很看重鬍鬚，關羽的美髯，曹操的割鬚，故事都流傳至今。宋人拂鬚也有趣，丁謂是寇準的門生，當官之後對寇老照樣畢恭畢敬，聚餐時羹汁弄髒了寇鬚，他趕緊起身拂拭，這就是溜鬚了。原始人用貝殼把鬍子一根根割去，掀開剔鬚歷史第一頁。日本各地出土的土偶很少見鬍鬚，但估計以六世紀中葉佛教傳入為界，之前任其生長，之後豈止鬍子，連三千煩惱絲也悉數斬斷。

　　鬍鬚是男人的標誌，進而是威嚴與勇武的象徵，所以日本到了戰國時代，武士橫行，以鬍鬚取貌，少了甚而被要笑，以至決鬥。一旦戰死沙場，嘴上沒毛，好頭顱也難辨男女，被丟到一邊。蓬蓬勃勃的大鬍子叫「鍾馗鬚」，而今日本過端午節還陳設這種人形，驅疫避邪。傳說出兵朝鮮半島時，幕府大將軍豐臣秀吉還戴上假鬍子耀武揚威。德川幕府禁止留鬍鬚，因為留鬍鬚是為了顯示厲害，而顯示厲害是為了打勝仗，有亂世之心。上自高官，下至百姓，除了老人、病人、特殊職業的人，禁止蓄鬚，一個個下巴光光，天下一統，歌舞昇平，鬍鬚變成了反叛與邪惡的象徵。

　　彼理，面白無鬚，率美國艦隊略加威懾，日本就趕緊洞開國門（1854 年），十四年後開始了明治時代。天皇歷代不蓄鬚，明治天皇學歐洲皇帝的樣，也留起鬍子。傳說由侍衛拾掇龍顏，理髮師教他使用剃鬚刀，卻到底不敢下手，只好任虎鬚枝蔓。此話不可信，因為照片上明治天皇有髭有鬚，兩腮精光，

顯然是剔過的。1895 年美國人發明安全刀片，就在這一年，李鴻章手捋稀疏的山羊鬍在日本下關春帆樓簽署了條約。重建的春帆樓是旅館，院內有一座日清媾和紀念館，桌椅一如當年談判時擺設，牆上有畫，畫上伊藤博文、陸奧宗光等人個個長腿瘦身，像少女漫畫的人物造型，比歐美人更歐美，滿臉鬍鬚。日俄戰爭以後軍人當中流行德國皇帝的八字鬍，兩端尖尖往上翹，但不曾有人達到西班牙畫家達利那般誇張。

　　説到明治時代的鬍鬚，黃遵憲是一個見證人。他在《日本國志・禮俗志》中記述：「近學西俗，以髯為貴。年三、四十，唇上頷下離離若竹，輒摩弄自喜。或零星不出，則設法藝之。其形如八字，以手拈之，使其末向上，作掀騰之勢。蓋東人西服，所未似者在此。得其似者，超越等流矣。」語含譏諷，這在二百首雜事詩中實屬罕見，把日本人「脱亞入歐」之態躍然於紙上。他的《日本雜事詩》也寫了鬍鬚：對鏡慚看薄薄鬍，時妝孤負好頭顱，青青不久星星出，間引毛錐學種鬚。這最後一句用了一個典故：男人不長鬍鬚，北齊的時候叫天閹，李庶就是這種人。富豪崔諶調侃他：「我教老弟種鬍子的方法罷，用錐子把臉上刺得到處都是孔，再插上馬尾。」李庶説：「這法子你還是拿回家用罷，等你種眉毛成功了我再種鬍子。」原來這崔諶家傳惡疾，被李庶反唇相譏。「青青不久星星出」，妙極，看電視上日本人扮滑稽相，腮幫子總是塗抹成這個樣子。

20 世紀是「不毛」的世紀，日本戰敗後也時興光面，但馬靴軍刀鼻子底下一小撮黑髭給中國人留下了太深的印象，至今記憶猶新。長聲短吟，嘆曰：天生毛髮偏多事，蒼狗白雲斬復留；種得一蓬食鬼草，便說脫亞入了歐。

腳氣文化

　　黃遵憲《日本雜事詩》詠的是雜事，但雜到腳氣，就實在有趣了。

　　清末，他作為中國第一批駐日使節在日本度過四年餘，曾見到一位日醫，善用水蛭治腳氣。此方為中國所無，那日醫便諄諄央求，日後作《雜事詩》續編務必把他補進去，為之傳名。黃遵憲真就給他寫了一首，曰：是何蟲豸竟能醫，藥籠同收敗鼓皮，搜得龍宮方外藥，補箋腳氣集中詩。或許身為廣東人，想到「香港腳」，特意為家鄉父老介紹一個海外偏方也說不定。不過，那方子似並無效用，所以日本人至今仍然為腳氣所苦。

　　日本人喜潔，這是全世界都不吝恭維的，甚而諷之為潔癖。乘車戴上手套抓把手，如果不是怕自己把病傳染給乘客，那就真有點潔癖，但一般來說，他們的喜潔還是在正常範圍裏。至於泡澡，已超出洗浴的層次，是一種療癒和享受，跟我們中國人泡腳差不多。早年住宿舍，晚上得便，總要從鍋爐房打來兩暖瓶熱水，一瓶倒進搪瓷盆，試探好一會兒逐漸把雙腳

浸到水裏，然後不斷把另一瓶熱水續進去，這就不屬於洗腳，而是當年的最高享受了，有益於健康。正因為是享受，經濟一發展，洗腳店滿街，用草藥泡，並施以按摩甚麼的，繁盛超過日本泡溫泉。上世紀80年代後半，整裝東渡，興奮之餘不禁為足下犯愁。因為聽說日本習慣是脫鞋進屋，像電影上演的，警察敲門，高倉健的杜丘趕緊從門口把皮鞋拎過來躲藏，而且赤腳奔逃，可以從人家門前偷鞋穿，那麼，他們的「靴下」、「足袋」應當聞不到氣味嘍。可當時中國興穿尼龍襪，臭氣撲鼻。事關國格，這可如何是好呢？走進日本，經濟繁榮到絕頂，適有新襪子上市，叫「通勤快足」，電視做廣告，賣點是「抗菌消臭」，我由是釋然，無復疑慮——日本人的腳也是臭的。

驚奇的是抗菌，抗甚麼菌？原來是巢居腳上的白癬菌，就是我們平常說的腳氣。瘴霧溽濕之地，容易得這種病，但是打赤腳，紮草鞋，生活得自自然然，問題不至於嚴重。在香港穿上了英式皮鞋，悶不透風，腳氣就大長特長了，叫它香港腳，明擺是西方生活方式病。日本把腳氣叫「水蟲」，1930年代刊行的辭書《大言海》解釋，這是跟水打交道的病，可見那時候普遍穿木屐、草履，患染有限。經濟高速度發展的1960年代，生活方式西洋化，人人都穿上西裝革履尼龍襪，臭氣熏蒸，腳氣叢生，竟蔓延為國病。「日本腳」當初多是上班族，女人們抱怨父親或丈夫髒，但近年來調查表明，穿長筒皮靴之類冬天也捂出兩腳臭汗，女人中間像軍隊一樣流行腳氣，為美

而病。婀娜多姿，二、三十歲的妙齡女郎半數長腳氣，大殺城市風景線。避孕藥、便秘藥、腳氣藥是她們的三大必備藥，當然藥廠也體貼女性羞恥心，腳氣藥裝潢得可以擺在化妝台上魚目混珠。

在美麗的日本，這個有點髒的問題之嚴重，致使報章發狠說，誰能發明根治腳氣的藥物，賞他諾貝爾獎都不多。這就有點怪。世界到處有腳氣，惟日本不治，怪在傳統文化與西方文化的結合上。日本人每每以保持傳統生活方式為傲，回家脫鞋，外出到處要脫鞋，而屋內地板、公用拖鞋、浴室毛巾等正好是白癬菌的媒介，焉能不互相傳染。朝鮮半島人也總是脫鞋活動，怎麼沒產生半島問題呢？這就怪到榻榻米。朝鮮半島不使用榻榻米，白癬菌無處藏身。日本有好些事物在世界上獨一無二，讓他們沾沾自喜，惟其「日本腳」羞與人說。不過，話又說回來，世界上或許還有更甚的腳氣大國，只是人們不把它當回事罷了。

櫻花開過了，再過兩個月東京便入梅，白癬菌知時節地活躍起來，電車上便貼滿腳氣藥廣告，一年一度。給日本人下定義，不妨這麼說：世界上最愛泡澡的、有腳氣的族群。樂顛顛旅遊日本，宿旅館，泡溫泉，小心沾兩腳白癬菌，其癢難熬。

日本與日出

日本有元旦看日出的習俗。

來到海邊，抻長了脖子遙望──女人穿和服，更露出蜷螬也似的項背──這時，或許他們就突然明白過來：原來太陽是從海那邊升起來的，日本並非日出處。「近日之所出」，把日本比附為湯谷、扶桑，說太陽從那裏噴薄而出，是中國人的古老意識。站在日本，東眺西望，太陽從別處升起，又落向別處，看來古日本人不曾用自己的腦子思想。

中國史書《隋書》有這樣一段記載：「大業三年，其王多利思比孤遣使朝貢，使者曰：聞海西菩薩天子重興佛法，故遣朝拜，兼沙門數十人來學佛法。其國書曰：日出處天子致書日沒處天子，無恙云云。帝覽之不悅，謂鴻臚卿曰：蠻夷書有無禮者，勿復以聞。明年，上遣文林郎裴清使於倭國。」

大概日本人沒有不知道「日出處天子」云云的，因為這幾乎是歷史教科書開篇第一章，如井澤元彥所言：「對那種中華思想的反感，跟中國平等的意識，能從記錄上第一次確認的，

就是這個聖德太子的國書。」井澤寫推理小說起家，專營「逆說」。「逆說」就是唱反調，人家說東，你就逆過來說西，只要膽子大，臉皮厚，再省力不過了。我以為，井澤們的說法固然長自家的志氣，情有可原，但那時候日本還處於學習外交的過程，哪裏就傲到跟大隋皇帝平起平坐的程度，怕不是徐福帶去三千男女，其後裔尚未回國留學，漢文也只能寫寫家書。

大業三年是公元 607 年，帝是隋煬帝。他的父親楊堅開國當皇帝，史稱隋文帝。《隋書》記載，隋文帝開皇年間的 600年，日本遣使來朝。「上令所司訪其風俗，使者言，倭王以天為兄，以日為弟，天未明時出聽政，跏趺坐，日出便停理務，云委我弟。高祖曰：『此太無義理。』於是訓令改之。」想來隋文帝聽了報告忍俊不禁，覺得日本太蒙昧未開，不得不予以訓令。日本確實就改之，603 年仿照隋朝制定冠位十二階，604 年頒佈十七條憲法。不再講以天為兄的故事，學中國那樣稱天子，不料又惹惱隋煬帝。中華思想認為天實行獨生子政策，豈能有二日。於是日本又改之，這回以和為貴，608 年遣隋使遞交的國書上寫作「東天皇敬白西皇帝」了。不過，這是《日本書紀》的記述，很可能後人雌黃。以自然現象、地理位置相稱，是因為當時日本連國名也拿不定。

隋煬帝對朝鮮半島征伐不已，以致亡國，是出了名的暴君，但是他對日本的無禮，只是「不悅」而已，何暴之有。話也不過說：以後外國來信中再有這樣沒禮貌的，不要拿給我

看。而且，第二年就派人出使日本。那時赴日乃畏途，後來菅原道真建議（894 年）停止向唐朝遣使，理由之一即渡海有生命危險。文化脫離了原始狀態，就考慮生命誠可貴。中國不曾造出個「倭郎自大」的典故來，或許與中國的四海之內思想有關。雖然早知道天外有天，大海深處大國小國多了去了，但我們中國人只願當它是神話，茶餘酒後，拊掌談瀛洲。把幻想變成現實，飛船往來，還怎麼寫「嫦娥應悔偷靈藥，碧海青天夜夜心」，大煞風景。在中國人的觀念中，天涯在海內，「海內存知己，天涯若比鄰」。四海之內的思想界限了中國人放眼世界、走向世界。到了唐代，日本終於按照中國人的意思改名叫日本，化外之地，武則天女皇也是取姑妄聽之的態度。「飲余馬於咸池兮，總余轡乎扶桑」（《淮南子》説日出於湯谷，浴於咸池），不過是文人之離騷。飲馬扶桑，還得是蒙古大軍，那位成吉思汗生長在草原，卻取名「海洋」。至於東方紅、太陽升，是中國人的現代情結，更不能拿來解説歷史。

對於日本人來說，大洋彼岸的美國才是日出處，好像這幾十年他們就是這麼想的。

富士山

　　來日本多年，多次上過富士山；第一次是自己想去，有一種中國人的不到長城非好漢的意思，後來變主動為被動，有朋自遠方來，不得不奉陪如儀。我們的泰山高 1,532 米，而蕞爾日本，在「大海之中，依山島為國邑」，高過千米的山有 586座，僅本州就有 451 座，首屈一指的是富士山。明治年間有個叫志賀重昂的，寫了一本《日本風景論》，名噪一時。他認為名山都是火山，當名山要具備兩個條件，一是山體由美術形狀與幾何形狀相搭配，二是走進山裏，景致多變。最美圓錐形，那就是富士山。確實，遠眺富士山，美的是那個幾何形狀，遠古中國人創造了海上有仙山的說法一定是看見了它。不過，形狀過於簡單，幾乎從遠近高低、四面八方看都一個樣，恐怕看多了思想也不免簡單化，不會有橫看成嶺側成峰那樣哲學。山高路險，以致有一個說法：不登富士是傻瓜，登兩次也是傻瓜。因為是火山噴發的堆積，真的登上去近瞧，滿地爐灰渣，不免煞風景。

時代不同了，偶爾從飛機上眺望富士山，見清末黃遵憲所未見。倘若從東京的羽田機場往西南飛，能看見頂上的火山口，冰雪消融，形狀像一個多褶露餡的燒賣。黃遵憲詠富士山氣魄宏大：拔地摩天獨立高，蓮峰湧出海東濤，二千五百年前雪，一白茫茫積未消。日本人也寫了不少漢詩，石川丈山的兩句最著名：雪如紈素煙如柄，白扇倒懸東海天。把宏偉的富士山形容成一把小扇子，似乎表示着他們誠然有一種凡事往小裏縮的民族性。至於中國人，日本人總愛說我們好誇大，不朽的例證是李白的那句「白髮三千丈」。從現實生活來看，日本人喜愛小東西，稱之「小」日本一點都不錯。中國地大物博（近來又聽說不太大，不算博了），人心就開闊，大大咧咧，容納百川，五族共和。但是就寫詩的手法來說，縮小和誇大是一回事，都屬於誇張。中國詩人也會極言其小，如毛澤東的「五嶺逶迤騰細浪，烏蒙磅礴走泥丸」。日本人每每寫漢詩便使出氣魄來，如「千年積雪擁蓬萊」（室鳩巢），「芙蓉峰上一輪高」（荻生徂徠），「誰將東海水，濯出玉芙蓉，蟠地三州盡，插天八葉重」（柴野栗山），雖然多是從中國的古典詩詞套來的。

　　富士，以前也寫作不二、富慈等，一說來自阿伊努語，是「火」的意思。此山是一座圓錐形孤峰，坐落在山梨和靜岡兩縣的地界。高 3,776 米，乃日本最高峰，雖然自古視之為名山、靈山，但當作日本國的象徵卻是在明治中葉以後了，旨在高揚民族主義。江戶時代浮世繪畫家葛飾北齋畫《富嶽三十六景》，

把富士山作為遠景配置在庶民生活的各種場面中，多姿多彩。昭和初年，到了橫山大觀的筆下，富士山被畫成神山，是對於皇家的崇敬。所謂兩千五百年，指的是日本人自詡建國的年頭，若從自然來說，現在的富士山誕生於五千年前。再三申請為世界遺產，但因其自然及文化都慘遭毀壞，始終未獲准。有一副照片，照的是冠雪的富士山下奔馳一列新幹線電車，四十年過去，至今仍然是日本的招貼畫。

追記：2013 年 6 月富士山終於被列為世界文化遺產。

首都

徒有虛名富士見，長龍掣電過荒川，

幾多精衛逞人力，展下桑田猶不寬。

　　　　　　——打油詩一首，詠東京，日本國首都。

近來東京街頭貼了一幅宣傳畫，可謂「攝影漫畫」：都知事石原慎太郎一手卡腰，一手倒豎大拇指，表示反對遷都。

在東京住了十多年，許多地方都不曾去過。想當年初來乍到，幾乎逢站就下去看看，那份熱情和興致不知不覺已喪失殆盡。到處都差不多，可想而知，不過爾爾，懶得再親口嘗梨子。東京有不少地方叫富士見，就是說站在那裏能望見富士山，現而今高樓蔽日，一般都難得看見了。1923 年發生大地震，東京夷為平地，有人寫打油詩：駿河町，能看見廣重看見的富士了。廣重是浮世繪名手，他畫的富士山是從駿河町的日本橋上望見的。如今我們見識的東京基本是 1964 年東京奧運會以後的面貌。

皇宮在哪裏，哪裏就是都城。東京作為首都的歷史只有一百多年。古代天皇即位，為擺脫舊政治勢力，振奮人心，總要把皇宮搬遷。公元 694 年引進中國的都城制度才停止了這種折騰。定都京都，長達千餘年。東京本來叫江戶，是幕府所在地。1867 年 10 月第十五代將軍德川慶喜見大勢已去，把德川家執掌了二百六十五年的大政還給了天皇。翌年，「維新三傑」之一的大久保利通敦促天皇走出深宮禁苑，「巡行國中，撫育萬民」，提出遷都大阪。他利用天皇巡幸之機，施行了一系列改革。9 月，明治天皇第一次巡幸兩個月前剛剛改稱的東京。1869 年 3 月天皇再次巡幸東京，從此不歸，東京就漸變為「帝都」。天皇後來也多次巡幸地方，安撫人心。

黃遵憲說日本「風俗，則都邑以輕佻豪俠自喜，流於侈靡，惟僻邑猶存樸實之風」。近來書店裏多了描述「日本並非均一」之類的書籍，像中國一樣，一方水土養一方人，他們也是各地有各地的裏性。我們感受的日本人氣質可能主要是東京人的。電影《男人真命苦》裏的主人公寅次郎是保留江戶人特色的典型人物。今天東京人多是極冷靜的合理主義者。他們討厭干涉別人，也討厭被人干涉。善於接人待物，但獨處時往往封閉在自己的世界裏。從地方來東京的人覺得東京人冷淡，不知道最新流行就要被看作鄉巴佬。其實，現在東京是五方雜處，「老東京」已經是少數。「新東京人」有三個特性：從地位看人，愛存錢，信息靈。

東京是日本的首都，但根據地方自治法，是與其他的道、府、縣同樣等級的自治體，所以不會像我們的北京那樣特殊，天子腳下，宰相門前，凡事打頭，預報天氣也先於各地，把小小老百姓養成大大壞脾氣。由於「一極集中」，東京已擁擠不堪，因此又有了遷都之議，不少地方都爭當首都，以致石原慎太郎當上東京都知事就貼出那幅宣傳畫。來去匆匆，越過攢動的人頭瞥一眼，覺得那姿勢很有點無賴，不由地想起小說《太陽的季節》，挺起男根戳紙屏，使他一舉成名……

東與西

　　日本全國性報紙之一《產經新聞》把晚報停掉了，但只是首都圈（東京都及其周圍七縣），至於近畿圈（京都、大阪二府及附近五縣）則一仍舊貫。為甚麼呢？該報的招牌專欄《產經抄》是這樣說的：其背景在於東與西的地域特性、生活方式，以致讀者的閱讀習慣有差異。例如，上班需要一個多小時，這在東京很平常，而大阪不少人只需要三十來分鐘。東京競爭激烈，上班族深更半夜才回家，沒時間看晚報；大阪人早早回家，有翻閱晚報的空閒。

　　閒看地圖，總覺得日本列島像一隻背對大陸蹲踞的狐狸，頭欹東北，尾垂西南，整個的地理走向大致為南北，但地處中央的京都與東京是東西相距。千餘年都城是京都，一路東去，就有了東海道的行政區劃，明治維新後江戶改名為東京。在傳統與文化上，日本人常常說東道西，即關東（首都圈）和關西（近畿圈），古時也稱作東國、西國，更寬泛就叫東日本、西日本。狐狸乾瘦，關東在腹部，關西在尾巴根上，似乎也只有

那一帶肥碩，談得上東西。當年駐紮中國東北的關東軍，其稱呼來自中國「關東州」（今大連一帶），與日本無涉，是侵略的印記。

16世紀有人寫《人國記》，記述日本「六十六國」的人情、風俗、氣質等。近年，有關「縣民性」（拿我國來說是省民的稟性）的書時見上市，尤其關於大阪的。社會評論家大宅壯一出生於大阪，他曾拿華僑作比，稱大阪人為「阪僑」。歷史小說家司馬遼太郎也是大阪人，他說，在東京生活有一種被按住腦袋的感覺，好像街上有頂棚，而大阪則沒有，但大阪街上好像有牆壁，遮斷了與外部的關係。關東武士造成的封建規範或審美對大阪人影響比較小，他們只談自己看得見摸得着的事，不守規矩不懼上，當兵最不行。跑長途的卡車司機越接近東京越緊張，一進大阪地面便鬆懈了精神，事故也就多。中國人來日本的多了，也有人寫北京人、上海人云云，幫日本人「分而治之」。或云上海人像大阪人，似不大確切，因為在中國，上海是可以與北京抗衡的一大文化中心，而當代大阪，不外乎漫畫、漫才（相聲）之類，或許在城市文化和大眾文化上更近於香港。

近朱近墨，和僑居關西的中國人接觸就覺出點異樣，可知本人隨俗了關東。東和西的習俗、文化的確有差異，例如語言，據日語學家大野晉說，以口語為中心劃分現代日本語，東西截然不同，東京人聽不懂地道的關西話。甚至連人也不同：從血

型來說，東多 B 型，西多 A 型；指紋是東多簸箕西多斗。走在街上，看麵館的招牌，關東多是「燒巴」（蕎麥麵），關西多是「烏冬」（切麵）。過年時關東吃鮭魚，關西吃獅魚。西船東馬，從九世紀末葉到十世紀，西日本「海盜」出沒，東日本「馬賊」縱橫。

雖然東與西的生活、文化、社會如此不同，但一般日本人都覺得，日本這個國度裏沒有爭鬥，沒有分裂，也就是中曾根康弘當總理大臣時公然聲稱的，日本是單一民族。這就是所謂「日本人意識」。尤其史學界，日本民族在語言、人種、文化上從來是均質齊一的，作為日本史特徵，是無庸置疑的共識，是一個默契。這樣一來，揭穿假象和神話的史學家網野善彥便屬於「異端」，亦即「另類」。他二十年前寫過一本《東與西講述的日本史》，近年又出版《日本是甚麼》，以廣博的資料為註腳，捭闔論難，顛覆定說與常識，試圖打破歷來確信人類靠自身的努力不斷進步的「進步」史觀，重新構結歷史框架。他認為列島東部與西部社會自古就存在差異，尤其是百萬人從朝鮮半島、中國大陸渡海來西部，擔負「彌生文化」，與東部的差異更為顯著，但這種差異不屬於先進或後進的發展階段性差異。大相撲比賽分作東西兩軍對壘，網野好似手執摺扇的行司（裁判），從東與西的對抗關係中縷述日本史。

所謂關東，指的是三關（鈴鹿關、不破關、愛發關，在今滋賀縣與三重、岐阜、福井諸縣交界處）以東地域。這是以京

都、畿內為中心的看法，關東被視為蠻荒之地。公元 935 年武將平將門割據關東，登基為新皇，然為時不久。後平將門戰死，新國家夭折，但東國民眾把他奉為英雄。12 世紀後半，源賴朝起兵，在鎌倉建立政府。他無視京都朝廷改元，豈止「空間」，而且要自主用年號支配「時間」。1183 年對朝廷講和，仍實際上掌握東國統治權。關西一詞這時出現在鎌倉幕府編纂的幕府史書《吾妻鏡》中，顯然是立足於鎌倉的指稱，而關東的概念也發生變化，指鎌倉幕府直接統治的地域。日本天上有兩個「日之丸」，一個是京都的天皇，另一個是鎌倉的將軍，狀態分裂，構造二重。日本的歷史從此以關東為中心發展，以致時期也是用鎌倉時代、江戶時代來劃分。如司馬遼太郎所言，日本人的生活文化、審美源自室町幕府，而倫理觀、現實主義源自鎌倉幕府。政權及制度的差異顯現在社會形態上，西日本是橫的地緣連帶，東日本是縱的主從關係。宗教也不同，西國信奉天照大神，東國祭祀鶴岡八幡宮。

網野善彥說：日本戰敗後，如果北海道、九州或者東日本和西日本等被分割佔領，並且在冷戰下像朝鮮半島那樣持續五十年，那麼，這列島上不要說兩個以上的國家，形成兩個以上語言、文化不同的「民族」也不能說絕無可能。

表與裏

　　日本狹長，陸地部份主要有四島；看地圖，有人說它像蟲，有人說它像弓，若扯上一根弦，咱大陸搭箭張弓，就射向大洋彼岸的美國。

　　弧形的弓把是本州，古時也叫作秋津島，是日本第一大島，居住着全國百分之八十的人口。它的西側是日本海，東側是太平洋，所以中國人冷眼向洋看世界，眼光要越過日本。日本海由日本、韓國、朝鮮、俄國環抱而成，上世紀 90 年代以來韓國和朝鮮起而反對以日本稱此海，要求改成東海甚麼的，但日本反駁，若沒有日本列島，這片海也就是太平洋了。對於我們中國人來說，日本海這個名稱每每與歷史事件相關，如今乘飛機往來於北京與東京，在它上空飛來飛去，便利之餘，飽覽這一片汪洋。我國離日本海最近的地方叫防川，聽說近年那裏建起望海閣，因日本海沿岸的大片領土被俄國霸佔，只能遠眺為樂。可能很多人不知道，中國仍然有經由圖門江進出日本海的出海權，或許有一天能順江而下，越海直

抵日本也説不定。

渡日本海而來，最近的是新潟。本州的中央山脈綿延，高峰迭起，有「列島的脊樑」之稱，從西伯利亞吹來的風雪受阻，都降在了日本海一側，太平洋一側就少雪。明治以後太平洋沿岸日益現代化，成為繁榮的表面，被稱作「表日本」，相對而言，日本海一側，主要是新潟、富山、石川、福井這幾個縣，則屬於「裏日本」，遠遠落後。以前也有人把日本分為「海洋性日本」與「大陸性日本」，大概前者為藍色文明，後者即黃色文明。明治初年「裏日本」還自詡富甲天下，全國更不見其比，但二、三十年過去，日益滯後，齊聲抱怨國家不援助「裏日本」建設像「表日本」的橫濱那樣的良港。表裏之説出現於1900年前後，反映了地方差別，自1960年代經濟高速度發展，表與裏的地方差別更明顯，但人們的神經更敏銳而嬌貴，恐有歧視之虞，不再堂而皇之地議論。

「穿過國境的長隧道，那裏就是雪國了」——「裏日本」是雪國，自然及人事都具有特殊性。據説「裏日本」靠山的地方在地球上雪最大，積雪壓垮屋頂的災難也時有發生，猶如雪地獄，但因為是祖輩的熱土，就還要住下去。「表日本」誕生了源賴朝、豐臣秀吉、德川家康等左右歷史進程的人物，而「裏日本」，神話裏的大國主命把天下拱手讓給了天照大神的孫子，淨是些失敗的人物。一方風土養一方人性，「裏日本」人具有共性：能忍耐，有毅力，質樸勤勉，左鄰右舍交往深，

政治上關心本地，不關心國家。當然也不是鐵板一塊，有這樣的說法：富山多賊，石川多丐，福井多詐。喜歡自己的家鄉富有人情味，新潟居全國第一。對當地生活的滿足程度是石川第一。本來有主張，但不利的時候就默不作聲，這種人富山最多。因為比起維持職業傳統的勤勉態度來，資本主義經營更需要創造新生活的志向，所以地方氣質也是在產業革命時期形成「裏日本」的因素之一。過於較真，出事自己擔待，也導致「裏日本」人往往把事情看得太重，容易走絕路，特別是冬天裏連陰飛雪，令人抑鬱，自殺者尤多。

已故田中角榮總理是新潟人，1976 年因受賄被捕，輿論糾劾他把國家預算變成囊中物，為家鄉謀利益。雖身陷囹圄，在家鄉選區仍然以最高票數當選議員，可見「裏日本」選民對國家政策一向傾斜「表日本」懷恨之深。當年田中角榮搞「日本列島改造論」，試圖解決地方差別，國道通到山村，但大路坦蕩，四十年來新潟縣人口四分之一以上外流，「表裏」更難以如一。

誰給起的名

　　釣魚島是中國的固有領土，卻常見報紙這樣寫：尖閣群島（即釣魚島及其附屬島嶼）。尖閣群島是日本的叫法，但也不全是，因為日本把群島叫諸島。自稱釣魚島之主，為甚麼用人家的稱呼呢？名從主人，例如漢城，我們跟着改口叫首爾，雖然有一點像砍你頭的意思。又如日本的新潟，嫌瀉肚的瀉不好聽，讓我們寫潟，我們便照寫不誤，其實，當初把瀉略為潟的是他們自己，跟中國繁簡字無關。既然以我們為主，即便是迻譯，也應譯作釣魚島及其附屬島嶼（日本稱尖閣諸島）。

　　名從主人，我們口口聲聲把敝國叫中國，而日本也用着中國發明的漢字，就該照用這中國二字。可是，偏有那麼幾個人，如作家兼知事的石原慎太郎、教授兼論客的渡部升一，言必稱支那。或許早先用支那一語是事出有因，但現今其用心無非教中國人聽來不舒服罷了，就只能情不可原。倘若我們把日本叫倭，大概也不懷好意。不過，這個國號雖然是中國給起的，可他們祖上畢竟使用過。

依照史學家網野善彥的見解，「日本國成立、出現以前，日本、日本人都不存在，這一國制之外的人們不是日本人」。中國史書《三國志》記載，日本、日本人之前是倭地、倭人。曾有百餘國，公元 57 年倭奴國遣使，後漢光武帝頒發了一枚金印。倭早就出現在中國古地理書《山海經》之中，屬於燕。後漢思想家王充說，周成王年間，倭貢獻過鬯草。倭人把自己叫 YAMATO（本義是山門、山外），但沒有文字，便冒認了這個國名。對外按漢字發音，對內用固有叫法，形成二重性。

《舊唐書》說「倭國自惡其名不雅，改為日本」，這倒也未必。《古事記》和《日本書紀》是日本現存最古老的兩部史書，前者撰述或用漢字的音，或用漢字的義，而後者純粹用漢文寫就。有一個傳說的英雄，《日本書紀》寫作日本武尊，《古事記》寫作倭建命，可見他們並不嫌倭這個字眼兒不好聽，而是大唐以己度人。日本二字，《日本書紀》中註明，讀作耶麻騰（YAMATO），跟倭是一樣唸法。日本人認為語言有靈，而文字終究是舶來品，就少了些心理因素和感情色彩。

日本這個國號不是中國給起的。《舊唐書》說得很明白：「日本國者，倭國之別種也，以其國在日邊，故以日本為名。」《新唐書》也說：日本使者自己說，國近日出之處，以此為名。而且，中國慣用詞語有日下、日邊，好像從不說日本。更早的《唐曆》（唐朝史官柳芳撰）也明明寫着「日本是倭國的別名」，但平安時代（八至十二世紀）朝廷上講讀《日本書紀》，

常有人質疑：這國名是咱日本自己起的，還是唐朝給起的？博士則斷然解惑：因為在日出之方，所以唐朝給起名叫日本。江戶時代有一個神道家大為不滿：說日本的國號是唐人給起的，表示從屬於唐。為甚麼叫日本？著有《古事記傳》的國學家本居宣長也認為，與日神信仰無關，乃是取地理位置之意。日本處在東夷之極，這是中國人自古的看法。「向東惟看日」（王維詩），遣隋使的日出處也好，遣唐使的日本也好，用的是中國觀念。至於日本國書寫日出處天子、日沒處天子，惹惱了隋煬帝，恐怕是因為天子只一個，日本哪裏配，當然教大隋天子滿臉濺朱。妙的是有人說，只有站在朝鮮半島上，才可以東看日出，西看日沒。

《新唐書》記載：唐高宗咸亨元年（670 年）倭國遣使來賀征服高麗，此後稍微學習中國話，就討厭倭這個名，更改為日本。對中國啓用這個國號是公元 702 年日本第八次遣唐。使船靠岸，當地人揚聲問道：你們從哪裏來的呀？船上答：來自日本。唐人就又說：以前大海裏有一個大倭國，人都很文明。日本史書《續日本紀》記這段史實蠻生動，自誇了一通，就算把國號由倭改為日本。未免有點像「物語」（故事），但中國替他們遺留了物證，是唐人墓志。碑主曾擔任春宮侍郎，「日本來庭」，正是這一幫人，他出面接待，還「共其話語」。

這時候的大唐，武則天廢了兒皇帝睿宗，親自登極，給兒子改姓，改唐為周。按說她對改變國號應該很在意，但「皇明

遠被」，人家大老遠地來朝貢，愛叫甚麼叫甚麼罷，名從主人。703 年武則天還在大明宮的麟德殿設宴款待了使節。皇上畫了圈，接受並承認新國名，到了臣子筆下就變成「武后改倭國為日本國」，對於自以為老大的唐朝來說也實屬正常。

日本學者研討從倭到日本的國號變化，即國家形成史，基本以《三國志》、《舊唐書》等中國史書的記述為框架。也就是日本列島上起初有很多國，互相兼併，最終形成日本國。他們往往把改變國號視為中國難以接受的事情，有意無意地藉以抬高日本敢於跟大國抗衡的形象，反倒令人覺得不過是一種小國心態。像我們愛說地大物博，他們愛說自己國小資源貧乏，聽來蠻「矜小」。就《舊唐書》所記來看，唐朝在意的並非改名問題，而是日本人「不以實對」，到底鬧不清，是倭國嫌國號不雅，改為日本，還是本來就有個小國叫日本，吞併了倭國之地，所以才「疑焉」，懷疑它來路不明。而《新唐書》記為倭國吞併了小國日本，襲用其國名，足見中國人被搞得稀裏胡塗。

2004 年在西安發現一塊碑石，赫然有「國號日本」四個字，又為日本的國號提供了物證。這是一個日本留學生，於唐開元二十二年（734 年）死在中國。名叫井成真，可能本來複姓，在中國簡略為單姓。他「強學不倦」，惜乎「問道未終」，年紀輕輕就死了，「春秋卅六」。形埋異土，魂歸故鄉。大唐皇上也哀輓，這皇上是唐玄宗李隆基。他還給遣唐使寫過詩，

日下非殊俗，王化遠昭昭云云。

　　唐史認為日本人「矜大」，到了近代，日本終於把國號定為大日本帝國，但我們偏叫它小日本，滿懷厭惡。現而今還把日本叫倭，或者叫小日本，好似呼光喊亮，就無非是未莊的閒人了。

馬‧洋馬‧騎馬民族

記得小時候唱過一首歌謠，「騎洋馬，挎洋刀」云云，馬是日本馬，刀是日本刀。最近看電影《鬼子來了》，導演兼主演的姜文玩幽默，銀幕上洋馬也別有一種安逸，日本兵騎在上面，挎一把洋刀。影片結尾是姜文的腦袋被洋刀砍了下來，看上去就像時興的激光扎耳孔一般無痛。

小時候只是在電影中見識過大洋馬，後來就到了徒傷悲年齡，有時也讀讀《三國志》甚麼的，才知道日本列島上早先並沒有馬。難怪日本人比中國人更愛讀三國，原來呂布馳騁赤兔馬、曹操感嘆老驥伏櫪的年月，他們的先人還不曾見識馬。不過，就今天來說，日本各地有關馬的祭祀活動那麼多，倒顯得中國人跟馬沒多少關係了。

原始馬只有狐狸大小，後來進化，脊背拉長了，而且跑起來不像貓狗那樣弓，正好給人當坐騎。馬的切齒和第一臼齒之間有豁口，大約公元前一千多年，比弼馬瘟聰明的人類發明銜，橫互在那裏，於是，前有銜轡，後有鞭策，一日而致千里。

馬是甚麼時候被帶進日本的，尚不得知。史書上記載，雄略天皇七年（463年）從朝鮮半島渡來的人當中有製陶的、織錦的、繪畫的、通譯的，還有一些做馬鞍的。聖德太子（574-622）給日本定下「和為貴」的國訓，他是在馬廄前面呱呱墜地的，所以叫廄戶，想來那時「日出處」總該騎上馬。過了一千多年，日本打敗中國北洋艦隊，耀武揚威地踏上大陸，這才發現胯下的馬比大清差遠了。第二年，1896年，明治政府趕緊在各地設立種馬場，改良日本馬。20世紀初和俄國打仗，再次感受日本馬差勁，內閣又成立馬政局，不許日本馬雌雄交配，一律用海外進口的英國純種馬、阿拉伯馬配種。十多年過去，日本馬體軀高大起來，脫亞入了歐。太平洋戰爭大敗時日本還有馬百萬，現今不過幾萬匹，大多數用於賽馬，剩下的吃肉。生馬肉鮮紅，切片造型，艷若櫻花，似乎比生魚還味美，但叫作「馬刺」，不免嚇友邦一跳。

日本人說道歷史，言必稱「記紀」，即《古事記》和《日本書紀》，是史書的古老之最，但也不過才古到八世紀初，中國《史記》已行世八、九百年。「日沒處」替他們記錄了八世紀以前的歷史，可不知為甚麼，266年邪馬台國向西晉朝貢，421年倭王瓚向南朝宋遣使，其間一百五十年，沒給人家記，以致日本史留下「四世紀之謎」。

陳壽在《三國志·魏志》中詳細記載了三世紀倭地（日本列島）的風俗習俗，比之於中國海南島。倭人黥面文身以為

飾，男人用一塊大布裹體，女人把布當中開一個洞，鑽出頭來，叫作貫頭衣。五世紀前半中國人畫的《職貢圖》中倭國使者就是穿這類衣服，確是東南亞式。但「記紀」所記述的大和文化卻迥然有異，屬於東北亞騎馬民族系統。掘地考古，出土的陶俑穿的是便於騎射的胡服，彷彿高句麗古墳壁畫上所見，而且五、六世紀的古墳裏隨葬的馬具和武器也驀地多起來。就是說，在一個多世紀的歲月裏發生了文化轉型，全盤「北」化，其原因何在？1948年考古學家江上波夫一鳴驚人，說那時候騎馬民族入侵日本，建立了國家。戰敗之初，百廢待興，凡事都易於標新立異，但此說還是新異得震盪日本，至今猶時有餘震。

所謂騎馬民族，我們中國人會想到匈奴，想到成吉思汗、努爾哈赤，古時候叫作胡，築長城萬里就是要擋住他們。江上所說的騎馬民族，意思很空泛，基本指遊牧在中國東北部的人群，特別是風俗和匈奴相似的夫余族。二世紀或三世紀，一撥夫余人縱馬南下，在朝鮮半島南端的任那立足稱王。三世紀末或四世紀初，任那王揮鞭渡海，佔領了日本北九州。這個任那王就是崇神天皇。按「記紀」的說法，崇神天皇是第十代天皇，名叫「御間城入彥」，從讀音上聯想，江上說「御間」即「任那」，意思是住在任那城的天皇。四世紀末至五世紀初，崇神天皇的子孫應神天皇（第十五代天皇）從北九州東征，在近畿建立了大和王朝。

江上把開國神話也拉來作註腳，使學說更具有故事性，引人入勝。日本多神，而且是雙層構造，一層是天神，住在高天原，其中天照大神即太陽女神是主神；另一層是土著的國神，比天神低一等。天照大神亦愛憐其孫，讓瓊瓊杵尊去統治地上。屬於國神的大國主命只好退隱，讓出自己辛苦建造的國土，於是，天孫拿着天照大神之靈的代用品——鏡子，帶領五位天神，降臨宮崎和鹿兒島縣界上的高千穗峰；從天上看，峰巔凹下去一個巨大的火山口。江上說，天孫就是騎馬入主的崇神天皇，他們把遠在天邊的故鄉美化為高天原。

　　江上波夫著書甚豐，我只翻閱了《騎馬民族國家》《學問‧夢‧騎馬民族》以及他與批駁他的佐原真的對談《騎馬民族來了 ?! 沒來 ?!》，興之所至，取一瓢飲罷了。1990 年刊行這個對談集時出版社做過問卷調查，有百分之四十的讀者相信江上說，而同意佐原所主張的「騎馬民族沒來過」的，還不到百分之二十。騎馬民族征服日本的說法很有點「夜闌臥聽風吹雨，鐵馬冰河入夢來」的趣味，但聽說專家之流大都持否定態度，因為文獻上連一點影兒都沒有。

天滿宮

　　中國人觀光日本，大都要驚訝神社之多，或許隨口便吟出兩句古詩：南朝四百八十寺，多少樓台風雨中。日本的地圖上，寺廟與神社的標示不一樣。據說，神社總計 19 萬，或雄偉，或破敗，或獨霸一方，或坐落在小巷深處。一言以蔽之曰神社，裏面供的神形形色色，最普遍的是八幡神、稻荷神、天神。八幡神掌管弓矢，是武道之神，有神社四萬多。稻荷神掌管五穀，神社三萬多。天神是文道之神，掌管學問，享祭天滿宮，約一萬多座。本來各有所司，但人事日繁而列神之數未見增加，所以，人類分工趨細，神們卻撈過界，管得越來越寬，商業昌盛，交通安全，考試合格，不分人種，不分語言，有求必應。

　　不說稻作弓矢，單說天神，卻是實有其人，即平安時代位居三公的菅原道真。他生於書香世家，年紀輕輕就當上文章博士。若把古今人物集於一堂，試以漢文，道真必大魁天下。官至右大臣，與左大臣藤原時平分庭抗禮，但他終歸不過是一介書生，被藤原一黨用流言中傷，給貶到大宰府（今福岡太宰府

市）。貧病交加，兩個幼兒也先後夭亡，苦熬了兩年，抑鬱而死。從京都伴隨他遠謫異鄉的弟子味酒安行為他送葬，拉靈車的老牛走出城外不遠臥倒不動，於是就地埋葬。905 年，道真託夢，稱天滿大自在天神，味酒在墓地建安樂寺奉祭。這就是太宰府天滿宮的來歷。

安樂寺又叫作安樂寺天滿宮，由名稱可知，本來是神道和佛教混為一談。明治維新後，政府下令神佛分離，天滿宮才變成地道的神社。當初太宰府天滿宮不過像菅家祠廟，問題是出在京都。自道真死後，京都不得安生，天災頻仍，時平等讒害道真的人接二連三地死於非命。道真死後二十年，皇太子死，平安末年的編年體史書《日本紀略》記載：「舉世云菅帥靈魂宿忿所為也。」當時世間正盛行「怨靈信仰」，死得冤屈的靈魂是「怨靈」，作祟降災，需要為他慰靈鎮魂。想來菅家培養的門徒有三千之多，朝廷內外，也乘機喊屈叫冤。930 年，雷擊宮殿，數人斃命，人們傳說是道真的「怨靈」化作火雷。942 年，道真死去四十年，京都有個叫多治比文子的女人說自己夢見菅公。又過了五年，一個叫神良種的人的七歲兒子也夢見道真說他要住的地方一定長松樹。一夜之間，京都的北野長出幾千株松樹。由北野朝日寺僧侶最珍協助，文子、良種在那裏建神殿，祭祀天滿天神。這是北野天滿宮的由來。京都地處盆地，自然多雷，其實與農耕相關，北野自平安時代初葉已經是祭祀雷神的聖地。993 年瘟疫流行，天皇追贈道真為太政大

臣，位極人臣，雖然只是個虛名。第一個千年之初，天滿宮已遍佈各地，「山陬海隅，家敬戶奉，走卒兒童知尊之」。

道真的「怨靈」簡直像凶神惡煞，撒向人間都是「怨」。中國的孔廟裏供奉孔夫子，他是聖人，不是神。關公是武夫，死後坐在關帝廟裏管事多，好像也溫文爾雅。鍾馗樣子兇，但只是捉鬼吃。「天滿宮天神」還有好些稱呼，如「大威德天神」、「日本太政威德天」、「火雷天神」，都夠嚇人的。但到了近世，天神主要作為學問之神尚饗香火。時至今日，考學還得去求他保佑。

從《源氏物語》到西鄉隆盛

　　僑居東京的中國人大概沒有沒去過上野的，特別在賞櫻時節；去過上野，一般就見過「恩賜公園」裏豎立的那尊銅像，雖然可能只隨口問一聲那是誰，還牽條狗？銅像看上去腦袋異常大，頂上常落着一兩隻鴿子或烏鴉，掛了些牠們的發白的屎跡。那就是西鄉隆盛。

　　1877 年，大清國首任駐日公使何如璋在日本上陸，正趕上東京大學建校，又趕上西鄉隆盛造反。他在《使東述略》中記述：寇首西鄉隆盛者，薩人也，剛狠好兵。廢藩時以勤王功擢陸軍大將。台番之役，西鄉實主其謀。役罷，議攻高麗，執政抑之。去官歸薩，設私學，招致群不逞之徒。今春以減租鋤奸為名，倡亂鹿兒島，九州騷然。日本悉海陸軍赴討，閱八月始平其難。這位西鄉是風雲人物，文圖並茂的歷史書上必有他的圖像，頭大眼也大，有人說那並不是他本人。兵敗，在城山自殺。百姓對專制不滿，世間便盛傳天上出現「西鄉星」，其實是時隔一百五十年火星又接近地球。西鄉反政府不反天皇，

大概從來沒想過鳥皇帝人人做得。死後三年，明治天皇追諡他正三位。

春夏秋冬，陰晴圓缺，徘徊於西鄉銅像之下，不由地感慨日本人對其開國元勛兼叛軍首領的態度竟如此豁達——記起幾年前陳平原在《閱讀日本》的隨筆裏寫過「西鄉銅像」，是因為讀井澤元彥的著書《逆說日本史》，他的「怨靈」之說或可解釋這種「豁達」現象。

井澤說：推動日本歷史的是怨靈。所謂怨靈，就是在政爭中失敗而死的幽靈，當然含冤銜恨。最典型的冤魂是菅原道真（854-903）。時當平安初期，道真官居右大臣，遭左大臣藤原時平讒陷，被醍醐天皇貶黜到遠離京都的大宰府，貧病交加，死在了那裏。他死後化作厲鬼作祟，雷擊宮殿，藤原清貫等大臣當場斃命，嚇得醍醐天皇退位。天災頻仍，「舉世云，菅師靈魂宿忿所為也」（漢文編年體史書《日本紀略》）。當時民間盛行「御靈會」，為「怨靈」安魂。京都有北野，一夜之間長出松樹數千株，於是人們在那裏建天滿宮祭祀，奉道真為天神。「天滿」，是「嗔恚之滔滿天」的意思。道真死後二十年，皇太子猝死，朝廷趕緊給他平反，追諡正二位。一諡再諡，道真的冤魂當上正一位，位極人臣。為失敗者安魂，讓他高高興興在另一個世界裏作鬼，別跑到人世間為害，這種「怨靈信仰」，井澤說「才是使日本文化發達的動力」。

史學界並不否認平安時代冤魂怨靈對歷史的影響，而井澤

元彥認為始自神話時代，歷史的車輪一直由厲鬼們推動着。他用「怨靈信仰」解說一切，雖然更像是推理小說家的操作，卻也蠻有趣。他說：《源氏物語》是人類第一部長篇小說，近乎奇蹟，為甚麼偏偏產生在世界文明的邊緣地帶呢？原來它也是「怨靈信仰」的產物。《源氏物語》問世於平安時代中期，描寫平安初期和中期的宮廷及社會。主人公光源氏，據說實有所指，即企圖把女婿立為皇太子以奪取藤原氏權威的源氏。那時代重臣都是把女兒或妹子奉獻給天皇，當皇親國戚，操縱國柄。作者紫式部是藤原氏女兒身邊的女官，好像和藤原氏還有點男女關係，卻居然把政敵源氏寫得極盡榮華，甚至當上準太上皇，豈不是利用小說進行反黨。更可怪的是藤原氏不但不惱火，反而還提供貴重的紙硯硯台，予以支持。這就是因為他排斥了源氏，大權獨攬，朝廷的政爭從此往後都是他藤原氏族內的事了。獲勝之後，用虛構故事來滿足失敗者，既是「慰靈（鎮魂）」，又是慰藉勝利給自身帶來的不安和內疚。日本待人接物彬彬有禮，愛說些恭維話，莫非也出於「怨靈信仰」的心理？

其實，井澤元彥的「逆說」並不是新說。陳平原在〈西鄉銅像〉一文的附記中就提及：「據柳田國男稱，在日本，作為個人而享受祭祀，除了德高望重，還必須是悲劇性死亡。而新政權為與政敵實現某種程度的和解，有必要通過祭祀的方式，安撫失敗者的亡靈。」但他沒有特別從這一角度解讀西鄉銅

像，可能其意在「借日本閱讀中國」。對於敵人，中國人還要再踏上一隻腳，教他永世不得翻身。

鎌倉大佛

　　倚天銅佛古於樹，掛月玉鏡寒生苔，對人露立總不語，曾見源平戰鬥來。

　　這是黃遵憲詠鎌倉大佛。大概他沒去過鎌倉，「聞之何大臣云」，以為「鎌倉八幡宮有銅佛」，不確。大佛在高德院境內，是這座淨土宗寺院的本尊阿彌陀如來。也不是「露立」，而是「露坐」，結跏趺坐，弓背垂瞼，雙手作定印。本來是貼了金的，早已被風雨剝蝕淨盡。

　　「源平戰鬥」，就是被寫成小說《平家物語》的源氏與平家兩大氏族之爭。平安時代由貴族文人當政，到了 12 世紀中葉，源義朝與平清盛靠武力取得政治地位，進而平家擊敗源氏，獨攬國柄。源賴朝生於 1147 年，13 歲隨父親義朝上陣，被平清盛打敗，險些喪命，在伊豆度過二十年流放歲月。1180 年，後白河上皇（太上皇之略）的三皇子以仁王傳來一道密旨，命賴朝討伐平家。賴朝糾集父輩舊部起兵，但一戰而敗，退到

先祖的故地鎌倉。那時三面環山一面臨海的鎌倉不過是僻壤荒村。賴朝在此設置侍所，把麾下的武士（侍）變成家人。鶴岡八幡宮是源氏的宗廟，如今境內還活着大銀杏，樹齡逾千年，可謂擎天銀杏古於佛（追記：這株大銀杏樹於 2010 年倒掉）。當賴朝經營東國時，源義仲在木曾谷起兵，三年後攻入京城。老獪的後白河法皇（天皇出家則稱為法皇）偷偷與賴朝交涉，承認他對東國一帶的統治權。賴朝派兄弟義經出兵，打敗了義仲。乘源氏同室操戈之機，逃到西海的平家企圖反攻，終被義經剿滅。後白河法皇重施離間計，賴朝和義經反目成仇。法皇死後，源賴朝得償夙願，1192 年被封為征夷大將軍。這就是日本歷史上武家掌握政權的肇始，此後歷經鎌倉、室町、江戶三個幕府時代。源賴朝 52 歲暴卒，一說是墜馬而死，但真相不明，成為日本史之謎。賴朝死後，鎌倉幕府的實權一直把持在外戚北條氏手中。《吾妻鏡》，又稱《東鑒》，是鎌倉幕府編纂的幕府正史，據之，大佛始建於 1238 年。當初是木製，九年後重造，「金銅八丈」（像高十一點二米）。由此可知，大佛生也晚，不「曾見源平戰鬥來」。

鎌倉建大佛，是幕府從宗教方面向王權示威，張揚霸權。日本停止遣唐使以後，政府之間的關係中斷了，但民間的往來卻更加活躍，僧侶商人不絕於途。鎌倉武士要建構獨自的文化，不是從京都移植，而是直接從中國輸入。那時中國是宋代。大佛坐姿前傾，雙肩厚實，如貓拱背，是典型的宋代風格，也

可能就是中國的工匠渡海而來幫助鑄造的。本來有佛殿，被大風颳倒，後未重建。風雨佛頭無片瓦，所以也呼為露坐的大佛。現在看見的這尊國寶是自 1959 年費時三年維修過的模樣。奈良東大寺（華嚴宗）本尊盧舍那佛，銅鑄，落成於 749 年。東大寺一度毀於源平之亂，1203 年重建。奈良大佛高 14.85 米，鎌倉大佛畢竟還低他一頭。有道是：

幸將木造換銅金
免惹烽煙壞自身
幾見刀弓成霸府
低眸不語坐於今

織田大屠殺

藤澤周平討厭織田信長，理由是這樣的，他寫道：

「在這裏說的殺戮，當然不是正規軍團之間的戰鬥。指的是殺掉僧俗三、四千人的火燒比睿山，把投降的一向教起義男女二萬人押進城中用柵欄圍起來，無法外逃，統統燒死的長島屠殺，處置有岡城的人質荒木一族，尤其把侍從、婢女等五百餘人關進四棟房屋中燒死的屠殺等。」

藤澤說這話的時候，正當津本陽的小說《人生如夢》暢銷，掀起織田熱。或許是出身於地方的本色，他討厭流行，但對此唱反調，卻像是打心眼兒裏憎惡織田這個嗜殺的大魔頭。

織田信長擁立足利義昭為室町幕府第十五代將軍，拿他當傀儡，以致反目。足利下令討伐，各地諸侯起兵，信長一度陷入包圍圈。四千比睿山僧兵也抗拒信長。這些僧兵很不是東西，吃肉玩女人，撥弄世事，所以白河法皇覺得天下有三不如意：雙六的骰子鴨川水（氾濫成災），比睿山僧兵惡如鬼。信長大軍攻上比睿山，把大大小小的廟宇付之一炬，屠刀連婦女

孩子也不放過。到底殺了多少人，史料記載不一，也有說千餘人的。

有人曾假設，織田信長若不死，打到北京沒問題，中國就不會有我大清，而是有一個統治亞洲的大和朝。幸而像司馬遼太郎在小說《竊國物語》中描寫的，明智光秀怨恨主子把家臣用完了就棄之如敝屣，率軍造反，信長被困本能寺（據最新挖掘考證，本能寺本非寺，是一座小住宅），只好自我了斷，我們中國人才免去一劫。日本文明的黃粱一夢，倘若按中國的歷史規則，恐怕版圖上就會有一個扶桑省，而今在電視上戲說我大和。人生五十年，織田信長卒於1582年，時當明萬曆十年。

他妄自尊大，不聽人言，不信神佛怪力，甚至用石佛砌牆築城。鎮壓宗教的行為，自江戶時代以來被認為是建構新時代不得已而為之。織田信長的大刀及洋槍結束了宗教橫行的中世，所以德富蘇峰寫《近世日本國民史》就是從他起筆。某書評家說：對信長的看法，司馬遼太郎與藤澤周平不同，前者以宏大的視野縱觀歷史，可以容忍信長的「異常」，而後者站在常識的立場上難以接受這種「異常」。我卻想，恐怕司馬的容忍正是藤澤所不屑，他說：

「納粹德國對猶太人的大屠殺，柬埔寨對本國人的大屠殺，殺戮者不問時代總是在殺戮。而且，信長也罷，希特勒或者波爾波特政府也罷，最可惡的是被認為有支持殺害弱者的行為的思想或者使命感。」

藤澤周平是誰？武士小說（日本叫「時代小說」）家，其作品改編成電影《黃昏清兵衛》、《隱劍鬼爪》、《武士的底線》都受看。聽說眼下又改編一部《山櫻》，定於 2008 年初夏上映，女主角是田中麗奈。

江戶城

　　中國人喜歡城，既有萬里長城讓我們傲物於地球，又有城裏城外之類的觀念自有城那天起就折騰我們，到現在想落戶北京城裏也並非易事。凡事欲壯其規模，我們就稱之為城，商城、娛樂城、坐擁書城云云，把人家美國的拉斯維加斯也叫作賭城。日本人頭腦裏就沒有類似想法。原來有兩種城，一種是中國式的，另一種就是日本式的，足以顯示這兩個民族及其文化之不同。

　　兩國的城池有甚麼不同呢？譬如日本的江戶城，就不像我們說北京城，就是説，北京城是一座城市，而江戶城指的是德川家的大宅院，相當於北京城裏的皇城。最初在江戶灣（今東京灣）以北築城構居的是太田道灌（1432-1486），銀座附近的東京國際論壇大廈裏立有一尊小塑像，那就是他。這位室町時代的武將出獵遇雨，向農家借蓑衣，貧苦少女卻給了他一枝棣棠，這是用古歌諧音，暗示無蓑，太田卻不解其意，慚愧之餘發奮向學，終成歌人，非復吳下阿蒙。他擅長於土木建築，

今年適逢他所築江戶城五百五十年。

　　據說日本早先也曾學大陸壘牆築城，用以防禦來自大陸的入侵，莫非因為唐師宋軍到底不曾打過來，後來領主就只是把自家宅院修得固若金湯。1603 年德川家康當上征夷大將軍，統轄全國的武家，隨即從京都近旁的伏見城遷移到江戶，開設幕府，獨霸天下。他僭稱自家的領地為天領，普請各地領主出人出錢興建江戶城，並填海造地，在這座天下之城的周邊給他們自己修宅邸，常駐江戶，以示服從。當初江戶是將軍及領主們聚居之地，武家方面的人口佔半數。武士要生活，商人工匠便紛紛聚來，為他們的消費服務，這樣在城下聚落成市街，叫城下町。同行同業的店舖匯集一條街，便形成打鐵的鍛冶町、賣菜的青物町等等，街坊名稱今猶存。士農工商，以士為首，實際上武士多數是窮人，甚而受豪商欺壓，但再窮也都有藩府配給的僕婢，中國窮書生故事在日本就該是窮武士。江戶城下的街鎮是最大的城下町，是政治中心。武士居家離城越遠身份越低微，有職務的進城工作，他們是上班族的前身，讓外國人讚嘆不已的上班族對公司的効忠也源於此。中國的城把農村、農民隔離在城外，逐漸形成了冷酷的城鄉差別，住在城裏便高於城外人一等，而日本的城只是城主把自己關在了城裏，城外是各色人等的天下，渾然一體。

　　江戶城以及其他的城都是城內有城，叫郭或丸，一城之主在叫作本丸的主城居家辦公，二丸、三丸等外城由世子或重臣

居住，外城拱衛主城。主城分為表、中奧、大奧三部份，表相當於紫禁城的外朝，中奧和大奧相當於內廷，將軍日常起居、處理政務在中奧，大約像乾清宮，大奧是將軍夫人等女性生活的後宮。城有箭樓，主城的箭樓最高大，叫天守閣，重檐石垣，既用於防禦，也藉以誇示城主君臨域內的權勢與威嚴。遊覽古城可看的也就是天守閣，現存十二處，其中姬路城、松元城、彥根城、犬山城是國寶，而姬路城還屬於世界遺產。江戶時代發生了八十多次大火，江戶城的天守閣也是建了燒，燒了建，終歸化為白地。1844 年大火又燒毀本城，雖說打架與火災是江戶兩朵花，但德川將軍城裏竟也是一燒再燒，就燒得人心浮動，這把火實乃幕府崩潰之始。

德川家在江戶城居住十五代，統治天下二百六十五年，1867 年不得不把大權退還給天皇家。江戶改稱東京，江戶城先是改稱東京城，再改為宮城，1948 年定名為皇居。1969 年明治天皇東幸，從此不再回京都，東京就成了首都，雖然法律上至今也沒有明文，或許因此才不叫皇宮而叫皇居。天守閣燒毀已整整三百五十年，此地空餘石頭台，一直有人在活動重建，以作為江戶歷史的象徵。

葉隱

　　說日本總要說到武士道，說武士道就必然提及《葉隱聞書》。一般只叫它《葉隱》，計十一卷。卷一卷二題為教訓，由山本常朝口述，田代陣基筆錄，通常被當作武士道第一經典的，主要是這兩卷。卷三至卷九記述佐賀藩歷代藩主及武士的言行，卷十記外藩武士言行，卷十一附錄，這些卷大體為事例彙編。

　　何謂「葉隱」？有人說，意思是哪怕不為藩主所知，也要一心一意效力，好似隱在樹葉間；也有人說，不就是「綠蔭雜談」嗎？莫衷一是。或許「葉隱」指的是佐賀藩，七世紀以前佐賀屬於肥前國，據《肥前國風土記》記載：當地有一株樟樹，枝繁葉茂，日影遮山，日本武尊巡遊到這裏，讚賞此國像大樟樹一般榮盛。

　　佐賀是樟葉遮隱之地，德川家康封鍋島氏為佐賀藩主。山本常朝（1659-1719）是佐賀藩武士，也就是地方公務員。從九歲起服侍鍋島光茂。主子撒手人寰，本想跟了去，但當時已

禁止殉死，代之以出家，時年 42 歲。出家後，姓不變，而名的叫法有變，改訓讀為音讀，日本人這種變化是我們從漢字讀不出來的。「無論山奧土下，生生世世守護主人之心乃鍋島武士之覺悟，吾等之真髓」，這就是《葉隱》的根本精神。

自 712 年《古事記》成書，至 1867 年王政復古，日本歷史千餘年，其間七百年皇權旁落，由幕府執掌權柄。與山本常朝同時代的荻生徂徠（1666-1728）告誡武士：要知道，如今你們不再是過去的戰士，變成了統治者。武士也叫「侍」，長年形成了一套習慣、規範及修養，不時有人出來說教，樹立道德，使他們能夠為各色人等作出表率。武士道有兩派，一派以山鹿素行（1621-1685）為代表，叫「士道」。新渡戶稻造《武士道》一書所宣揚的基本是士道，如芥川龍之介所言：「融合釋尊涅槃之教與孔子平天下之道，更加之以東方神秀之靈氣，養熱烈如猛炎、峻嚴如冰雪之大和魂，以至於今者，實我武士道如斯之謂也。」

再是《葉隱》之教，叫作「武士道」。在主從關係上，士道主張主君不納諫，推行不了道，可以棄他而去，武士道則教說不管主君是怎麼個德性，都必須一忠到底。對於死，士道與武士道歧異尤其大。士道也說要把死放在心上，正因為人固有一死，所以要安分守己，為人倫之道而生。《葉隱》則鼓吹捨身，以死「奉公」，而且以死「忍戀」，以死「喧譁」。豐臣秀吉統一天下後發佈「喧譁停止令」，禁止拔刀解決糾紛，倨

武興文，而山本常朝這樣對弟子竊竊私語，無疑是眷戀已過去的時代及秩序。他打算為藩主殉死，足以表明其心態之守舊。在和平年代，死不像戰爭歲月那麼常見，更顯得神秘，恍如遊戲，一介老武士隱居一隅，對忠的狂熱是回憶的，對死的迷戀是幻想的。為主子效忠，主動赴死，這種思想有擾亂社會之虞，《葉隱》曾多年被封殺也不無可能。

其實，《葉隱》在佐賀藩開辦的藩校也不曾被用作教科書。最初刊行是 1906 年，打贏了日俄戰爭，整個日本處於好戰的狂熱之中。刊行者中村郁一把此書呈獻乃木希典，數年後這位陸軍大將攜妻為明治天皇殉死，或許是此書面世的第一個影響。大正年間印行《葉隱》，偏巧總理大臣大隈重信是佐賀人，為之作序。日本全面發動侵華戰爭的 1937 年《葉隱》一下子風行起來，軍國青少年奉為聖典，「武士道就是找死」一語足以支撐敢死隊慷慨捐軀。戰後，「葉隱武士道」被痛加批判，丟進故紙堆。1967 年三島由紀夫出版《葉隱入門》，説「它是提倡自由的書，它是提倡熱情的書」，《葉隱》由此鹹魚翻身，並跟着他走向世界。1969 年被收入日本名著叢書，這才變成了「古典」。

萬歲

　　如今，除了被帝王將相佔領的電視連續劇，好像滿中國都聽不見萬歲的呼聲了。想來可笑，我這代人幾乎是喊着萬歲長大的。到了文化大革命年代，天天聲嘶力竭地喊，真所謂三人成虎，假話說上百遍就變成事實，喊得人人相信，以至被敬祝的他老人家溘逝，遽聞竟有些茫然，不是萬歲乃至萬萬歲麼？

　　日本人喜歡三呼萬歲。

　　1889 年 2 月 11 日是紀元節，明治天皇這一天要發佈大日本帝國憲法，並且在代代木練兵場（今國立代代木體育場）舉行閱兵式。屆時帝國大學等文部省直轄學校的師生員工列隊皇宮外苑致敬，只默默觀望未免煞風景，於是文部省提出三呼「奉賀」。把學生集合在操場上練習，喊一聲還可以，但連呼三聲，首尾相接很容易聽成罵人話。茲事體大，教授們開會研討，最後選中「萬歲、萬歲、萬萬歲」，正好與外國的 long live the Emperor 是一樣的意思。萬歲一詞早在倭王武時代從中國傳入日本（武大王即日本史書中記載的雄略天皇，478 年

向南朝宋遣使進貢，埼玉縣稻荷山古墓出土的鐵劍就是那個時代的），有兩種讀法，漢音讀若「邦賊」，吳音讀若「蠻詐」。試着喊了幾聲，聽來都不大順耳。一位叫外山正一的博士建議將二音合成，讀作「邦詐」，果然恰到好處。不過，當時可急壞宮中省的弼馬瘟：聖駕出行，向來是各色人等肅靜，這下子聲震天地，別驚了御馬。

是否驚了御馬，不得而知，但從此以後，送兵出征，凱旋歸來，比賽奪冠等，都這樣三呼萬歲，大概是表示吾皇聖明。本來戰國時代（15 世紀中葉至 16 世紀中葉）歡呼勝利是「誒、誒、嗷」。中國發生五四運動的 1919 年，3 月 1 日朝鮮民眾高呼獨立萬歲，示威遊行，這一反日運動也稱作「萬歲事件」。「大東亞戰爭」以失敗告終，一夜之間「天皇陛下萬歲」變成了「民主主義萬歲」。看電視上播報政治家競選的得票結果，頗有點嚴肅，但一旦當選，舉手歡呼萬歲，那場面頓時就顯得滑稽，像一齣鬧劇。

醫院用儀器檢查身體，站直，護士說「萬歲」，就是讓舉起雙手，作投降狀。和日本友人飲酒作樂，興起也萬歲萬歲地叫喊三兩聲，卻似乎還會攪起心底的淤泥，感覺有些怪怪的。問二十來歲的中國年輕人，他對萬歲的事莫名其妙，還告戒我：你老可別在天安門前喊，沒準兒給當成精神病。

家徽

　　美國人撰寫的《菊與刀》，好像也有譯之為「菊與劍」的。但是就日本來說，只能譯作刀，因為照我們看來，那是單刃的刀，不是雙刃的劍。日本所謂劍，是刀劍的總稱，也是刀的美稱，所以，分明在那裏耍大刀，卻叫作劍道。無論工藝精湛到甚麼份兒上，評價刀的好壞根本還是在鋒利，而這鋒利是對於人體而言。刀是武士的靈魂，武士不殺人就丟了魂兒。

　　而《菊與刀》的「菊」，書中所指，乃盆栽菊花，而且用細鐵絲造型，看似天然，實是人工。有的中譯本封面畫一個圓形的菊花瓣圖案，那是天皇家的徽章，與書名的菊花不相及，無限接近風馬牛。此書當初是提供給美國政府的內參，後來為出版而補寫第一章，提起日本民族二重性，菊花的說法與第十二章不大一樣，卻也無關乎皇家徽章。

　　據說，除了歐洲貴族社會之外，世界上只有日本自古用徽章，而且比歐洲更普遍，及於平民，這很教一些日本人如論客渡部升一沾沾自喜，傲然四顧。不過，雖然都作為戰場上識別

敵我的標記，但西歐最初是畫在盾牌上，從起源來說與日本是兩碼事。徽章在歐洲是個人的標識，而日本是家族、家世的記號，所以叫「家紋」，譯作家徽也便於理解。

家徽起源於 11 世紀前半，那時候大臣們上朝乘坐私家車——牛車，都塗成流行色——黑色，四方輻輳，黑壓壓一片難辨認，有人在車上畫一個記號。在重視門閥的年代，誰幹出這種事也不足為奇。子孫們敬祖守成，延續下來固定為家族的徽記，也藉以炫耀門第。12 世紀後半，源平兩家爭霸，源氏兵馬用白旗，平氏兵馬用紅旗，可見那時候武家在戰場上尚未用徽章。源氏勝利，白旗漫捲，就需要進一步區別，旗幡便畫上頭領的符號。這種家徽與貴族傳統並沒有直接關係。貴族凡事講究雅，家徽是裝飾，繁複而精細，而武家的家徽要標舉，在戰場上一目了然，注重實用。群雄割據，各有各的家徽，記住了才能識別，於是有《見聞諸家紋》刊行，集錄了 260 種家徽。德川家康獨霸了天下，刀槍入庫，馬放南山，武士不再有用武之地，閒着也是閒着，便弄出煩瑣的禮儀，更重視家徽。我們看日本歷史影視劇，武士穿一種禮服，叫「肩衣」，鬥雞支棱着翅膀似的，前襟後背印有小小的圖案，那就是家徽。中國沒產生家徽，或許是因為漢字本來就具有圖案性，你看，遠處煙塵滾滾，衝過來一彪人馬，旗上大書一個「李」字，但劉項原來不讀書，士卒都認得嗎？

黃遵憲在《日本雜事詩》中寫道：當王徽號貴黃華，時喚

臣僚共鬥華，淡極秋容翻富貴，疏籬茅舍到官家。

日本不像西歐那樣家徽由國王認可，官家登記在案，也不像姓氏那樣受限制，任誰都可以畫一個乃至幾個家徽。隨着商品經濟發達，有錢的商人市人也自製家徽，更加花哨。近代家徽發展為產品標牌以及各種標記，例如日本航空公司的那個翅膀向上合為圓形的鶴。日本每個縣市都有自己的徽章，倒是國家至今也沒有國徽。二次大戰後家徽隨着和服退出了日常生活，但墓碑多刻有家徽，有一種《日本家紋總鑒》拓集二萬種。

家徽基本是單色白地，多構成圓形的對稱。圖案大都取自植物，不像歐洲那麼愛用可怕的動物，也不用魚類。桐最多，雖然是日本的白桐，但緣起想來是中國的傳說梧桐棲鳳凰。13世紀初的太上皇「後鳥羽」多才多藝，甚至親自去捕盜捉賊，他喜愛菊花，採用了菊花圖案，但皇權衰微，藥舖也敢拿它做招牌。1869年明治政府把十六瓣的菊花圖案正式規定為皇家的徽章（但不叫家徽），其他人家不得使用。親王家用十五瓣、十四瓣的菊花，倘若用十六瓣，必須是菊的背面，圖案當中還畫有花托。

皇家的菊花圖案如日光四射，通常被當作國徽用，不允許商標類似。倘若再說幾句有關菊花的話，那麼，它本沒有野種，大概是陶淵明那時的中國人培育的。唐代日本人把菊花當藥草拿來，到了江戶時代加以改良，花樣繁多，反過來輸入中國，像很多事物一樣，本來是中國創造的東西卻沒了本來的模

樣。他們平日也食用，還用來搭配生魚片，在昏暗的酒館裏很出彩。50 日元硬幣的正面雕印了三朵菊花。詩云：

菊花如幣畫宮牆，輻輳瀛洲十六方；本是雜交東土種，「刺身」一朵更嬌黃。

明治維新是一個誇張

　　日本史學家網野善彥有一個看法我深以為然。他說：司馬
遼太郎高度評價明治，被「自由主義史觀」拉來做虎皮，其實，
司馬本身的意圖是以批判大正、昭和為前提的，那些人好像有
點搞錯了，但司馬對明治時代推進近代化過於高估的觀點有很
大問題。

　　司馬遼太郎是歷史小說家，於 1996 年去世，有「國民作
家」之譽。最近在一個紀念司馬遼太郎學術講演會上，小說家
五木寬之說：沒有哪個作家像司馬這樣給現代日本人如此強烈
而鮮明地灌輸了明治時代的形象。

　　關於明治時代，司馬遼太郎說過這樣的話：「明治政權從
歐美買來了『近代』——以學問和技術的形式輸入。因此，
『近代』一詞頗有點貴重藥品的語感。其實，儘管少，這些『近
代』在日本也存在，明治政權的人們是不知道呢，還是置之不
理。……如果明治維新之際，在日本本身的『近代』要素（或
者風土）上嫁接歐美的近代，那就會有意思多了。昭和初期作

為明治國家的末尾，可能也就不會是思想那麼貧瘠的社會，雖然這樣說好像數死孩子的年齡。」在網野善彥看來，司馬對「日本本身的『近代』要素」的認識和評估還遠遠不到位。豈止司馬，整個日本史學界一向過低評價了明治之前的江戶時代，即1600至1867的二百六十餘年。評價過低，意思是江戶時代被人為地塗抹成農民佔人口百分之八十以上的自給自足的農業社會，封閉而黑暗。有了這個鋪墊，明治天皇一紙詔令，數十年之間迅速完成了產業革命，使日本近代化，由落後的農業國變成與列強為伍的工業大國，哪能不是一個「奇蹟」，教天下人嘆為觀止。網野善彥不厭其煩，在許多文章中反覆論說這不過是一個虛構，其一是來自對「百姓」的誤解。

中國人說百姓，通常指普通人群，與日語的「平民」、「庶民」相當，而日本人說「百姓」，指的是農民、莊稼人。司馬遼太郎說：「江戶時代大多數日本人是百姓。百姓耕田交租就完事，此外沒有任何義務。沒有參加政治的煩人的義務就悠閒自在。」百姓即農民，這是日本人的常識，也是絕大多數歷史研究者的觀點。二十年前網野善彥也不例外，但通過調查他發現江戶社會早就濃厚地存在非農業的、城市的要素，由於行政、租稅、身份等制度的遮蓋，造成了一個以農業為主的封建社會的假象。實際上，「百姓」不只是農民，還包含從事各種職業的人，若除去林牧副漁，農業人口頂多佔百分之五十。自七世紀後半，日本接受中國以農為本的儒家思想和制度，開始

出現把「百姓」限定於稻作農民的幻想。18 世紀初成書的《和漢三才圖繪》解釋「農人」：俗云百姓；百姓乃四民（士農工商），以農為百姓，非也。可見，那時誤解已浸染社會。1872 年明治政府編制戶籍，施行全國統計，把養蠶織布種樹曬鹽的各色人等統統計算為「農」，留下了農民佔人口百分之八十以上的歷史數據，後世史學家即基於這個虛構描述各自的日本社會觀。「百姓即農民」、「日本是農業社會」的歷史圖像進而被以農業史為中心的西歐近代史學和馬克思主義史學加以強化乃至僵化，通過教科書傳授一代又一代日本人。

網野善彥重新界定了農業的概念，男耕女織，只是把男耕算作農業。俯瞰日本列島的自然，山、野、河、海佔很大比重，他特別強調海和以捕撈為生的海民。通過河海，自古以來進行廣域的貿易，13 世紀後半已逐漸形成了富有城市性質的經濟社會。基於這樣的社會分析，他主張撕掉層層假相，重寫日本史。不過，在「解構」農業社會這一傳統概念上，似乎網野並未給出更多的理論說明。

從西裝到勸學

　　日本時興用假名照搬外語發音，例如西裝，本來叫「背廣」，現在說這個漢字詞已顯得老氣。明治年間（1868-1902）他們用漢字翻譯西方詞語的含義，很多譯語也一直被我們漢字本家受用，例如共和國。不過，中國被打開國門在先，橫濱開港，善於做西裝的裁縫是渡海而來的中國人，一說「背廣」乃中國譯製，類似於固有的背心，隨手藝東傳。日本現在還常用的漢字詞，例如離婚、保險、化學、地球、民主、公約、國會、合法，都是從中國拿來的，幫助了明治維新。仿造是日本人的看家本領，中國造出個「電報」，他們就照貓畫虎仿造了「電話」一詞。福澤諭吉是箇中高手，例如版權（後來日本改用著作權）就是他造的。不單造詞，還寫了一本《西洋衣食住》，文圖並茂，告訴日本人西裝比和服便於作戰，以及西方人種種活法。幾年後明治政府開會研究服裝問題，參與大政的副島種臣以胡服騎射為例，說服保守派，佈告天下，「爾今禮服採用洋服」，取代了衣冠束帶。這些事情就叫作文明開化，此語出

自福澤 1875 年出版的《文明論之概略》一書。一時間，剃了髮髻的腦殼敲一敲都是文明之聲，不吃牛肉火鍋的傢伙就是不開化。

福澤諭吉是明治日本最大的先知先覺，最著名的作品是《勸學》，廣為人知。其實，他在此書上並不曾特別用力，因為不過是大病初癒，回鄉接母親來東京，隨手為家鄉開辦學校撰寫的招生宣傳，鼓動不知路在何方的鄉下年輕人來上學，學會真本事，走遍天下都不怕。大概又打算用作他創辦的慶應義塾、英語學校招生，1872 年公開印行，竟大暢其銷。兩年後接著寫下去，共 17 篇，1880 年合為一冊出版，並加上《合本學問之勸序》，就是說，書名用漢字是寫作「學問之勸」。洛陽紙貴，總計銷售了 340 萬冊，按當時人口約三千四百八十萬來算，讀者之眾，無疑有啟蒙之功。

《勸學》第一篇（初編）主題是為了自身獨立，一家獨立，天下國家獨立，人人都應該學習通常日用的實學，而學習西方學問是個人取得成功的捷徑。此篇可說是福澤思想的概要，其後各編詳解其內容，並教說處世哲學、生活態度、成功秘訣。劈頭第一句最為有名：天不造人上人，不造人下人。此話本來是從美國獨立宣言當中引用的，這種天賦人權的思想在明治之初被廣為介紹，但二次大戰之後變成了福澤的名言。

對於他來說，在進步還只是希望的年代，這句話是滿懷激情寫下的。

福澤諭吉生於 1835 年，父親是一個小諸侯國（藩）的下級武士，通曉漢學。福澤十四、五歲始志於學，起因是左鄰右舍都讀書，惟獨他不讀，面子上過不去。讀四書五經，通讀《左傳》十一遍，能背誦有意思的段落。在江戶幕府執掌天下的時代，等級森嚴，家庭出身決定他不會有出人頭地的希望，父親甚至想讓他出家當和尚。福澤在《福翁自傳》中寫道：「每想起此事，就憤恨封建的門閥制度，並體諒亡父的心事而獨自流淚。為了我，門閥制度是父親的敵人。」渴望平等，追求自由獨立，19 歲遊學長崎，學習蘭學，通過荷蘭文掌握西方文化。觀光 1859 年開港的橫濱，發現荷蘭語不通，轉而苦學已稱霸世界的英語。給軍艦司令當隨從，而不是做翻譯，便避開英語尚淺的障礙，得以去美國大開眼界。他突然問，華盛頓的子孫如今怎麼樣，人家冷淡地說不知道，他覺得不可思議，因為腦袋裏還裝着日本的門閥觀念。借助於英語汲取西方思想知識，用儒學教育訓練出來的頭腦把自己的人生體驗加以思想化，落筆便寫出天不造人上人、不造人下人，直擊門閥制度。人有賢愚之分是學與不學造成的，勤學而通達事物能大富大貴，這樣的思想應該也取自中國長達千餘年的科舉，學而優則仕。體驗具有一般性，思想便帶有普遍性，人們很樂於接受。但人人平等也是有條件的，那就是必須上學，倘若不學習，沒學問，則難免受窮，只能當人下人。明治政府突然把陰曆改為陽曆，世上混亂，福澤撰寫《改曆辯》，替政府說話：日本國中的人民

懷疑改曆的必是無學文盲的傻瓜，不懷疑的必是平生用心於學問的智者。說到底，在福澤眼裏人並非平等。福澤的教化對於日本人形成近代世界觀影響非常大。他們向來以教育程度高自傲，鄙視其他民族，根子也就在這裏。

對於明治維新大有人反對，尤其在那些幾乎被拋棄的邊鄙之地。福澤家鄉就有人認為，當權者淨是把靈魂出賣給外國的實學派，只是使一部份人富起來，平民生活沒變好，福澤更是個裏通外國的國賊。趁他回鄉之際，一個遠親而近鄰的人策動暗殺他，但兩次三番都未得下手。福澤徹頭徹尾地崇拜西方，主張全盤西化，亦即近代化。美國用炮艦敲開日本封閉二百年的國門，這是幹了一件大好事，但福澤也別有愛國心。《勸學》中寫道：國有恥辱，全日本人民一個不剩地捨命，以不失國之威光，這就是一國的自由獨立。或許是眼見大清帝國在鴉片戰爭中一敗塗地，從而產生愛國心。他在《文明論之概略》中說過，報國心與偏頗心，名異而實同。福澤的愛國之心偏頗在脫亞。既要脫之，必先誣之，他 1882 年創辦的《時事新報》肆意貶損亞洲，煽動向朝鮮出兵、對中國開戰的民族情緒。常有人說，日本人骨子裏瞧不起中國，這根骨子正是福澤帶頭給日本人換上的。歸化日本的小泉八雲曾寫道：「新日本真正誕生的日子是使中國屈服的那一天。」那一天就是甲午戰爭打敗了大清之日，日本從此才像是走出千百年中國文化的陰影而自立。福澤歡欣之餘，似乎也看見啓蒙所種下的惡果，1897 年

給弟子寫信，言道：看世上該憂患的事情很不少，近來國人過份熱衷於外戰，終將不堪收拾。當時自由民權派批判福澤諭吉撒謊吹牛，由外交官轉身為基督教牧師的吉岡弘毅更明確說：他是「圖謀使我日本帝國變為強盜國之人」，「結怨四鄰，受萬國憎惡，必給將來留下不可挽救的災禍」。

孔子說，學而時習之不亦悅乎，荀子著有《勸學》。1898年張之洞也寫《勸學篇》，雖然與福澤諭吉著書前後相差二十年，但國情不同，出發點也完全不一樣。張之洞力挽的是垂死的舊體制。福澤成長在維新前，未從事維新的政治運動，活躍在維新後。天皇復辟，卻是個十幾歲的孩子，維新並非他一聲號令，而是政變上台的新政府挾天皇以推行天下。福澤在1898年脫稿的《福翁自傳》中寫道：中國的問題首先在於根絕老大政府，否則，政府即便出甚麼樣的了不起人物，出一百個李鴻章也毫無用處。刷新人心，使國家文明，恐怕除了試以搞垮中央政府，別無妙策。福澤諭吉認為王制也好，共和制也好，任何制度都各有長短，沒有絕對理想的制度，目的只在於實現文明，不同的政治制度不過是為達成這一目的的手段不同。他也讀四書五經，但唐裝也好，西裝也好，反正都是拿來的，穿脫自如，赤條條來去無牽掛，中國人豈能隨意做得到。卻也正因為如此，日本又宿命地走進西方文化的陰影裏。

福澤諭吉一輩子不做官，卻充當「明治政府的老師」。他曾患斑疹傷寒，幸免一死，認定是吃牛肉喝牛奶有效，不僅作

文宣揚，而且買大塊牛肉宴客。明治年間長大的夏目漱石把文明開化貶斥為淺薄，這種淺薄似乎也正是福澤諭吉的淺薄。今人未必讀其書，卻無人不知其人，因為福澤活在鈔票上。日本流通的最大面值鈔票是一萬日元，上面印着他的像，已將近三十年，俗稱諭吉，數起來不論張，而是一人倆人仁人。夏目漱石曾留學英國，在帝國大學教授英文學，卻終於未入歐，反而回歸亞，甚至回到了漢學，他那副愁容也在千元日幣上掛了幾年，但沒人叫它漱石。《勸學》中多見的「權義（權理通義）」是 Right 的譯語，即現今常用的「權利」，這是 1864 年中國翻譯出版《萬國公法》的造詞。

為何無宦官

　　有個叫桑原騭藏的，大正十二年（1923 年）寫了一篇八千多字的文章發表在大阪的報紙上，題目是〈中國的宦官〉。道：

　　「獨我國自隋唐以來廣泛採用中國的制度文物，但惟有宦官制度不拿來，這不能不說實在是好事。英國的斯坦特曾發表論文〈中國的宦官〉，一語道破：東方各國如此普通的宦官制度在西方卻不太流行，這完全託基督教的福。然而，我國絲毫不指望宗教的力量，竟然不沾染此一蠻風，豈不更足以自負。我們就此也必須十分感謝我國當時先覺者的思考辨別。」（見《桑原騭藏全集‧東洋史說苑》）

　　中國人對宦官向來沒好感，也就情不自禁地佩服一下日本人，雖然如今電視上宦官與和尚露臉，皇帝並奴才爭風。宦官固然鄙陋，但是把朝廷衰亡歸罪於他們的「非人性」，似不無儒家觀念的偏見。宦官或閹人當中也不乏偉人，如司馬遷、蔡倫、鄭和。到了皇帝身邊就變壞，或者變壞才能到皇帝身邊，

問題未必先出在閹了他。就宦官制度來說，日本的確很值得慶幸。不過，沒學中國的地方多了，以為他們甚麼都學，都學得來，那才是一種誤解。沒學並不就表示比中國高明，倒可能是過於落後，歪打正着，壞事變好事。

一場甲午戰爭，日本打敗了大清帝國，總算出了一口壓在心頭千餘年的惡氣，但是要徹底走出中國的陰影，還必須從文化上打垮。槍桿子，筆桿子，翻身靠這兩桿子。桑原騭藏是東洋史學者，充當筆桿子，大寫《中國人辮髮史》、《中國人吃人肉風習》、《中國的宦官》甚麼的。似乎說中國的壞，便反證了日本的好。中國何以有宦官？桑原寫道：「中國人是嫉妒心極強的國民。讀《禮記》等就很容易了解，他們從前為避免男女之間的嫌疑，制定了超乎我們想像的種種神經過敏的禮儀和作法。在如此氣質的中國人中間，作為避免男女嫌疑、慰藉嫉妒心的手段，以至使喚中性的宦官，或許是順理成章。」四十年後，三田村泰助把桑原的文章敷演成書，題為《宦官》，「終章」試圖給先覺者的思辨做一個註腳，觸及日本為甚麼不曾有宦官。照他的意思，宦官是伴隨征服異民族這一現象而發生，日本古代社會不曾和異民族廣泛接觸，更不曾征服他們，其結果，日本的自然環境是島國，成為造不出宦官的決定性條件。日本積極輸入大陸文化的時候是唐代。作為宦官來源的宮刑早已在隋代廢止，唐代五刑是笞、杖、徒、流、死，所以日本沒得輸入，也就不曾有宦官。其後受佛教文化的影響，不可

能再搞這麼殘酷的勾當。

　　陳壽著《三國志》記載了日本的前身倭國，雖然西尾幹二們在《國民歷史》一書中說沒有史料價值，信口雌黃，但是就考古學成果來看，這部史書所言不虛：其地無牛馬虎豹羊鵲。馬是四世紀末葉帶入日本列島的。日本園藝頗發達，對動物品種的改良卻大大落後。日本古語裏沒有表示去勢的詞語。梵語稱陰莖為魔羅，日本人無知，以為切去陰莖就絕了淫慾，便叫作「羅切」。1898 年柳澤銀藏才著有《去勢術》。勢（睪丸）由人予奪，家畜從本能上順從了人類。有日本人觀察秦始皇陵墓的馬俑，說那些戰馬都去了勢。1577 年淡河彈正抵禦豐臣秀吉的進攻，預備了五、六十匹母馬，兩軍對陣時放將出來。豐臣的 500 鐵騎秉公而有勢，勃然大亂，不戰自敗。18 世紀20 年代，德川幕府從中國和荷蘭買進馬匹，荷蘭獸醫和中國人沈大成也前後來日本傳授養馬及騙馬的知識。八國聯軍進北京，日本軍馬沒騙過，在隊列裏尥蹶子，「罪文化」的歐美兵大加嘲笑，於是「恥文化」的日本陸軍把軍馬統統騙牠個球的，就此「入歐」。

　　或許像《三國志》記載的那樣，日本女人不淫，不妒忌，那就不需要閹割了男人以維護她們的貞潔。大人物擁妻四、五，未至 3,000，偷春也看得過來。性之成為享樂乃至特權，是人類進步所致，倘若未徹底脫離原始，出於本能，貓不發情不叫春，男人也不淫。但是把事情往文化上說，日本歷史上畢

竟少了一樣宦官文化。據漢字研究家白川靜考證，「羌」字在公元前 14 世紀的甲骨文裏是切斷陽具的象形。漢代犍牛，可能像西班牙鬥牛，利刃一揮，割下奔牛的巨勢。宦官也是官，當官發財，自宮者代不乏人。以前在廣闊天地裏接受再教育，見識過劁豬，由貧下中農執刀，一小手術而已。日本人淫巧，當然不會學不來。之所以不學，或如文化人類學家石田英一郎所言：去勢本來是一種畜牧技術，被文明國家應用到宮廷生活中來。從文化史或文化圈來看，大陸文化要素未傳入日本或者日本未普及的，大部份直接或間接地屬於畜牧性文化系統。

和吃肉的遊牧民族相比，日本是吃米的民族，畜牧業從未發達。雖然彌生時代也養過豬，但不知何故，平安時代以降，直至 17 世紀，不再飼養。普遍吃雞，以至大街小巷賣「燒鳥」，是江戶時代以後的事。吃「牛鍋」更是拜文明開化之賜，但到底壓不過吃魚，他們吃魚內臟，卻至今不愛吃豬牛下水。這樣的民族自然不關心閹割。不會騸馬，也不會騸人，終於沒騸出宦官來。

孔子不問馬

不好啦，馬廄失火了……

孔子上朝回來，聽說家裏的馬廄被燒個精光，問：傷人沒？

沒，家人回答。我心下卻不免疑惑：雖說老先生過得食不厭精、膾不厭細，也不能不在乎馬呀。春天乘着馬車來，還得坐馬車上下班呢。

但，孔子不問馬。

不關懷牛馬好像也少了點仁義，有人就出來辯護：蓋倉促之間，以人為急，偶未遑問馬耳，非真賤畜，置馬於度外，以為不足恤而不問也。更有人乾脆把句子斷為：傷人乎？不（否）。問馬。於是，我們的人道主義者便塗上西方色彩。《論語》的這段話通常理解為孔子愛人勝於愛馬。日本人正相反，如西方人所言，他們可憐殺動物卻不在乎殺人。到了漢代，董仲舒獨尊儒術，說：天地之精所以生物者，莫貴於人；人，下長萬物，上參天地。這正是「不問馬」的註腳。原來世界上人是第一可寶貴的。除了空蕩蕩的天，光禿禿的地，一切東西，

死的活的，統統歸人管。管即用，無所不用其極。只要有了人，沒有原子彈可以造原子彈。兩千多年來中國人的動物觀一脈相承，甚而更發揚光大。

孔子學說的核心是仁。仁即愛人，是對於人的普遍重視。對於動物，孔子的態度具有兩面性。一方面認為鳥獸不可與同群，事關克己復禮，更不能對動物講仁義。子貢仕魯，厲行節約，想廢了每月初一宰活羊祭祀宗廟的儀式，但是以老師自居的孔子橫加干涉：告訴你，你小子憐惜羊，我可要存續禮。禮乎禮乎，這一面的孔夫子不招現代人愛。另一方面，取物以節，他射鳥不射窩裏的，以免連窩端；釣魚只是一竿一竿地釣，不用繩子橫河掛上一排鈎，不撒大網。揮霍可以，惟其不可以無度。那個季桓子得到個藝妓，玩一兩天無妨，第三天還怠於政事，他老先生可就走人。屠夫殺人不是殺了一頭豬，詩人殺人不是作了一首詩。所謂中庸，就是把握度。千百年來若是按孔子的既定方針辦，凡事有限度，有節制，生存環境何至於糟到這般地步。

動物的不可思議也教人生出些劣等感，但總的來說，對動物極盡貶低之能事是中華民族及其文化的一大特色。中國人的罵，堪稱世界之最。罵起來基本有兩套，一套從人倫上罵，一套從物種上罵，罵作禽獸。只要不把他當人，就可以按豬狗處置，名正言順，心安理得。呂后殘害漢高祖寵姬戚夫人，害的不是人，是「人彘」。天地生萬物以養人（董仲舒語），動物

生來就是給人吃的，殺之為義。看見一隻蠍子，殺之則傷仁，放之則害義，說話兩頭堵，教人幹壞事也振振有詞。吃肉的猴子變成人。肉食者是高等人。不但吃，還用來祭神祭祖。475年大興佛教的北魏孝文帝曾下詔禁殺牛馬，但好像沒人聽。愛之為仁，中國人寵愛的動物要麼是龍鳳麒麟，龍肝鳳髓想吃也吃不着，要麼是金魚哈巴狗，被改造得沒法吃了。進化就是一步步脫離自然界，未必光是好事。靠吃其他生物存活演進，這才是人類的「原罪」。以前聽說日本人不愛吃肉，就懸想他們應該很保護動物罷。

繩文時代日本人食肉主要是魚貝，其次是鹿、豬、狗等。孔子感嘆道不行，乘桴浮於海，想來那年月常有人泛海而去。大陸人前仆後繼來日本列島，傳播稻作，融入彌生時代的主流社會。中國古代有六畜六獸之分，庖丁料理的六畜是馬牛羊豬狗雞，但史書記載三世紀末日本沒有牛馬虎豹羊鵲。似乎渡來的大陸人少有肉食者，而且入鄉隨俗，以致日本畜牧業始終不發達。538年朝鮮半島的百濟向大和朝廷獻佛像佛典，是為日本佛教之始。587年崇佛的蘇我氏消滅排佛的物部氏，聖德太子攝政，推行佛教立國。676年天武天皇發出禁止殺生令，不許吃牛馬狗猴雞。從此，直至明治維新，「不吃肉文化」延續千餘年。不過，鹿和豬（野豬）未列入禁令，因為這兩種動物歷來是皇家貴族狩獵的對象。有人推斷，天武天皇之所以禁止殺生，翌年又發佈放生令，既為佛教，也是為壓制從大陸亡命

而來的百濟人勢力。傳說百濟王是秦滅亡後逃到朝鮮半島的秦族後裔，歷代以畜牧為業，他們吃慣了家畜肉。準確地說，日本人不吃肉是不畜養家畜，至於山野的飛禽走獸，歷來是照吃不誤。其結果，野生動物也多有滅絕。

平安時代（794-1182）食肉之禁有所鬆弛。據 927 年編纂的《延喜式》記載，公卿吃獸肉，三日不得參列宮中神事，但吃雞不在此限。室町時代（1333-1573）肉類以魚為上品，鳥次之。魚類中河魚為上，海魚為下，魚中之王是鯉。鳥是鷹雁雉鴨鶉雀鶴，甚麼鳥都吃。葡萄牙人佔領澳門二十餘年後，1543 年有商人被颱風颳到種子島，日本人第一次看見洋槍，看見金髮碧眼的人吹喇叭似的仰頭喝葡萄酒。耶穌會走向東方世界，1549 年在鹿兒島上陸，帶來基督教，也帶來牛肉文化。當時的傳教士路易斯·弗羅伊斯在《日本史》一書中記述：歐洲人愛吃雞和鵪，日本人愛吃野狗、猴子和貓；歐洲人喜歡乳酪、黃油、骨髓，而日本人討厭這些東西，覺得臭不可聞；歐洲人不吃狗肉吃牛肉，日本人不吃牛肉，把狗肉當補藥吃。日本信徒還沒來得及嚼一口牛肉，17 世紀就閉關鎖國了。江戶時代（1603-1867）實行身份制度，士農工商之下是賤民。他們從事皮革業，屠宰牛馬，可以吃其肉，被視為下賤污穢。一般江戶人大快朵頤的是狗肉，也吃鹿豬狸兔獺熊等野獸。

在湯島建聖堂祭祀孔子的江戶幕府第五代將軍德川綱吉愛仁愛過了頭，發佈憐生類令，除了魚類，甚麼葷腥都不許吃。

有人効忠這位空前絕後的動物保護主義者，發誓連蒼蠅蚊子跳蚤虱子也不弄死。話説一武士，兒子患病垂危，聽説吃燕子可救，就射下飛過房前的燕子做藥用，結果被發現，父子雙雙送死。雖然形成了「四條腿污穢」的觀念，但想識肉味的人總是有的。某神社生財有道，賣給人們箸和札，上書「業盡有情，雖放不生，故宿人身，同證佛果」。有了這道免罪符，就可以放心大膽地開戒，而且是功德，把雞犬裝進胃袋裏一道上西天。這真是牙縫裏剔出的仁慈。

鯨魚沒有腿，江戶人就捕來打牙祭，至今還鬧着非多捕牠幾條不可，説是日本食文化。19世紀初，江戶城裏半明半暗地開了第一家獸肉店，稱作藥食舖，招牌上寫着山鯨（野豬肉）；鹿肉叫紅葉，馬肉叫櫻花。1854年美國人彼理率七艘戰艦敲開了日本閉鎖二百餘年的國門，但幕府寧死不提供牛肉，弄得彼理們只好大吃海龜。1868年以後，明治新政府大力提倡吃肉，讓失了業的武士開牛馬公司。不吃牛肉就不算文明人，肥牛火鍋大流行，假名垣魯文的小説《安愚樂鍋》描寫了那種情景，滑稽可笑。

魚與牛肉不可兼得的話，大概今天的日本人還是愛吃魚，尤其生着吃。十年前牛肉進口自由化，商店裏也常見美國牛肉、澳大利亞牛肉了，甚是便宜，好像是專門賣給窮人的。福澤諭吉曾預言：隨着社會開放，將來人人吃牛肉。預言實現了，但牛肉和牛肉不一樣——有錢人吃的是「和牛」。

龍馬傳說

自 1963 年，NHK（日本放送協會）每年製作一部大型歷史連續劇，從年頭播映到年尾，戲說歷史，叫大河電視劇。這個 NHK 可比作「央視」，演誰誰紅，今年演的是坂本龍馬，於是書店裏擺滿了有關這位幕末志士的書，高知、長崎等地與龍馬有緣，更借機廣招遊客，頗有助於活化地方經濟。

坂本龍馬在日本家喻戶曉，倒不是拜電視劇之賜，功莫大焉的是司馬遼太郎。1962 年 6 月至 1966 年 5 月，他在日報《產經新聞》上連載歷史小說《龍馬逝》，成書五卷（文庫版為八卷），四十餘年來，各種版本累積售賣兩千多萬冊，為司馬小說的銷量之最。歷史小說具有副作用，寫得越好，副作用越大，迷惑或攪亂人們對史實的認知。堪比小說家山岡莊八的德川家康，司馬遼太郎給日本人灌輸了一個虛構的龍馬形象，假作真時真亦假。

幕末，即江戶幕府末期，一般指 1853 年彼理率美國艦隊叩日本國門，至 1868 年明治新政府成立，僅僅十五年，可見

日本人之善於腦筋急轉彎。當年豎起了尊皇的大旗，底下亂哄哄各逞其能，攘夷或者開國，倒幕或者佐幕。長州藩憤然攘夷，結果被四國聯軍打得俯首帖耳。頗多志士都是由攘夷轉向開國，如第一任總理伊藤博文。坂本龍馬從家鄉土佐藩（今高知縣）遊學江戶，正遇上彼理艦隊冒着黑煙駛入江戶灣，慨然要取了異人首級回鄉見父老。幕府臣僚勝海舟是開國派，據他記述，龍馬企圖刺殺他，但聽他論說世界大勢，頓開茅塞，納頭拜他為師，從此也主張開國。此說有中國故事的影子，姑妄聽之。

通說坂本龍馬有兩大功績，一是斡旋水火不相容的薩摩（今鹿兒島縣西部）與長州（今山口縣西部和北部）兩大藩締結攻守同盟，二是建議幕府把大政奉還給天皇，其結果導致維新，建立了明治這個國家。按照司馬遼太郎的說法，沒有龍馬，薩長不可能聯盟，但史實為證，薩長聯盟及奉還大政並非龍馬獨出心裁，為先路之導，實乃大勢所趨，水到魚行，當然魚也會掀起水花。

說來這兩件事恰恰是矛盾的。薩摩藩的西鄉隆盛是倒幕急先鋒，置幕府於死地而後快，而幕府如若把獨霸二百六十年的權力歸還天皇家，仍然能充當新政府首輔，繼續執政。龍馬合縱了薩長，隨即遭幕府鷹犬的襲擊。《龍馬逝》中描寫，龍馬之妻阿龍正沐浴，發現了殺手，赤身裸體跑上二樓報警，龍馬得以脫逃。可是，後來他通過土佐藩權要向幕府獻策，奉還大

政，以求自保，就站到幕府一邊，也就跟武力倒幕派對立，以致有一說：西鄉隆盛們殺掉了龍馬。德川第十五代將軍慶喜審時度勢，雙手把政權還給了朝廷，但倒幕派於心不甘，想方設法誘發了戰爭，徹底摧毀舊幕府勢力。龍馬提出奉還大政之策，或許意在和平地改變政治體制，但他一手操作的薩長同盟是嗜血的，最終產生了一個以薩長勢力為主的獨裁政權。明治時代並不像司馬遼太郎所讚美的，是清透的現實主義時代，而是天皇制意識形態時代，甚至可以說，從明治維新到 1945 年戰敗整個是一個時代。

　　本家是富商，龍馬的父親雖屬於下級武士，但家道殷實，龍馬能兩度往江戶遊學。他的才幹與其說是政治的，不如說是商人的，非常現實主義。江戶時代最高教養是漢文，龍馬「卻沒有留下任何一首漢詩」，這或許表明他學問並不高。但為人聰慧，善於交往，積極接觸第一流知識人，吸收學識，形成思想，而且不止於坐而論道，更善於付諸實踐，作而行之。說到底，天生龍馬，不拘一格，是捭闔於權勢之間的縱橫家。擅自脫離藩籍的浪人結社，多是軍事組織，而龍馬創建「龜山社中」是日本第一個商社。起先由薩摩出資，後投靠土佐，改稱「海援隊」，龍馬為隊長。勝海舟在神戶開設海軍操練所，又辦了私塾似的海軍塾，由龍馬任塾頭。這位被龍馬仰為天下無雙的軍事學家對龍馬人生的影響特別大，海軍塾學員也構成「龜山社中」骨幹。龍馬做甚麼生意呢？倒賣軍火。以長崎為據點，

躲過幕府耳目，把從托馬斯・格洛弗手裏承攬的武器彈藥販往全國各地。大概就是靠這個生意，龍馬擁有了與各藩周旋的地位。近代化武器增強了薩摩、長州、土佐等藩國的軍事力量，終於使幕府軍及佐幕各藩土崩瓦解，天下歸順。

格洛弗是蘇格蘭人，在上海進怡和洋行，後到長崎作怡和代理人，協助倒幕派（法國則支持幕府），舊居如今是市民的格洛弗公園。怡和洋行橫濱分號老闆吉田健三是戰後與美國締結安全保障條約的首相吉田茂的養父。雖然炮艦敲開了日本鎖國的大門，但美國不過是要求日本提供捕鯨船停泊補給的港口罷了，而英國需要生絲、茶葉等貿易品，更積極地關與了日本的明治維新。

到底誰暗殺了坂本龍馬是日本史一大懸案。司馬遼太郎在《龍馬逝》後記中寫道：「暗殺龍馬的計劃好像搞得很周密，但完全不清楚幕閣甚麼人下令見回組的。」見回組也是幕府派駐京都的警備隊，新撰組負責北邊，見回組負責南邊。研究幕末維新史的菊地明詳加考證，認定見回組所為，龍馬身受三十四刀。

坂本龍馬死於 1867 年，翌年改元明治。新政府論功行賞，沒有他的份兒。天下板蕩，英雄輩出，人一死也就被忘記。重新提起他是 1883 年，土佐的報紙上連載小說《汗血千里駒》，為「天下無雙人傑、海南第一傳奇」的龍馬立傳。作者坂崎紫瀾是自由民權運動家，「借古影今」，宣洩對薩長政權的不滿。

阿龍裸身告急的故事就是他創作的。

1904 年日本與俄國斷交，一份福澤諭吉創辦的報紙上報道皇太后接連兩夜夢見白衣武士，自道魄繫海軍，保護忠勇義烈的軍人，給她看龍馬的照片，說絲毫不差，於是世上又掀起一場龍馬熱。轉年真就在日本海上打垮了俄國艦隊，龍馬成為海軍守護神，墓旁樹起忠魂碑。據説，拿出龍馬照片的人是土佐人。又據説，司馬遼太郎之所以寫《龍馬逝》，當初也是受一個土佐出身的同僚慫恿。

千頭清臣 1914 年撰寫的《坂本龍馬》中出現了龍馬不當官的故事，説他為未來新政府擬定官職，但名單上沒有他本人，一問，原來他打算去經營「世界的海援隊」，真像是大功告成後泛海而去的儒商陶朱公。

最膾炙人口的故事是龍馬在船上提出建國大綱，即「舟中八策」，土佐藩據此建言幕府奉還大政，但此事查無實據。對坂本龍馬的評價是截然相反的，或誇大其功，或抹煞其人。龍馬只活了三十三年，基本實現了自己的理想，完成了使命，不必嘆「時不利兮騅不逝」。司馬遼太郎説：「在日本歷史所擁有的『青春』中，拿給世界哪個民族都足以充份引起共鳴的青春惟其坂本龍馬。」

龍馬的青春不過是傳説。

單一民族是怎樣煉成的

　　日諺有云：猴子也會從樹上掉下來。所以，人有時說走嘴，不足為怪。政治家說了不該說的話，日本叫「失言」，卻不同於猴子失手，可能故意那麼說，或者不小心說出心裏話。最近的例子，有一個自民黨議員，叫中山成彬，入閣當國土交通部的部長，好像可逮着機會，接二連三放厥詞，結果大臣的沙發還沒有坐熱，第四天就掛冠走人。他「失言」之一：日本是單一民族。

　　日本有好些說法教我們中國人納悶，這個單一民族說也是其一。我們想，不是北海道還有一個少數民族阿伊努嗎？沖繩，就是早先叫琉球的，那裏很愛吃豬肉（只是不吃牠的哼哼聲和腳趾甲），不是也跟其他島上的日本人大不一樣嗎？民族怎麼就單一了呢？

　　所謂單一民族及單一國家，歷史學家網野善彥曾這樣描述：從繩紋時代就生活在日本列島、和周圍民族在形態與實質上都不相同的「原日本人」是日本人的祖先。彌生時代以稻作

為中心的文化、生活體系被這些人廣為接受，以此為基礎形成了國號「日本」、以天皇為頂點的國家。這個日本國雖然有種種變化卻延續下來，國家成員的日本人——「日本民族」未遭受過周圍各民族的決定性侵略、征服，發展了獨自的歷史，直到現在。

高中教科書基本是這麼寫的，網野也曾這麼教學生，但上世紀80年代他省悟了這種「常識性日本史模樣」不過是基於偏見的「虛象」。那麼，單一民族的「虛象」，或者稱之為「神話」，產生於何時，怎樣產生的呢？網野未當作問題深究。起初小熊英二也理所當然地認定，單一民族神話是國家意識形態、天皇制的重要支柱，應該在明治初年即初具原型，殖民地統治和十五年戰爭更使之強化。或許日本政治思想史家神島二郎1982年說的話啓發了他：「在戰前的日本，誰都說大和民族是雜種民族，混合民族。就是在最提倡日本主義的時候也這樣認為。可是到了戰後，居然古怪得很，進步文化人帶頭嚷嚷起了日本是單一民族。簡直沒根據的說法橫行。」小熊便做了一番歷史學調查，加以社會學分析，洋洋灑灑寫成一部書，叫《單一民族神話的起源》，把日本人這個自畫像的來龍去脈縷述得清清楚楚。

關於日本民族的起源，19世紀末葉產生了民族混合說（土著、天神子孫、後來從大陸渡海而來的人）和單一民族說（太古以來列島只有「日本人」，「蝦夷」不是異族，而是不服從

天皇的叛徒的總稱），此後的論說從未超出這兩個基本框架，只是每當日本的國際地位發生變化就搖來擺去而已。戰前，日本霸佔台灣，吞併朝鮮，鼓吹的是與朝鮮半島同祖，天皇身上流着朝鮮人的血。在中國也開辦同文書院，以盡同文同種之義務，極力張揚大日本帝國不是單一民族的國家，日本是諸民族混血、融合而成的，國定教科書上也明記總人口的三成不屬於大和民族。但戰爭失敗，喪失了朝鮮、台灣，四下裏一看好像戰後列島只剩下「日本人」，如日本史學家津田左右吉，1946年便提出「日本國家由可以叫日本民族的一個民族構成，不是多民族混合而成的」，歷史學家井上清1957年宣説「同一的日本人種兩千年來共同生活在同一地域」，到了1960年代終於形成了單一民族觀大合唱。影響所致，華裔小説家陳舜臣也寫隨筆強調日本與中國並不是同文同種，後來他自覺有偏頗。政治家拿來「失言」，大概總理中曾根康弘是頭一個，1986年說日本是單一民族，從此好像就成了政治家抒發情懷的慣用語之一。

舉國上下信奉單一民族神話，卻也一分為二。三島由紀夫可代表保守的單一民族論，説「由於戰敗，被壓縮在現有領土上的日本幾乎國內沒有異族問題」，要復活「作為文化概念的天皇」。相對，批判日本的人也總是從單一民族論挖掘問題的根源，如中根千枝認為「日本列島被絕大多數的同一民族所佔據，共有基本文化」，「在一切方面有鄉巴佬傾向」，「沒有

國際性這一點很嚴重」。其實，許多人談論日本民族的歷史，不過是在講自己的世界觀或潛在意識的投影。石原慎太郎最體現日本人見風使舵的秉性，1968 年高談「大體可說是單一民族的國民說的是跟其他國家完全不通的單一的國語，長年形成了完全獨自的文化，這是絕無僅有的」，1994 年卻闊論「有一種日本是獨特的單一民族國家的說法，完全是扯淡」，「日本人是全亞洲系統的混交民族」。原來境未遷而時過，日本經濟躍居世界第二位，國際形勢發生了變化，而且出生率下降，人口減少，要大大地開放門戶，招進勞動力，自 1970 年代後半日本人重新為自己畫像。例如哲學家梅原猛探求民族起源，1979 年開誠佈公：「我最近放棄了日本民族是單一民族的觀點」，「日本文化的根底有一種把不同人種的人同一化的非常了不得的本事」。然而，混合民族也好，混血民族也好，似乎只是又一個神話。誠如小熊英二所言，要和不同的人共存，不需要神話，需要的是一點點強大和睿智。

小熊生於 1962 年，東京大學農學系畢業，在岩波書店當了六年編輯，重回東京大學「讀博」，專攻國際社會學。現為慶應大學助教授，研究課題是戰後日本的民族主義。網頁上有照片，抱着把吉他，自道進出版社以後才開始讀書。他主張，今後日本必須走多民族國家之路。

黃禍事始

　　黃禍，早年就知道這個詞。覺得說的是中國，卻不知其所以然，中國不是落後挨打的麼，何禍之有？後來又得知，乃是說蒙古鐵騎，試想把歐洲踐踏得不成樣子，信以為然。在日本又撞着這兩個漢字，說是說日本人，若聯想珍珠港事件，非禍而何。從網上查閱，日本的解釋有這樣的：黃禍論是 19 世紀中葉至 20 世紀前半在美國、德國、加拿大、澳大利亞等白人國家出現的蔑視黃種人的觀點，是人種歧視；近代黃禍論的矛頭主要指向日本及中國，而日清戰爭後，三國干涉、1922 年華盛頓會議以及美國排日移民法等，尤其針對日本。而中國有這樣的解釋：黃禍尤其是對中國偏見的一個用語。好像在爭當「禍首」，那麼，黃禍的來龍去脈究竟怎樣呢？忽而有志於學，找來了一本《黃禍物語》，著者是專攻政治思想史的橋川文三（1922-1983）。此書是日本第一本有關黃禍的專著，1976 年出版。

　　黃禍，歐美有多種說法，日本直譯為「黃禍」、「黃患」，

用橋川的話說，「表現了白色人種對黃色人種的恐怖、厭惡、不信、蔑視的感情，是屬於人種偏見、人種歧視範疇的現象」。他首先寫了一章〈黃禍論前史〉，「似乎可以說，黃禍論是人類社會所傳承、形成的各種歧視人的心理複合體之中花費最長歷史製造的龐大『神話』。西歐黃禍論諸說豈止起源於 13 世紀（蒙古入侵），通常上溯到公元前四至五世紀（匈奴人進攻）的歷史經驗，更極端的，甚而從公元前 10 世紀以前探究。那就是主張，有史以前，人類產生之時黃白人種就命運注定要互相鬥爭」。近代率先散佈黃禍論的，1905 年中國人谷音在《辯黃禍之說》中指出是 Bakunin（1814-1876）。說此人從流放地西伯利亞脫逃，經日本回到歐洲，揚言日本一心學西歐文明，不出幾十年畢業，與地大物博、人口眾多的中國聯合，黃色蠻族將如潮氾濫，傾歐洲之兵也難以抵擋。最廣為人知的黃禍論者是德皇威廉二世（1859-1941），他信奉白色人種優越論，據說曾一舉買下幾千本 H. Chamberlain（1855-1927）的《十九世紀的基礎》，此書乃鼓吹人種歧視的經典。甲午戰爭以中國徹底失敗而告終，1859 年 4 月 17 日李鴻章簽下馬關條約，割地賠款，當年 7 月 10 日威廉二世寫信給俄皇尼古拉二世（1868-1918）（他媽是尼古拉老婆的姑媽，鼓動俄國轉向亞洲），還動之以圖：「我把它（黃禍）畫在紙上。和一個一流畫家一起畫出這個底稿，做成版畫，廣為散佈。上面畫的是歐洲各國的形象被天使米迦勒號召，抵抗佛教和野蠻的入侵，

守護十字架。」

1904 年日本與俄國開戰，打了一年半，小日本打敗大沙俄，黃種人打敗白種人，這下子黃禍論甚囂塵上。橋川文三懸想，若沒有這場勝利，或許黃禍論不過是歐美的一個專門性、技術性用語，至少不會通過媒體擴散到民眾之間。他們本來正抱怨自己的生活，於是遷怒於身邊的移民，起哄排外。對於黃禍論，日本人群起反駁，例如文學家森鷗外，1903 年兩次演講《人種哲學梗概》和《黃禍論梗概》（以致有梗概博士之稱）：所謂流行，不限於人的髮型、服裝，學問藝術上也有所謂流行。當然，若是學問或藝術，不能把某種流派、某種傾向的真正隆盛叫流行。這裏所說的流行是還沒被特別承認的，近來歐洲流傳的人種哲學也屬於此類。但是如作家安岡章太郎所言，鷗外越講越含糊其辭，因為日本人心底對歐美有一種劣等感。相比之下，岡倉天心底氣更足些，他在寫給歐美人看的《茶書》等著作中反唇相譏「白禍」。福澤諭吉就有點卑劣，他總是撇清日本，把所謂黃禍的屎盆子扣到中國、朝鮮的頭上。更有人暗自高興，日本已成為令人害怕的強國，並借此黃禍論把日本的侵略戰爭描繪成黃白人種之戰，叫囂侵略鄰國是為了解放亞洲。

黃禍論的矛頭所向是日本和中國，而二次大戰後主要指向中國，中蘇論戰時蘇聯也揮舞過這根大棒，《黃禍物語》對此縷述甚詳。歐美人說過，「中國要是有拿破侖，一定會統治世

界」，可問題正在於拿破侖是歐洲才有的，他們把自己心中的魔影投在了中國人身上。黃禍的「禍首」隨時代環境及社會條件的演變而變，上世紀 70 年代日本猛然變成了經濟大國，歐美被人追趕的不安，走衰的預感，使日本黃禍論騷然再興。此論難以根除，今夕何夕，不知口水又將唾向誰。

橋川文三參考的《何謂黃禍論》一書是德國近現代史家 Heinz Gollwitzer 撰寫的，1999 年出版日譯本。序章論述黃禍是怎樣產生的，而後是一國一章，從 1870 年到第一次世界大戰，引用當時的言論和書籍，多方面考察英美俄法德的黃禍論。

2007 年有日本人翻印黃禍論英語文獻，第一期為《英國黃禍論小說集成》七卷。據說英國作家 Shiel, M. P.（Matthew Phipps）於 1898 年出版的小說 *The Yellow Danger* 是英國黃禍論小說的祖型，橋川文三在書中略為述及這個「大傳奇小說」：主人公燕賀是中日混血兒。某日，中國突然宣佈把版圖瓜分給歐洲各國，結果它們互爭權益，衝突起來。燕賀取代李鴻章，與日本結盟，乘機大舉進攻歐洲。俾斯麥叛變，黃禍論的元兇威廉二世亡命英國。下文如何，橋川沒讀完，想來是英國出了個大英雄，拯救歐洲。回顧歷史，上下兩千年，中日這兩個民族從未聯過手，但好窩裏鬥，何須白種憂天傾。

楊貴妃・聖德太子・成吉思汗

　　把這幾位的名字開列在一起，是甚麼意思呢？說來有趣，中國歷史上叫得響的人物，日本人就愛拿了去，說他們原來與日本有這樣那樣的淵源或牽連，這幾位堪為代表。日本人向來好新編「國民歷史」，理由之一是上窮碧落下黃泉，那歷史沒處查找，近來又有人乾脆把中國人勉強給他們留下的一點「歷史廢墟」也編排掉了。姑妄聽之，很可以消閒解悶。

　　楊貴妃的故事無人不知，近年來改革開放，好像她當年從馬嵬驛逃到日本的消息也傳回了故國。日本人辦事認真，像對待原子彈爆炸罹難者一樣，在海邊給她建墓立碑，煞有其事。最近又得知另一說，說她本是日本一個神，看出唐玄宗企圖東略，就化作美人去墮落他。君王從此不早朝，終於鬧出安史之亂，毀了大唐盛世。此神受用了三千寵愛，打道回府，恬然享祭於熱田神宮。神宮在名古屋，祭祀着天皇家三種神器之一的草剃劍。境內有門叫「春敲門」，來由是玄宗遣派的道士找到這裏，時當春天，咚咚敲打過一氣。此說記載在清原宣賢

（1475-1550）的《長恨歌抄》裏；他是學者，把神道信仰和儒學倫理熔為一爐。

楊貴妃的傳說過於荒誕，而慧思在日本轉生為聖德太子的說法，恆武天皇也相信。聖德太子（574-622）是確立以天皇為中心的中央集權國家體制的政治家，信奉「世間虛假，唯佛是真」，依據中國南北朝僧侶法雲之說撰著《法華義疏》。天台大師破析法雲，著述被鑒真帶到日本，但不受重視。最澄從東大寺的塵封中發現他的書，借閱抄寫，創立天台法華宗。最澄本來歸心於聖德太子，便面對一個如何使天台大師和聖德太子兩樹同根的難題，可能就編造了聖德太子是慧思後身的瞎話。慧思（515-577）專誦《法華經》，開悟法華三昧，是天台大師的師父。840 年天台僧人維蠲為渡海而來的日本僧侶請求台州刺史簽字蓋印，有云：「昔南嶽高僧思大師，生日本為王，天台教法，大行彼國。」大概最澄入唐求法時把這個瞎話也帶到中國。

望風捕影也罷，別有居心也罷，「源義經乃成吉思汗也」很像是查有實據。源義經（1159-1189）姓源名義經，乳名牛若丸。異母三哥源賴朝舉兵，他跑去參加，屢建戰功，殲滅平家軍，為賴朝建立鎌倉幕府做出很大的貢獻。他不待賴朝舉薦，就當了朝廷的官（屬於判官一級），惹惱了賴朝，不讓他進入鎌倉。幾年後賴朝發兵征伐，義經剖腹自殺。同情悲劇人物，進而美化，《平家物語》裏寫他是一副武大郎模樣，但到

了單把他拿出來歌頌的《義經記》裏變成武二郎，相貌堂堂。江戶時代又出現新編故事，說他沒有死，而是北逃蝦夷島，至今北海道有不少遺跡。一個叫小谷部全一郎的，趁日本出兵西伯利亞之機，充當陸軍翻譯，去實地調查，1924 年寫了一本書，叫《成吉思汗乃源義經也》。實據之一是成吉思汗這四個漢字。據說，義經帶着愛妾逃進吉野山，這愛妾叫靜，後來被賴朝抓去；吉，指吉野山，汗，是水干（古時候一種衣服），表示靜，所以成吉思汗的意思是「成就了吉野山之誓，思念靜」。又說，成吉思汗的蒙語發音跟源義經的日語發音相近，是蒙古人沒有唸準。實據多多，日本人就圓了入主大陸的夢，雖然更像是拿這個悲劇的歷史人物尋開心。

繫緊兜襠布

有一些詞語，如予生也晚、未能免俗之類，作文的人很愛用，似乎筆下就帶了調侃。未能免俗，語出《世說新語‧任誕》。說的是竹林七賢之一的阮咸好酒，不務正業，直把家喝得四壁蕭然。到了曝曬衣裳的日子，同姓們拿出紗羅錦綺，一片爛然，他也豎一根長竿把「大布犢鼻褲」掛在院子裏。有人見了奇怪，他說：未能免俗，也做做樣子。予生也晚，晚了千百年，未得見犢鼻褲，時而想它是怎樣的東西呢。

謀生度世，塗鴉也用過未能免俗，卻不再記起犢鼻褲。後來就來到日本，某日，驅車奔馳在鄉間，忽見田舍小院裏掛了塊白布，像一幅中堂。每事問，原來那就是相撲比賽時赤身裸體的力士繫在腰間胯下的，寫作「褌」。艷陽下頓有所悟，阮先生高挑在杆子上的大布正是這東西罷。倘若按辭典的解釋，「犢鼻褲」是短褲或圍裙，招搖起來就不那麼「任誕」。文君當壚，司馬相如只繫了兜襠布，全棉的，洗碗刷碟子，這情形放在今天的日本也不足為怪。

「褌」的日語發音聽起來好像「糞兜子」，與朝鮮語相近，說不定是從那裏傳來的。譯成現代中國語，「兜襠布」庶幾近之。穿法不同，形狀各異，大致分三類，曰「六尺褌」、「越中褌」、「畚褌」。「六尺」約合二百三十厘米，估計比阮式犢鼻褌長得多。這種兜襠布年代最古老，通常是勞動者穿用。力士的兜襠布（特別稱之為「回」）要經得住搏鬥，在腰間纏兩三圈，扯不掉，拽不開，更需要長寬厚重。相撲的最下級力士叫「褌擔」，就是給上級力士搬運兜襠布的。「越中褌」短一半，當年「皇軍」穿上這種兜襠布，像酒館的門簾，四出侵略，據說就兜住「大和魂」。懸想八路軍夜襲炮樓，鬼子兵從鋪上跳將起來，下身噹啷着白布，群魔亂舞，倒也要嚇人一跳。「畚褌」尺寸比較短，其形如畚，過去用作游泳褲。

　　日本打不少勝仗的年月，兜襠布被賦予民族精神，有人曾寫道：俗話說情義與兜襠布不可少，穿上了洋服的今天也繫着紅兜襠布、黑兜襠布、白兜襠布，這才真是保存國粹。國家到了最危險的時候，要繫緊兜襠布（這是句諺語，意思是下定決心），沒有兜襠布的話，那可就起不到作用。兜襠布是甚麼？過去是「戎裝」，現今是「軍服」，也許因此才寫作衣補加一個軍字。後來崇拜中國的漢學家之流開始穿「吳服」，日本國曾遭遇一大危機。如今崇拜西洋的人又大穿「洋服」，其實穿「吳服」或者穿「洋服」也無所謂，底下總要繫着兜襠布。有時換成褲叉也無妨，但心裏要牢牢繫緊兜襠布。兜襠布本來是

熱帶民族特有的東西，地球上居溫帶繫兜襠布的，唯我大和民族。用兜襠布把太平洋的大小島嶼連起來，變太平洋為一湖日本水。兜襠布的使命可真叫偉大，社會主義、無政府主義、歐美物質主義打扮得漂漂亮亮，但徒有其表，緊要關頭不能像兜襠布那樣發揮作用。吾人切不可忘掉兜襠布。云云。

兜襠布加三八大蓋到底不頂用，美軍在沖繩登陸。一個七歲的少女跟家人失散，躲進洞穴，裏面已藏着一對老人。聽見美軍在外面喊「戰爭結束了，出來罷」，老奶奶把老爺爺的兜襠布撕成三角形，繫在樹枝上，讓少女求生：出去罷，舉得高高的，讓人能看見。她舉着「白旗」走出來，美軍的隨軍記者拍下歷史性照片，題作「白旗少女」。那之後不久，兜襠布繫得最緊的關東軍被蘇軍打垮，擄到西伯利亞做苦力。饑寒交迫，俘虜兵拆掉兜襠布的帶子，冒充手巾跟蘇聯人換一片黑麵包。

列島上出土的土俑已塑有兜襠布，足證使用之久遠。明治政府搞開放，金髮碧眼上島來，看見男人露出兩瓣屁股走路，瞠目結舌。當權者不好意思了，發告示禁止陋習，可能像北京近年的不許赤膊。生物學家、民俗學家南方熊楠（1867-1941）是日本代表性人物，最早搞自然保護運動，傳說他不穿兜襠布，理由是「放牧比圈養有益於衛生」。二戰後日本被美軍佔領，男女一齊丟掉兜襠布，以至「褌」都不好說出口。那位安能久事筆硯間乎的三島由紀夫揚厲國粹，就繫上兜襠布，手持

大洋刀拍照。如今只有七老八十的人可能還使用兜襠布，但時逢盛夏，大街小巷辦廟會，為神抬轎子，男人兩股間用「六尺褌」一兜，「形如犢鼻矣」——這就是「犢鼻褌」之稱的由來罷。

看明朝那些事

讀《笑雲入明記》，覺得有意思。

卷首有題簽，云：寶德三年辛未歲，從國使遊大明，十月辭京師，壬申正月至築紫博德，八月出博德，癸酉三月十九日始泛大洋，四月二十一日達大明寧波府，九月入北京，甲戌二月二十八日出北京，六月二十三日歸船解纜，七月十四日到長門國。凡九百餘日，所歷覽者無一不記。

寶德是日本後花園天皇的年號，三年為公元 1451 年。備貨，候風，遣明使團折騰了一年有半才揚帆渡海。九艘船，1,200 人，歷盡風險，先後到寧波。笑雲是臨濟宗和尚，擔任書記官，隨正使乘一號船，記錄了出使全程。四月，「四日，鷹來息桅上，午後海水少濁，水夫曰，已入唐地」；「二十日，曉溯浙江，平明達寧波府，乃大明景泰四年癸酉夏四月二十日也」。

景泰四年是 1453 年。使團在寧波逗留三個半月後北上，於九月二十六日晚入崇陽門。翌日就到鴻臚寺學習朝聖禮儀，

第三天在奉天門觀見二十多歲的景泰帝。「官人唱，鞠躬拜，起叩頭，起平身，跪叩頭，快走關左門，賜宴，宴罷又趨端門，跪叩頭出」。此後朝參二十多次，每朝參，必賜宴。還總有賞賜、饋贈，從皇帝到地方官員一體顯示大國氣度。當然也討要，古銅大香爐甚麼的。

一位中書舍人對笑雲說：「外域朝貢於大明者，凡五百餘國，唯日本人獨讀書。」讀書不達禮，難改野性，進京途中竟也敢作惡。《明實錄》記載：日本使臣至臨清，掠奪當地居民，派官員前去處理，又差點兒被打死。又記：沿途則擾害軍民，毆打職官，在館則捶楚館夫，不遵禁約。但這些行徑笑雲都略而不記，只寫下一行：臨清清源驛，齊地，有桓公廟、晏子廟，甘草多。倒是幕府將軍識大體，幾年後請託朝鮮向明朝「謝罪」。

禮部驗核文書，令日本人在「金屏風」上加一「貼」字，因為是貼金屏風，不是金屏風。某日賜茶，日本和高麗爭位次，禮部官員只好讓日本居左，高麗居右。日本跟朝鮮半島諸國向來是冤家，爭位次不是頭一回。有個叫大伴古麻呂的，留學大唐六、七年，海歸當官。據《續日本紀》記載，天寶十二年（753年），玄宗在大明宮的正殿含元殿接受百官及諸蕃朝賀，新羅被安排在東邊第一位，居大食國之上，而日本在西邊第二位，居吐蕃之下。大伴作為第十次遣唐的副使嗷嗷抗議，說新羅朝貢大日本國久矣，我反在其下，好沒有道理。將軍吳懷實就給

調換了，新羅改在西邊吐蕃之下，日本位居東邊大食國之上。要說這個大伴的最大功績，應該是歸船把五次渡海失敗的鑒真和尚偷渡到日本。

「冬至朝參，自左披門入東角門，過鳳凰池到奉天殿，見天子，文樓武樓之間萬官排班，三呼萬歲，聲動天地。」朝參之外，笑雲們經常遊廟或逛街：

「月食，九重城裏鐘鼓雷轟」。

「除夜，長安街列炬如晝」。

「帝回駕，入大明門。奏樂前行者，數千人。大象負寶玉行者，三匹。六龍車二。二象牽車者二。鳳輦二，人肩之，其一帝御之。執戟擁衛者，數萬人。甲冑士走馬者，三十六萬騎」。

「夜觀燈至東長安街，望見端門萬燭耀天」。

「有衣冠騎馬，搭紅絹於肩上而曳地從之，鳴鼓笛，以繞宮城者，予問之，則曰家產男子者，例如此云云」。

「觀燈市，燈籠傍皆掛琉璃瓶，瓶中有數寸魚，映燈光而踴躍，甚可愛也。濟大川題琉璃燈棚曰，冰壺凜凜玉龍蟠，其謂之乎」。由此想起神戶的香雪美術館藏有一幅布袋圖，梁楷畫，有大川普濟禪師的題贊。

日本朝貢其實是貿易。厚往薄來也要有限度，禮部打算按時價付款，但日方說：若不給宣德八年那個價，咱們就不再回國了。宣德八年（1433 年）日本船運來硫黃 22,000 斤、衰刀

兩把，而此次所貢，硫黃 364,400 斤、衮刀 417 把，所有貢物都增加幾十倍，整個是傾銷。禮部改為比照宣德十年，日方也不從：回去的砍頭，可憐可憐的。當皇帝的總是心太軟，普度眾生，解放全人類，唐玄宗所謂「矜爾畏途遙」，景泰帝則曰，遠夷當優待之。可是給加了銅錢一萬貫，日本人猶以為少，禮部一邊斥責他們貪得無厭，一邊又加了絹 500 匹，布 1,000 匹。

正趕上景泰五年會試，3,000 人進考場，笑雲到國子監觀看，但「嚴設棘圍，不許遊人入」。半個月後發榜，350 名合格，笑雲抄錄了諭眾通知的榜文，可見對科舉大感興趣。周作人「深欽日本之善於別擇」，說它「唐時不取太監，宋時不取纏足，明時不取八股，清時不取鴉片」，其實，之所以不取，嗜好迥殊，恐怕是各有原因的。未必不想取，可能取不來，好像當初就獨具慧眼，不過是歪打正着罷了。隋文帝創始科舉，日本比朝鮮還早，728 年就照貓畫虎，開科取士，可國情哪裏比得了隋唐呢。西歐驚悉世界上還有如此公平、平等的人才錄用法更要晚一千年，也就到了明末，本家已不堪其敝。1787年松平定信當上江戶幕府的首座家宰，斷行改革。杜絕賄賂，厲行節約，獨尊朱子學，排斥異學。為消解官職取決於門第的陳規陋習，1792 年施行科考，叫「學問吟味」。有一位大田南畝，好學善文章，欣然赴考，作詩說「昭代文華藻翰揚，試場迎我坐中堂，翛然落筆掃千紙，觀者一時如堵牆」，看來是不設棘圍的，卻名落孫山後。原因可能是他指出考題把伍子胥

的伍誤為吳，惹惱了考官。1794 年，大田 46 歲，又參加在孔廟舉行的第二次科考（此後每三年舉行一次），考生 23 人，第一天考《論語》、《小學》，第二天考《詩經》、《史記》《左傳》。這次他得了分組第一名，獲銀幣十枚，日後由警衛步卒升為文職小吏，改變了人生。這是我大清乾隆末年的事了。

《明實錄》記載，日本人「已蒙重賞，輾轉不行，待以禮而不知恤，加以恩而不知感，惟肆貪饕，略無忌憚」。滯留北京五個月，終於在景泰五年（1454 年）二月二十八日上午踏上歸途。

行前，笑雲遊興隆寺，獨芳和尚拿起燒餅，問：日本有麼？笑雲答：有。又拿起棗子問：日本有麼？答：有。獨芳和尚說：這裏來為甚麼？答：老和尚萬福。獨芳笑了，賜笑雲一卷自註心經。

黑船與虎門炮台

　　時當深秋，和幾位朋友驅車去伊豆半島遊玩，途經下田，特意停車拍了幾張「黑船」的照片。之所以特意，是因為日前在東京剛看過兩個展覽：葡萄牙——榮光的五百年、日本交流的曙光——黑船來航。

　　點燃一支香煙，煙霧繚繞，照片上的黑船就恍若航行在 1853 年 7 月 8 日拂曉。海霧濛濛，駛入江戶灣，直抵江戶（今東京）的鼻尖浦賀。出海打魚的漁民倉皇報告給官府。其實，去年秋天幕府就得到情報，明年 3 月美國使節率艦隊叩關。情報來源之一是「荷蘭風說」，就是向長崎的荷蘭商館和船長打探國際動態。名為「風說」，不免將信將疑，正要放下心來，兩艘蒸氣機船和兩隻帆船真的「來航」了。船腹塗得駿黑，所以俗稱黑船。大如山，快如飛，咚咚放號炮，直嚇得百姓趕緊捲鋪蓋。這就是美國東印度艦隊司令彼理率領的日本遠征艦隊，5 月 26 日從沖繩的那霸開過來。

　　此時手握國柄的幕府將軍德川家慶臥病在床，由五位閣老

料理國務，處事柔軟的阿部正弘為首輔。幕府召水戶藩主德川齊昭出山，他是主戰派首領。就接受國書一事，主戰派和主和派僵持不下。警備船跑來跑去，不是取締黑船，而是驅趕日本武士——眼看着黑船的小艇自由自在地游弋，趾高氣揚，他們已忍無可忍。主戰派不把「蠻夷」放在眼裏，對海防信心十足。據日本記錄，美國人送給日本兩面白旗，發出最後通牒：開戰後如有急事，豎起白旗，就停止炮擊。黑船在灣內威懾，幕府看看自己的幾門大炮，不敢動武。阿部正弘作出決斷：作為特例（下不為例），接受國書，但回答必須在長崎交付。（否則，城下之盟，丟盡了面子）黑船之前也來過美國船、英國船，都被日本人給說走了，可彼理這傢伙耀武揚威，不像是省油的燈，不同意怎麼辦？德川齊昭出一奇招：來一個鴻門宴，彼理不接受就把他逮起來。孰料，彼理在久里濱上陸——如今那裏樹立着彼理上陸紀念碑——帶了四百名陸戰兵，完全是大軍壓境的架勢。在臨時小房裏，日本代表接過美國總統的信函，只說了一句「收下了，爾等返航罷」。鴻門宴落空，連一頓酒飯都不管，彼理大為不滿，叫戰艦噴煙揚波，示了一通威。幕府也做了迎戰準備，但武士過慣了太平日子，只是讓刀槍鎧甲店大發國難財。

彼理揚長而去，幕府趕緊加強軍備，德川齊昭還起草了一篇慷慨激昂的「決戰大號令案」。新年（1854 年）伊始，彼理又闖入江戶灣，帶來了七艘戰艦。這回百姓像趕廟會一樣湧

來，商販賣起了彼理和黑船的浮世繪，漁船改作遊覽船，往來如梭，據說這就是日本人所獨具的好奇心，頗有點不知「恥」。阿部正弘不顧攘夷派叫囂，在不足百戶的漁村橫濱擺下談判桌，締結「日美和親條約」，開放下田、箱館二港。此後，英國、俄國接踵而來。1856 年 8 月哈里斯作為美國首任駐日總領事來到下田，這時他才知道日本還有一個「天皇」。幕府之所以不開放離京都不遠的神戶港，可能怕天皇和朝臣一下子見亮光發暈。領悟了落後挨打，幕府要加強海防，命江戶百姓捐錢，並佈告全國，毀鐘鑄炮（因和尚反對，未果），購置軍艦，採用洋式大炮，進行洋式訓練。再後來就有了戰爭之舉，我大清一敗塗地。

最近上市了一本書，叫《國民歷史》，頗有些人在讀。書中談及的疑問之一是，鄭和下西洋比哥倫布航海早八十年，鄭和的寶船長 120 米，幾乎比哥倫布的洋船長出四倍，可是，優越的中國在鴉片戰爭中呼啦啦倒地，竟至締結屈辱的南京條約，割讓香港，為甚麼？中國到底為甚麼如此脆弱？歐洲為甚麼能夠在地球上展開那麼殘酷而冷酷的方式？所謂「近代世界體系」的秘密究竟是甚麼？作者西尾幹二自問自答：通過冊封體制，東亞以中國為中心形成「華夷秩序」，只要中國王朝安定，東亞地區的和平就得以維持。可是，不管危險怎樣臨頭，中國也永遠是自我中心，全然不在意與自己迥異的文明體系的存在。西方則沒有中心，是極其多元的。各國為了利益，抑制

自己的欲望，與對方締結協議或條約，形成「國際社會」準則。東亞根本不具備這種現實認識的二重性，欠缺各自孤立的國家之間基於交易原理的利己主義的強有力的調整能力。在東亞，唯其日本是例外，沒有加入中華帝國的冊封體制（西尾認為日本歷史上只有足利義滿向明朝屈膝過一次）。它明白那是與中國體系截然不同的文明，能看清歐洲動向，具有及早察覺其軍事力量難以抗拒的敏感。不屬於中國體系，來去自由，能丟開呆然不動的中國，幕府才得以貫徹自主路線，轉換方向，老老實實向歐洲學習。

日本被西尾幹二說得像兩棲動物，裏外不是人，我卻覺得事體並沒有那麼複雜。西尾對待「魏書倭人傳」是一腳踢開，順嘴胡說，反正那年月的日本是死無對證，但幕末史料如山。從史實中看不出世界上曾有過一個他所說的日本。日本的轉向分明是數了數彼理黑船上架了多少門大炮之後屈膝投降。1793年英國喬治三世派使節馬戈爾尼來華修好，「天朝」要他向皇帝行三跪九叩的大禮，被他拒絕，很有點晏嬰齊之習辭者也的氣派，但辱了使命。就乾隆年間的世界來說，中國還是有本錢說大話的。那是西方需要中國，需要中國的物產，而中國並不需要西方，不需要通商。「加惠遠人，撫育四夷」，洋溢着慈善精神。英國人需要茶葉，但中國人不需要毛衣，他只好用銀子買。無商不奸，於是他就在印度種鴉片，拿來坑中國人，中國的白銀反而外流了。林則徐火燒鴉片，1840年就惹來戰爭。

中國有自成體系的文明，當然要維持，要抗爭。打了兩年多，只留下虎門炮台遺蹟，被重點保護着。到底失敗了，不是敗給堅船利炮，而是敗在腐敗和內耗。日本幕府在 1825 年下令，若有外國船隻靠近，二話不説，一律開炮驅逐。不料連大清帝國都敗了，四島惶惶然，認為下一個就輪到自己，連忙收回成命，重新執行 1806 年的「薪水給與令」，為外國船隻供薪供水供食物。這就是「及早察覺其軍事力量難以抗拒的敏感」罷。彼理在《日本遠征記》中記述：不是哀求好意的允許，而是作為權利來要求。這種強盜邏輯，即西尾所謂的國際社會準則，日本的確學而時習之。

對於黑船，日本也抵抗來着——美國人是吃牛肉的，幕府就堅決不供給。當時的《牛肉論書》寫道：美國人再三乞求牛肉，但日本人養牛馬是為了過日子，負重遠行，以助人力。想到牛馬的恩德，不吃牠們的肉。黑船上需要五穀魚菜之類，只要我們有，就予以滿足，但牛肉還是請去別的地方要。幕府還發出告示：黑船停泊期間，農民不要套牛運貨，不要放牧。彼理在《日本遠征記》中述及慘狀：由於日本人普遍信奉的佛教和單純的風俗習慣，幾乎沒有能弄來吃的動物。除了魚類和蔬菜得到供應，很長時間只有餅乾和鹹牛肉吃，所以海龜使艦上的人歡喜若狂，大快朵頤。不過，日本人的抵抗為時不長，當他們敏感地明白了牛肉「是與中國體系截然不同的文明」，便轉換方向，不僅為歐美人養牛，自己們也開懷吃起了「牛鍋」

（牛肉火鍋），那光景可能就像前一陣子北京流行魚頭火鍋麻辣燙。

　　日本的作法並不稀奇，那就叫好漢不吃眼前虧。大概美國人從黑船事件取得經驗，明白對日本人不威壓不行，迄今還使着這一招，且繼續有效。因為沒有文明體系的負擔，沒有哲學，一無所有，所以日本人確實比中國人識時務，説轉向就轉向，結果沒挨着打。先威懾，再締約，這種國際社會準則，中國古時候就叫作城下之盟。西尾之流不以為恥，簡直教人鬧不清日本的恥文化到底是知恥還是不知恥。看着仿造黑船的遊船停泊在下田港灣裏，優哉游哉，真覺得匪「夷」所思。

春帆樓

　　十年前，時逢下關條約簽訂一百年，忽生懷古之心，從東京直奔下關，卻未得入住春帆樓。歲月荏苒，依然有心懷古，這次提早預約，如願一泊春帆樓。下關條約就是在這樓裏簽訂的。

　　春帆樓是日本式旅館，只有幾個房間。雖然又到了吃河豚時節，但新年剛過，旅客寥寥，我住的是「環之間」。此間在三樓北端，是套房：一洋式，有床有桌椅；一和式，鋪滿草墊子。和式用餐，洋式就寢，各享其用。和式房間朝東，一壁明窗，竹簾半掩。倚牆立一木板，上書「皇太子殿下御座所」，原來昭和天皇當太子時曾下榻於此，當今皇上即位之前也住過。天皇則臨幸最上層，叫「帝之間」。悄悄上去看，此層（四樓）只有一個大房間，像會議室或者宴會廳，空空蕩蕩。

　　啜茶小憩，但牆上的掛軸卻不容我喘息，彷彿「願賓攄懷舊之蓄念，發思古之幽情」。那是梁啓超的墨跡：明知此是傷心地，亦到維舟首重回，十七年中多少事，春帆樓下晚濤哀。

戊戌變法不成，梁啓超亡命日本，1911 年出訪台灣，途經下關，寫下這首詩。恰好十年前的 1901 年，李鴻章與十一國簽訂辛丑和約，兩個月之後吐血而死，又過了不到兩個月，曾囑人刺殺他的梁啓超卻為他立傳，說：「凡人生於一社會之中，每為其社會數千年之思想、習俗、義理所困，而不能自拔。李鴻章不生於歐洲而生於中國，不生於今日而生於數十年以前，先彼而生、並彼而生者，曾無一能造時勢之英雄，以導之翼之，然則其時其地所孕育之人物止於如是，固不能為李鴻章一人咎也。而況乎其所遭遇，又並其所志而不能盡行哉。故吾曰：敬李之才，惜李之識，而悲李之遇也。」旅館說明上「傷心地」被譯作感傷的心情，大概譯者把詩句誤斷為「心地」。這個「地」卻至為關鍵，沒有這個地就沒有這首詩。沒有這個地，我也不會百年過後來此憑弔而悲之。臨窗觀望，眼下有一片灰瓦，屋脊橫陳，多少遮擋了遠山近海的景色，好似電視屏幕上施加障眼法，這就是日清講和紀念館。

以前讀過一本書，《春帆樓下晚濤急》，商務印書館出版，作者是台灣學者。卷首有一幀彩圖，作者以為足增加讀者之歷史感，但其實，那圖上並非春帆樓，而是日清講和紀念館，建於 1935 年。更早讀過台灣印行的《中國出賣台灣》，也是把日清講和紀念館當作春帆樓。春帆樓也早已不是梁啓超過馬關時的春帆樓，1945 年原樓毀於戰火，劫後重建，頗有點巍峨。二樓有一個大房間，名為「講和之間」。各房間都裝飾了「漢

墨」（漢文墨書），帝之間是李鴻章手跡。

三樓走廊懸掛着郭沫若的詩，寫在一尺見方的色紙上，也是七言絕句：六十年間天地改，朝來獨上春帆樓；海山雲霧猶深鎖，泯卻無邊恩與仇。此詩收在《駱駝集》中，但改為：六十年間天地改，紅旗插上春帆樓；晨輝一片殷勤意，泯卻無邊恩與仇。這一改，紅旗飄飄，便有了政治口號的氣勢，大概是旅館插上五星紅旗迎接他光臨罷。詩下明記「乙未冬」，為公元 1955 年，距光緒二十一年（1895 年）李鴻章在春帆樓與伊藤博文談判，割地賠款，正好六十年。紀念館裏有李鴻章同治十一年（1872 年）秋七月書寫的四個大字「海嶽煙霞」，就是這一年，他在信函中寫道：日本「上下一心，皈依西土，機器、槍炮、戰艦、鐵路，事事取法英美，後必為中國肘掣之患。積弱至此，而強鄰日逼，我將何術以處之。」歷史不幸被他言中，讓他抱屈：「無端發生中日交涉，至一生事業，掃地無餘。」

郭詩似乎改與不改也只是平平。魯迅有云：度盡劫波兄弟在，相逢一笑泯恩仇。小說家言：怨怨相報何時了。此類說法頗有些禪味，但是把文化弄得禪味十足的日本人反倒不追求這個境界。歷史故事「忠臣藏」教給他們的是復仇。福澤諭吉看見西洋人欺負東洋人，想：有朝一日我帝國日本也要有幾千條軍艦，耀武揚威，把西洋人打翻在地，待之如奴隸。被唐朝大軍在海上打得落花流水，臥薪嘗膽一千年，終於用一場甲午戰

爭報了仇。以德報怨，蔣介石應該最知道此話的冷暖。深鎖也罷，一片也罷，人的恩仇是雲霧或晨輝所不能泯卻的，況乃無邊。除非像毛澤東說的，一截遺歐，一截贈美，一截還東國，統統給了人家，世界才太平；至於中國人的涼熱，不須放屁。

春帆樓院牆外豎有一個路標，曰「李鴻章道」。李鴻章被任命為大清帝國欽差頭等全權大臣，3 月 14 日從天津乘船，風波浩渺，19 日抵達下關，駐節引接寺，往返春帆樓談判。24 日遭人行刺，彈中左目下，險些喪命。列強環視，日本急於簽下這個約，一下子富國，只好對李鴻章關懷備至，改走山崖小路。日後好事之徒把這條長僅五百多步的山路叫作李鴻章道。參觀日清講和紀念館，漫步李鴻章道，歷史里程碑抑或民族恥辱柱，中國人日本人各有所思。以史為鑒，要鑒些甚麼，終歸政治家說了算。但笑罵歷史，有如打死老虎，徒快其舌而已。

春帆樓偎山臨海，海是關門海峽，正當瀨戶內海的西口。峽隘流急，每天有六、七百艘船舶通過。這邊是下關，對岸是門司，渡船、隧道、大橋把日本兩大島——本州島和九州島聯在了一起。從門司眺望，春帆樓坐落在一座小山岡的東麓，黃瓦浮現綠林中，與紅色的赤間神宮相映。下關距朝鮮半島甚近，自古是通向大陸的門戶，所以春帆樓一帶叫唐戶。1894年 8 月對清宣戰，伊藤博文提議把大本營設在下關，但明治天皇決定了廣島。唐戶有魚市，小攤床擠擠插插，叫賣河豚。

下關是河豚漁獲第一港。往昔吃河豚毒死人，政府嚴令禁食。1888年伊藤來春帆樓作樂，時因風暴漁夫不能出海，食無魚，他大為不悅。主人拼死給做了河豚生魚片，他驚訝從來沒吃過這等美味。得知是河豚，這位日本第一任總理大臣當即命縣令廢除了禁食條款，春帆樓就成了許可料理河豚佳餚第一家。七年後他又來春帆樓，向大清訛錢詐地，傳說也請李鴻章吃了一頓河豚。

汽笛聲驀地響起，悚然一驚。梁啓超寫道：「當戎馬壓境之際，為忍氣吞聲之言，旁觀猶為酸心，況鴻章身歷其境者。」懷古似不可無詩，曰：太陽旗上紅依舊，看海春來獨倚樓，渡盡風波傷臉面，淒然一笑泯恩仇。

武士家計賬與張大點日記

　　日本跟別處不一樣，據説在這個世界上他們是獨一無二的，譬如當今不景氣，大家的通貨都鬧騰膨脹，惟獨小日本，通貨緊縮，國民（我們叫人民）攢緊錢包不花錢。拿出版來説，似乎比照紀念碑，我們泱泱大國的書越做越大，不像是給人讀的，只宜於壯觀書架，可他們經濟越不濟，「新書」就越好賣，原因無他，惟其價廉也。近幾年日本的書價持續下跌，2009年平均為一千一百多日元，而「新書」通常一冊才六、七百。順便提一句，大本畢業就職起薪平均為日元二十萬零幾千，高中畢業不到十七萬。

　　新出版發行的書，日本叫「新刊」，所謂「新書」，指一種小開本，不求裝幀亮眼，彷彿提醒人們知識是素樸的，便於攜帶閱讀，書店裏擺售也不佔地方。譬如《國家的品格》、《傻瓜的圍牆》、《煩惱的力量》從形態到內容都屬於「新書」。這種書為一般讀者而寫，內容應時而易懂，也稱作「教養新書」，讀了就可以到酒桌上高談闊論。作者大都是學者，他們

有兩手，寫陽春白雪的專著以立萬兮，寫下里巴人的「新書」而撈錢。一犬吠形，百犬吠聲，一本書暢銷，題名類似、封面雷同的書便蜂擁而起，這品格，那力量，牆裏牆外一片紅。經濟不景氣，廠商不再瘋狂打廣告，雜誌無以為生，一些編輯和作者轉業做「新書」，使內容更近乎雜誌，很有點前衛。應時則易朽，而且凡事多則濫，搞笑的、扯淡的「新書」也紛紛出籠。《傻瓜的圍牆》是口述筆記，不無淺薄之嫌。作者認為人之間根本不可能互相理解，彼此把不能理解的對方當傻瓜，但也有人批他，說那不過是作者本人的「傻壁」，誰讀誰傻。如同人流發生了踩踏，誰呼救也止不住，此書賣出四百多萬冊，「新書」出版史奪冠。

有一本「新書」，叫《武士的家計賬》，內容堅實。作者叫磯田道史，專攻日本近世史、日本社會經濟史。舊書店營銷手段之一是寄送目錄，某日又寄到他家。漫不經心地翻檢，驀地發現：豬山家文書，十六萬日元。十年來磯田一直在尋尋覓覓武士的家計簿，以了解江戶時代武士怎樣過日子。說來日本人過日子好像有記賬的習慣，譬如賣雜誌附送贈品，起初就是送家庭賬簿，而今越來越豪華，饒上名牌袋子甚麼的了，簡直鬧不清誰白搭誰。磯田當然管不了這些，急忙從銀行取了錢，乘車直奔舊書店，在滿滿一紙箱的墨筆文書中發現家計簿，更叫他驚喜這個流水賬從江戶末記到明治初，長達三十六年，收入、購物、借債，甚至買一個饅頭也記錄在案。豬山家是加賀

藩的下級武士，武士人家要撐持門面，禮尚往來，支出常大於收入，日積月累，債台高築，瀕臨破產。第二代當家痛下決心，變賣書籍（從中國進口的四書五經，價錢不菲）、衣物、茶具書畫等還債，並節儉度日，開始一筆筆記賬。豬山家代代從事會計工作，自家的賬也記得好。江戶時代武士是領導階級，武士的本分是學問（《論語》之類）與劍道，打算盤不過是小技，甚至被叫作算盤傻瓜，然而被美國炮艦敲開了國門，轉向近代化，炮兵、海軍先就需要「算術」頭腦了。

近年來日本勃興江戶時代熱，但關於江戶的生活少有實據，而借助這一堆家計賬，足以鮮活地復原一個武士家庭以時代為背景的日常生活，顛覆了以往對江戶時代的一些共識。2010年下半年有五部以江戶時代為題材的電影上映，其中《武士的家計賬》就是據磯田道史的「新書」改編的。沒有刀光劍影，豬山家的男人腰間也插兩把刀，不過是表明武士的身份罷了，他們「不用刀，用算盤守護家庭」。不是小說或漫畫（漫畫銷售量連年下跌，據說原因之一是漫畫改編電影減少了，東風不與周郎便），而是拿「新書」編故事，搬上銀幕，是一大發明。這是個勤儉到極致的持家故事。經濟不景氣，企業壓抑工資，人們收入少，更不去消費，景氣就只有惡化一途，這是個合成謬誤。恐怕日本人看了這部影片，只會把錢包攢得更緊，直攢出水來。

《挪威的森林》也前後腳上映，不消說，此片是根據村上

春樹的小説改編的。村上筆下的人物是要喝一游泳池啤酒的，屬於高消費，可這個電影裏的男人是一個窮大學生，幾個女人都莫名其妙地主動獻身，不花錢也辦事，只怕人們看了也激不起消費的欲望。小説改編電影，對於原作是一種批評，表明那本小説還可以這麼寫，可以有另一種讀法。村上看了電影，説：啊哈，我以男人第一人稱寫，卻原來講的是女人的故事。

忽而想起清末一閒人，叫王大點，在北京城裏當差，也就是上班族，成天到處看熱鬧，而且愛動筆，好像也知道上帝住在細節裏，每天把所見所聞記下來。他要是有幸活在今天的網絡時代，無疑點擊率超高。這是從《大歷史的邊角料》一書中讀到的，那日記並不曾看過。作者張鳴寫道：「王大點這樣沒心沒肺的看客，是導致魯迅從醫生變成文學家的刺激源，讓人看了可氣可恨又可笑，但他也留下了很多有意思的東西，只要我們的國人一天沒有從義和團的心態中走出來，王大點就總站在那裏，向人們做着鬼臉。」倘若把這個王大點日記編排成影視，一定很有趣，足以活現一個時代，人物的生動不亞於阿 Q 也説不定。

復仇

　　在日本沒大聽過報恩的傳說，雖然那本寫日本人日本文化的名著《菊與刀》把情義寫得娓娓動聽。民間故事裏倒是有一隻報恩鶴，然而人不守信用，牠傷心離去。常聽說的是復仇。歷史上有三大復仇，其中元祿赤穗事件尤為出名，今天也活在男女老少的心裏。

　　元祿是年號，事件發生在元祿十五年，即公元 1703 年。赤穗是一個小藩（諸侯國），產鹽，在今兵庫縣境內。藩主叫淺野長矩，官職為內匠頭，不知何故對吉良義央（官職為上野介）懷恨，在幕府大內相遇，竟好似精神病發作，拔刀砍了他兩刀。正當答謝天皇的敕使和太上皇的院使之日，尊崇皇室的第五代將軍德川綱吉怒不可遏，嚴令淺野即日切肚皮，並斷絕世襲，沒收領地。這下子赤穗藩武士就都得變成喪家犬。大石良雄是家宰，「萬山不重君恩重，一髮不輕我命輕」，連他在內糾集四十七人，月明星稀的拂曉衝進吉良宅邸，砍翻十幾人，殺死吉良，用長槍挑着頭顱到淺野墓前祭奠，然後自首待

罪。這個事件到底算義舉，為主子盡忠，還是枉法作亂，從幕府到學界議論紛紛，令德川將軍左右為難。

若翻閱中國史，案例不難找，唐代就有個徐慶元，乃父被冤殺，他殺了縣吏後投案。那位「念天地之悠悠獨愴然而涕下」的陳子昂對此案是這樣主張的：繩之以法，也以此成全他殺身成仁，然後再大加表彰，立一個子報父仇的楷模。復仇倫理在中國是早就發達的，七世紀日本拿來中國法律，卻不曾容許復仇。自 12 世紀末葉武士當道，引進復仇觀，崇尚復仇，盛行復仇。推行文治的德川綱吉向一位皇親討教，得到的答覆是：為亡君復仇是難以效仿的忠義，但赦免他們，倘若晚年有哪個人墮落，豈不有損於此次義舉，不如現在讓他們一死，佳話將流傳後世。有時候賜死不也是仁慈嗎？於是，德川綱吉斷然令大石等人剖腹自裁。果不其然，街談巷議更鼎沸，大加美化地搬上舞台，「忠臣藏」戲至今不衰。赤穗有三百多武士，鋌而走險的充其量才四十餘人，「忠臣」裝不滿一倉庫。

《兒女英雄傳》中有話：報仇的這樁事，是樁光明磊落見得天地鬼神的事，何須這等狗盜雞鳴，遮遮掩掩。確實，要說殺人的理由，再沒有比復仇更正大光明的了，以身試法也值得同情。人生在世，也就是恩仇二字，但報恩不易，復仇更難，那往往要殺人，以致復仇就成了武士小說的擅場，讓讀者在字裏行間殺他個痛快。讀中國武俠小說，作者都絞盡腦汁給大俠找出復仇的理由，而且不停留於私仇的層次，要上升為國仇民

族仇。日本人復仇不問是非。19世紀中葉，富山藩重臣山田勝摩被藩士砍殺，他的兩個兒子知道錯在父親，沒提出復仇。藩府卻認為，即使父親沒有理，當兒子的不復仇也太不像話，把他們驅逐出境。藤澤周平有一本小說叫《又藏之火》，他本人認為比他獲得直木文學獎的《暗殺的年輪》寫得好。取材於歷史事件，寫又藏的胞兄萬次郎行為不軌，奪刀拒捕，被親戚丑藏砍殺。對復仇的執着是武家子弟的臉面和氣節，又藏懷着一股無明火，截住丑藏決鬥。丑藏殺其兄雖非本意，但尊重復仇的遊戲規則，毫不辯解地應戰，成人之美。雙方都被稱作義士，事件發生地豎立着他們的塑像。我們只是把臥薪嘗膽當作故事聽，拿來做做詩，而日本人融化在血液中，落實在行動上。復仇之多，哪個國家也比不上日本，甚而自殺也被用作復仇的手段。所謂以德報怨，在他們看來是有仇不報，予以輕蔑也說不定。

中國是文人社會，手無縛雞之力豈敢揚言復仇，就只有張揚感恩報恩。一旦結下冤仇，也愛拿化解說事，「相逢一笑泯恩仇」（魯迅詩句），「泯卻無邊恩與仇」（郭沫若詩句）。日本人的字典裏似沒有化解二字，日本武士小說也少見怨怨相報何時了、冤家宜解不宜結之類的感嘆。五味康祐獲得芥川文學獎的短篇小說《喪神》，寫父親比武被殺，兒子哲郎太長大後尋仇，仇家幻雲齋收留他，教他武功，八年後學成下山——

「幻雲齋倚杖道：『一路小心。』

哲郎太點頭『啊』了一聲，以此作別。跟阿雪也交換了一下眼色，向幻雲齋一揖，轉身邁步。幻雲齋杖頭的刀光衝他背後一閃。

啊，阿雪倒吸了一口氣。噴血的是幻雲齋。哲郎太拎着滴血的大刀，晃晃蕩蕩下山而去。」

作者自道此作是要寫幻雲齋自殺，可謂別出心裁，但幻雲齋之所以選擇這樣的自殺方式，不正是因為他清楚仇恨絕不會在哲郎太心中冰釋，非殺他不可嗎？

漢初成書的《公羊傳》詮釋《春秋》大義，倡導復仇，哪怕百世仇也要復。以史為鑒，日軍援助百濟，被大唐打個落花流水，從此日本人前赴後繼地遣人留學，臥薪嘗膽，千年之後打一場甲午戰爭，在那片海上復了仇。漢代對復仇已有所規制，父若有罪，子就不可以復仇。1873 年明治新政府發佈復仇禁止令：殺人是國家的大禁，處罰殺人者是政府的公權。自古以來子弟有義務為父兄復仇，這是古習。至情可感，但畢竟是洩私憤，破大禁，以私儀犯公權，固不免擅殺之罪。

美國人佔領之初，擔心日本人復仇，好一陣子禁止各種樣式的「忠臣藏」。時至今日，好像美國人已放下心來，卻只怕兩彈之仇在日本人心中是不易化解的，遲早必復。他們送給美國佬一個西施，名子叫「平和」。當年毛澤東會見田中角榮，贈《楚辭集注》，莫不是寓意楚雖三戶，亡秦必楚？

大正浪漫

　　時值辛亥革命一百年，兩岸共慶，熱鬧了一番。說來日本也有個迄今上百年的事兒，那就是大正這個年號。

　　日本的年號都取自中國古典，大正是《易經》的「大亨以正，天之道也」。從 1912 年 7 月 30 日到 1926 年 12 月 25 日，只有短短十五年。我是昭和末年東渡日本的，看見了昭和天皇駕崩，平成的天皇登基，今年是平成二十三年，所以現在也可以說，大正是日本歷史上最短的朝代。

　　大正也給過我們中國人一個刻骨銘心的記憶，那就是 1915 年的「二十一條」。歷史小說家司馬遼太郎說：日本的狡猾這一元素在大正時代全都備好了。大正時代的日本幹了憑日本以前的器量決不幹的兩件事，一是大正四年的對華二十一條要求，二是大正七年出兵西伯利亞。

　　大正就好像明治的尾，昭和的頭，這樣的過渡時代往往是混亂的，而混亂當中可能有自由，以致年月雖短，卻別有美稱，叫「大正浪漫」，也叫作「大正現代化」。浪漫這個詞，我們

今天仍使用的意思據說是夏目漱石製造的。受歐洲浪漫主義的影響，追求個性解放，理想主義洋溢，人人有夢想。一時間，自覺、自立、自我、自愛、自決、自活、自由之類冠以「自」字的詞語風行於社會。

怎麼個浪漫呢？近來我國出版好多種竹久夢二的畫，還有金子美鈴的詩，他們正是大正浪漫的產物，最典型的大正浪漫。夢二畫美女出名，美女們瞪大了眼睛，卻是迷茫的，都像在做夢。美鈴的詩更是天真爛漫，那一顆童心穿越時空，八十年後隔着大海感動着中國讀者。川端康成探訪過夢二家，他很有少女情結，作品每每以 16 歲的美少女為原點，也創作過少女小說。所謂少女，這是個近代概念，古代只有女人和女孩，即能用的女人和尚不能用的女人。川端的日本情趣很大程度是少女情趣，似乎日本人喜好漫畫也不無這種心理。江戶時代就有了《北齋漫畫》，這個「漫」是漫筆的漫。明治二十八年（1895 年）有人把英語詞譯作漫畫，但真正當作一個新的表現形式，當作一個新詞，是到了大正時代。

日本的傳統文化基本是江戶時代定型的，而現代文化大都肇始於大正時代。譬如在全國興建動物園、植物園、水族館，最早的私人美術館是東京的大倉集古館，大倉喜八郎於大正六年（1917 年）興建，銀座第一家百貨商店松屋是大正十三年（1924 年）開張的。大正八年（1919 年）女學生穿上海軍服，現在仍然是女中學生制服的主要樣式，被看作日本漫畫的亮

點，甚至是日本文化走向世界的一個符號。大正文化是城市文化，用鋼筋水泥建造的樓房是城市文化的表象。古舊的木屋不斷地消失，永井荷風用隨筆記錄江戶及明治的遺蹟，但他四下裏尋尋覓覓，也要借大正年間奔馳起來的電車代步。明治的口號是文明開化、富國強兵，昭和的口號是鬼畜英美、一億玉碎云云，1945 年昭和天皇宣讀投降詔書，用的是二十年前的大正十四年正式開始的無線電廣播。

大正時代還有一個更亮眼的稱呼：「大正民主」。與明治時代相比，大正時代在政治、社會、文化各方面呈現出民主主義、自由主義的傾向和氛圍，1954 年政治史學者信夫清三郎出版《大正民主史》，此說法普及開來。史學家家永三郎在自傳裏寫到《大正民主時期的教育和我》，對當時的自由化教育懷戀依依。不過，當年大正民主的理論指導者吉野作造卻是把 democracy 譯作民本主義，因為以民為本，是自古以來的儒家思想，與大日本帝國憲法不抵觸，而民主主義則主權在民，其含義威脅到天皇大權，這思想就危險了。吉野在袁世凱家當過家庭教師，曾留學歐洲，任東京帝國大學教授的大正五年（1916 年）在雜誌上發表長篇大論，論說民本主義，主張政治的目的在於民眾的福利，政策取決於民眾的意向。大正九年（1920 年）日本第一次過五一國際勞動節，萬餘人在上野公園集會慶祝。這一年以「平民宰相」原敬為首的政黨內閣上台，進入了鳥政府人人做得的政治時代。

明治維新以後，日本由農業社會向工業社會發展。農村人口仍過半，但人們的意識都志向城市。東京、大阪等大城市形成中產階級，「上班族」、「職業婦女」這些詞使用開來。衣食住行西方化。暴發，日語叫「成金」，點石成金，書法家暴發，叫墨跡成金，那些股票成金、賽馬成金像童話一樣使人們的夢都是金色的。媒體轉向以社會版為主，越來越娛樂化。文學商業化，產生了「大眾文學」。出版與媒體聯手，汪洋大海般製造大眾讀者。大正十一年（1922年）《週刊朝日》創刊，以至於今，十二年《文藝春秋》雜誌創刊，如今仍然是月刊雜誌的龍頭老大。關東大地震過後的大正十三年（1924年），《每日新聞》和《朝日新聞》兩報宣稱發行量達到百萬份。偵探小說的主要陣地《新青年》創刊於大正九年（1920年），起初是以青年為對象的修養雜誌，由於江戶川亂步登場，發表了《二分銅幣》，一舉變身為現代主義雜誌。城市大眾文化形成時期具備了偵探小說發展的兩個條件，即城市和科學的方法。偵探小說給城市帶來新的社會觀和人際關係。

然而，大正時代並非一味地浪漫，也充滿矛盾，而且越來越尖銳。城市更大，農村更窮。對城裏一切向錢看的冷酷的人際關係不滿意，那你就滾回鄉下去。人們抱怨政府，期盼鐵腕人物，於是民主玩完了，像雪崩一般倒向了法西斯主義。改元昭和，半年後（1927年）文學家芥川龍之介仰毒自殺，因為對將來只感到漠然的不安。

白旗從何時豎起

20 世紀是視覺世紀，留下數不清的圖像供人們回顧、反思，但不可能留下一切，而且拍攝之際歷史就已經被選擇加工。譬如有一幀麥克阿瑟手握錘子形的竹煙斗走下飛機舷梯佔領日本的全身照，如此歷史性場面是他精心策劃的。當時日本人默默抵抗，各報翌日沒把他駕臨的消息上頭版，也沒登這張頗具象徵意義的圖片。

比起勝利者的堂堂威容來，更令人震撼的是另一幀照片，被題為白旗少女。留影的是一個六、七歲的女孩，赤着腳，右手握樹枝，搭在肩上，展開三角形白旗。她左手遮臉，似乎驚恐對準她的鏡頭，不由地做出女星們躲避曝光似的動作（紀錄片可見，她是在揮手）。這是美軍攻佔沖繩的記錄，和二十多年後越南九歲女孩赤裸奔逃美軍轟炸的照片同樣驚心動魄。悲慘歷史的創造者也都被攝入畫面，無論勝敗，他們應該很難堪。

舉白旗的沖繩女孩叫比嘉富子，戰火紛飛，她躲進岩洞，

裏面還躲藏着一對老夫婦。他們把兜襠布撕下一截，繫在樹枝上，老爺爺告訴她：出去罷，舉着它，就不會開槍。比嘉富子活下來。四十多年後，一個叫松本健一的評論家在沖繩聽説了這段「佳話」，驀地想：用白旗表示休戰或投降是西方的遊戲規則，這老者如何知道的呢？

雖然公元八世紀成書的最古老的正史《日本書紀》多處寫到豎白旗降伏，但日本人腦海更鮮活的歷史印象是源家軍用白旗，最終剿滅用紅旗的平家軍，「天下縞素」。源賴朝十二世紀末葉在鎌倉開設幕府，另立中央，天皇從此靠邊站。白與紅這兩種顏色在文化傳統上成為對抗的標識，楚河漢界，小學運動會分作紅白兩隊比賽。日本「春晚」叫紅白歌合戰，女為紅組，男為白組，賽歌似的唱到夜半廟裏響鐘聲，例行六十回，越來越不招人看。上世紀 90 年代評論家鈎沉史料，不由地驚呼：白旗的用法是美國人教給日本的。

從麥克阿瑟的左腳踏上日本土地的歷史瞬間上溯近百年，1853 年，美國東印度艦隊司令彼理率四艘戰船黑壓壓敲打日本國門。歐美船舶為防腐防漏而通體塗黑，被稱作黑船，有別於唐船（中國船）。當彼理第一次眺望富士山的時候，日本漁民第一次看見蒸氣船。驚醒泰平夢，街裏有人拉起大板車出逃。彼理攜來美國第十三任總統菲爾莫爾的國書，寫道：「我本來知道日本從來的制度，除中國及荷蘭之外，禁止與外邦交易。」彼理並非頭一個叩關，此前常有外國船要求通商，美國

也已經第三次來航，但唯有「合眾國第一等之將」這次來，終於打開了日本閉鎖二百餘年的門戶，奧妙何在呢？

江戶幕府的宰相阿部正弘知道十年前大清帝國慘敗於鴉片戰爭，心下明白日本對外開戰也毫無勝算。即便打退了，也只怕如輔佐幕政的水戶藩主德川齊昭所言，美國艦隊會佔據小笠原等島嶼。艦隊有大炮六十三門，其中加農炮四十二門，而江戶灣炮台近百門炮的威力小得多。旗艦為二千四百五十噸，著有《海防八策》的兵學家佐久間象山親眼所見，日本船隻好似「大盟之下一些小蛤蜊」。鴉片戰爭後，幕府已經把外國船一律驅趕、上陸則逮捕、射殺的方針改為供給外國船薪、水及食物，但仍然只許在長崎一地與外國交涉。

彼理的《日本遠征記》記載：艦上人員各就各位，步槍在手，炮彈上膛，做好了臨戰準備，駛入江戶灣（東京灣）入口的賀浦海面。日本守關人員駕船來交涉，冒稱高官，要求美國艦隊掉頭去長崎。艦長出面，斷然予以拒絕，限時三天，不答應在此地遞交美國總統致日本皇帝的國書，就直抵江戶城下。松本評論家推測，就是在這時，美國人還拿出兩面白旗，附一封彼理的信函，即所謂「白旗書簡」，交給日本人。書簡有云：先年以來，各國要求通商，日本以國法相拒，實乃違背天理，罪莫大焉。若不應承，則以干戈討伐違背天理之罪。日本也不妨應戰，但我穩操勝券，到時候要乞和，就打出此度贈送的白旗，我方即停止炮擊，撤退艦船，以致和睦。

阿部正弘諮詢眾議，閣僚們先是嚷嚷固守鎖國的幕府祖法，把美國艦隊趕出去，可又一轉念，輕率拒絕，因啓兵端，陷國家於危難，非我國之長計，不如忍辱，先接了國書，把他們打發走再說。彼理率 300 人在久里濱（今屬橫須賀市）上陸，旗艦鳴炮 13 響。沙灘上搭設了帳幕，兩名主管江戶灣進出的官員會見。美國國書裝在純金匣子中，幕府收受的匣子是朱漆的。交接之後，幕府方面拿出事先準備好的「收條」，上面寫着外國事務本該在長崎辦理，但美國使節說這是侮辱，無奈，將軍只好委曲了日本法律，在這裏接收，完事之後請立馬離去。彼理聽了通譯，沉默片刻，說兩三天就走人，但明年還要來，帶更多的艦船。會見約二、三十分鐘，日本官員自始至終一言未發，「以心傳心」。艦隊回航，強行在琉球修建貯煤場。轉年春暖，彼理果然又來了，帶來九艘艦船，在神奈川締結「旨在兩國人民交親」的日美和親條約，翌年在伊豆半島的下田交換批准書。這是日本簽署的第一個不平等條約。匪「夷」所思，久里濱建立「北美合眾國水師提督伯理上陸紀念碑」，是首任內閣總理大臣伊藤博文題寫的。下田把遊船做成黑船模樣，彷彿當年，還年年舉辦「黑船祭」活動。

　　評論家從故紙堆裏翻出「白旗書簡」，史學界不予理睬。十年後扶桑出版社將之寫進新編歷史教科書，這才有人站出來駁斥「白旗書簡」純屬子虛烏有，不能用瞎話教育下一代。不僅《日本遠征記》未提及，而且，若真有其事，日本軍政府咒

罵歐美是鬼畜的年月豈能不拿出來，當作國恥以煽動民心。傳聞山本五十六志向海軍，就為報彼理來航之仇，日後指揮偷襲珍珠港。課本編者們煞有其事，強調歐美列強的威脅，意在警今：日本需要「自衛」，修改和平憲法，重新武裝。至於美國搞的是炮艦外交，論爭的雙方則看法一致。

彼理讚賞江戶灣風光「勝過英國的田園風光」，給各處起英文名。隨艦的德國人畫家海涅畫了不少風景畫，其中有測量船，肆意測量日本的港灣，「船首掛白旗，以示和平之意圖」。憑日本人的黠慧，很快就弄清白旗的西方含義，既用以談判，也示之降伏，由此造出了白旗謠言滿天飛也說不定。吉田松陰曾乞求彼理偷渡他出國，應清楚當時情況，他不相信有恐嚇信，但是說，傳聞彼理一走，官吏就在碼頭上焚燒了他的贈品，估計燒掉的是白旗。或許沒有書簡，而白旗是有的，美國人口頭教日本人用法，也足以脅迫。

打出白旗是投降，往往也就是和平之始。據松本調查，日軍在「大東亞戰爭」中從未舉過白旗。老照片還是看得少，一時也想不起實例，而電影上的情景屬於藝術創作罷。

司馬遼太郎的戰車

　　一位持美國綠卡的中國學者在香港雜誌上撰文指斥日本人，説小鬼子向來欺軟怕硬。這種説法似乎是中國人的常識，彷彿話裏話外還含着些委屈。

　　説日本人怕硬，話柄之一是戰後日本對美國的奴顏卑膝。欺軟，事例就往往舉出甲午戰爭。説到這場戰爭，研究「高級日本人」的評論家松本健一不承認日本人是柿子專揀軟的捏。依照他的説法，當年中國海軍擁有定遠、鎮遠兩艘戰艦，都超過七千噸，而日本沒有一艘這般的巨艦，中日戰鬥力對比是五十一比六。中國並不軟，但日本不怕硬，明知山有虎，偏向虎山行。松本得意之情溢於言表。想來那些托鳥籠啜香茗的大清子民也不覺得自己軟：蕞爾小國，誰也領導不了有時連自己都無法領導。日本人歷來視中華帝國為龐然大物，戰而勝之，使他們舉國若狂，總算從中國的陰影裏掙脱出來，從此有了自立於民族之林的信心。

　　平成也過去十年了，最近重讀司馬遼太郎的《「昭和」

國》。此書是司馬十二回電視「雜談」的紀錄，死後被編輯出版。關於那場太平洋戰爭，他說：人死了很多，不論怎樣考慮，那是街上賣豆包的老爺子或修理收音機的老爺子決不幹的事。感覺健全的話，就會考慮舖子的規模。可是，這種蠢事卻以國家的規模幹了，包括軍人在內的官僚搞了戰爭。

司馬經常講自己的戰爭體驗。他 23 歲的時候，日本已面臨危亡之秋，他的戰車隊由中國東北調回日本關東地方，準備迎擊從東京灣或相摩灣登陸的敵軍。「敵軍戰車遲早出現在窺視孔的視野，我等着，敵軍戰車出現的瞬間就是我喪命的瞬間。日本的戰車太古老了，鋼材遠遠比敵軍的薄，炮也過小，擦不傷敵人一塊皮。」（見隨筆集《歷史中的日本》）天皇終於宣佈投降了，司馬鑽出戰車，痛感這場「不怕硬」的戰爭純屬扯淡。

日本人喜歡開歷史玩笑，甚至搞惡作劇。在太平洋戰爭中，日軍曾製造一種氣球炸彈。紙的，直徑約十米，下面掛上炸彈，順風漂洋過海，要用它把美國炸個稀巴爛。戰爭末期放出九千來個，但只有一成飄到美國附近，毫無效果。更有甚者，一些軍人垂死掙扎，祭出「火箭推進式自殺飛行炸彈」——飛機把炸彈帶到目標附近投下，然後由關在炸彈裏面的人操縱，衝向目標。不管能否同歸於盡，反正是有去無回。美國航空技術情報部人員對這種炸彈進行了調查分析，名之為「BAKA（傻瓜）」。時過三十年，日本的設計製造者得見美國當年的報告，

驚嘆「比我們的設計書更詳細」。

司馬遼太郎在《「昭和」國》裏還談到昭和十四年（1939年），日軍在中蒙邊界被蘇軍機械化部隊打得落花流水，死傷率高達百分之七十五。這個數字在世界戰史上是沒有的。一般按歐洲的作法，死傷百分之三十，將軍就可以不待上峰的命令而率軍撤退。日本搞了這種戰爭，兩年後又搞了太平洋戰爭，全然不是有常識的國家領導者所思所想。蘇聯武官觀摩日軍的大規模軍事演習，大為不滿：「你們糊弄我，搞的是日俄戰爭的模擬演習。」原來日軍在昭和時代還拿着和日俄戰爭年代相似的「古董兵器」。從昭和元年（1926年）到二十年，日本沒有幾種能往國外賣的產業。昭和之初發生大恐慌，此後財政、經濟問題多多，是非常窮困的國家。「這樣的國家卻變成一大侵略國，為甚麼採取如此矛盾的行動呢？」司馬問日本人。

欺軟怕硬是一條遊戲規則，但日本人辦事也未必量力而行。

荷風

　　永井荷風卒於 1959 年，迄今（2009 年）整整過去了半個世紀。他是東京人，生於 1879 年，比周作人年長六歲，屬於同世代。周作人留學日本是 1906 年，那時的荷風已出版了兩本小說《野心》和《地獄之花》，「要無所顧忌地活寫伴隨祖先遺傳與境遇的暗黑的幾多欲望、暴力、兇行等事實」，被視為「自然主義作風的先驅者之一」。我最初從周作人的隨筆中讀到永井荷風，而且跟他一樣，喜愛的是荷風隨筆。當周作人隨筆重見天日而風行乃至風乾的時候，荷風差不多已經被他的同胞們遺忘——日本是一個好遺忘的民族。荷風死後，小說家石川淳寫了一篇〈敗荷落日〉，貶斥他「掉了牙就那麼谺着，精神是僵化的」，但荷風文學除了文學史價值，還具有記錄了歷史的價值，因而近年來勃興江戶時代熱，他的隨筆又時常被提及。倘若對東京發思古之幽情，那就幾乎非引用他的《東京散策記》不可了。

　　周作人曾忽然覺得好有一比，谷崎潤一郎有如郭沫若，永

井荷風彷彿郁達夫,雖然那只是印象上的近似。荷風晚年在千葉縣市川市度過,而郭沫若流亡日本十餘年,也一直住那裏,故居如今是他的紀念館,但挪到了別處的公園裏。荷風榮獲內閣總理大臣頒發的文化勛章,又與川端康成同年被選為日本藝術院會員,勛績卓絕,似乎市川市府對他的紀念卻不過是圖書館裏有一架子他的和研究他的作品,偏巧我僑居的地方距之不遠,時而也站在架前翻閱。若鑒賞荷風作品初版本及手稿,那得去跟他本人毫無關係的埼玉文學館,原來有一位舊書店老闆把長年收集的荷風資料都賣給它。舊書市場上荷風的舊版本是高價商品,這表明他身後有一小撮鐵杆粉絲,不曾被風化。

永井荷風的父親曾留學美國,是明治政府的官僚,同時以漢詩名世。永井家生活是洋式的,荷風從小吃西餐,一副西洋人打扮。所以,他去美國、法國頗有點馬蹄輕輕,不會像夏目漱石那樣在英國滿懷劣等感,鬱悶。荷風 19 歲時考學落榜,隨父赴任到上海,回國後旋即入學東京外國語學校「清語科」。兩年後因為曠課太多被開除,從此耽於吹拉彈唱,還學說「落語」(單口相聲),並染指寫作。父親要管教這個不務正業的長子,讓他去美國學英語與實業。1903 年 10 月渡過太平洋,來到美國。明治年間日本人出洋,夏目漱石、森鷗外一代是官費,肩負着國家的期待,而荷風比他們晚一代,奉父命,用家財,完全是私費私事,但是從目的來說,整個明治時代唯有永井荷風為了當文學家而出洋。而且,如評論家中村光夫所言,

「恐怕再沒有哪位作家像他那樣傾注才能與熱情把法國文學感化變作自己的血肉，巧妙把那裏形成的孤獨的文學理念跟日本傳統相結合。」

當時日本熱衷於文明開化，富國強兵，與英美德相比，不怎麼拿法國當範本，因為它可以傲人的是藝術，況且剛剛在普法戰爭中吃了敗仗。明治維新以降，人們以物質為重，文學藝術成為金錢的跟屁蟲，但荷風憧憬法國，在他心目中法國幾乎是藝術的代名詞。《法蘭西物語》的一些句子今天讀來似不免肉麻，有如那個時代我們的郭沫若詩句，然而那肉麻般的憧憬也正是對時潮的抗拒。

父親在外面儼然一英國紳士，在家中卻是位東方暴君，第一個招荷風反感。到了美國，他就鞭長莫及，荷風用心學的居然是回國後沒有用處的法語。出國之前，他「覺得左拉對舊文藝的那種堂堂的反抗態度非常適合自己的性情，一本又一本，幾乎通讀了左拉」。這是他最初的自我覺醒，那時的作品「全都是左拉的模仿，認為實際觀察人生的陰暗面，寫作其報告書，乃是小說的中心要素」。後來又發現莫泊桑，「起初有心學法語，嗚呼，莫泊桑先生啊，就因為想不靠英語，直接從原文品味先生的文章」。他甚而想絕望時枕着莫泊桑的著書仰毒而死。讀左拉讀的是英譯，由英譯接觸到法國文學，並傾倒一生，對英美文學卻始終反感。身在美國，心向法國，四年後終於如願，前往法國時自信法語比英語好得多。

荷風從美國生活中領會了以個人自由與獨立為基調的市民精神之本質，而初到海外，對自己的同類也較為關注，雖然他討厭人，一貫說日本人壞話。他給友人寫信，說「僑居此地的日本人社會情況實在是悲慘至極。人這東西竟然能為了所謂成功自己把悲慘的命運弄到這個地步，思之不由地厭世。」當時美國有幾十萬日本移民，幾乎都來自農村，荷風走進他們中間，傾聽他們的苦難，寫成了《美利堅物語》，佐藤春夫讚之為日本新文學時代起始的路標。

船抵達勒阿弗爾港，荷風頓時想起法國文學，想起莫泊桑描述的景色，這時他早已熟知的。美國的天空再晴朗也不會這麼藍，情感一下子就融入法國。他從小喜好逛街，在里昂、巴黎逗留兩年，漫步在暗澹的不知通向哪裏的胡同，不知不覺也有了波德萊爾為詩而煩惱的心情。但是跟波德萊爾不同，《法蘭西物語》訴說的不是與群眾在一起的興奮，而是脫離群眾的孤獨、寂寞。「法蘭西的自然所帶來的悲哀中含有難以言表的美，人與其由那種悲哀想甚麼、悟甚麼，不如直接沉醉於所謂悲哀的那種美，心醉神迷。」他只是一個觀察者，只要用孤獨與悲哀來充實自己的心。莫非因為書中清晰出現了一個利己主義者的享樂身影，繼《美利堅物語》之後印行的《法蘭西物語》竟遭禁，以致初版現今只有十幾本存世。除了這兩本書，荷風文學的主要作品都是寫花街柳巷，彷彿游離於時代之外。

留洋歸來，永井荷風對浮世繪等江戶藝術發生興趣，彷彿

從思想上回歸東方，其實不是的。他在法國體會到尊重古典的精神，珍惜舊東西，觀念上轉向古典主義。在他看來，日本的古典即江戶。他把江戶三百年的傳統美與法國 17 世紀以後的所謂古典美聯繫起來，其間有一個媒介，那就是中國近世文學。荷風承受法國及其文學的根底是自幼鑄就的日本從中國移植的文人情趣，即便受過儒教的嚴格訓練，這種情趣也近乎頹廢。譬如對女性的態度，荷風是一種文人式的賞玩，所以雖深愛法國，卻終不能接受法國文學中充溢的戀愛觀。荷風的漢文學造詣，據中國文學研究家吉川幸次郎評價，夏目漱石之後，文士中堪為第一。他以漢詩文為功底，文體看似白話，骨子裏卻是文言。他幼學香奩體，後獨鍾晚明詩人王次回。法國文學與中國近世文學的交叉點在哪裏呢？他説得很明白：

「一度翻閱王次回的《疑雨集》，全四卷盡是情癡、悔恨、追憶、憔悴、憂傷的文字。其形式之端麗，辭句之幽婉，而感情之病態，往往有對於波德萊爾的詩之感。我不知中國詩集中有像這《疑雨集》一樣的其內容是肉體性的東西，可以把波德萊爾在《惡之花》中橫溢的倦怠衰弱的美感直接拿過來作為《疑雨集》的特徵。」

偽善與惡俗似乎是社會進步的影子，荷風認為明治維新以來的日本整個是偽善與惡俗，對它採取不予理睬的態度。他生在東京，是所謂江戶子，甚而在他看來江戶子以外的日本人就不是日本人。谷崎潤一郎的小説《細雪》以京都、大阪那一帶

為背景，他讚賞之餘，卻說「有如讀鄧南遮的小說懸想意大利風物」。他厭惡現代化的東京，厭惡它充滿欺騙性，有如模仿西洋的建築所象徵的。他喜愛的日本是 18 世紀的日本，那是法國人欣賞的日本，在文化的爛熟以及頹廢上與王次回所體現的中國文化渾然一體。對於他來說，黃金時代在過去，他要尋訪已失去的黃金時代的痕跡，滿懷鄉愁。

荷風為人孤僻，一生我行我素，家裏有人就不能安生執筆，所以戰後住在市川市，卻借用相鄰船橋市的友人別宅寫作。說來日本人好像有一種上班族天性，作家都不愛在家裏伏案勞形，而是另外找個地方當工作室，每天出勤去創作。荷風對吃喝不感興趣，滯在巴黎八個月，《法蘭西物語》幾乎沒寫到美食。他死前常去附近一家叫大黑家的餐館用餐，一壺熱酒，一碟鹹菜，一碗蓋澆飯，那家餐館就把它叫作荷風套餐，以為招徠。我特意去吃過，不禁感嘆：嗚呼，荷風先生啊，何苦丟下了那麼一大筆遺產。

無思想人

　　1970 年 11 月 25 日三島由紀夫切腹自殺。消息傳開，人們吃了一驚，隨即又想起一點遺憾——遺憾三天前大宅壯一去世了，不然，他活着會如何評論三島事件呢？

　　大宅壯一是社會評論家，曾經在輿論界獨領風騷，甚至有媒體帝王之稱。老友淺沼稻次郎（社會黨政治家，生活清貧，深受大眾愛戴，1960 年在演說中被右翼歹徒刺殺）說他：烏鴉有不叫的日子，沒有聽不見大宅壯一在廣播或電視上呱噪的日子。與小說家相比，評論家難以擺脫時代的影響和制約，他們的一具具屍骨或可當作歷史進程的路標。時過境遷，人們忘掉那個社會，連同批評它的人，這是社會評論家的宿命。同樣死去三十年，書店裏擺出一架子圖書紀念三島由紀夫，固然是文學不朽，但也是時代使然。而關於大宅壯一的書籍，近年只見過兩本。早些的，叫《雜誌青春譜》（豬瀨直樹著），寫的是「川端康成與大宅壯一」；新近的，叫《昨天的歷史》（村上兵衛著），寫的是「大宅壯一與三島由紀夫的生與死」，大

宅都像是搭車。他說過：「我是叫賣鮮魚的商販，不賣曬乾的或鹽醃的東西。」所以，鮮過之後，那三十卷《大宅壯一全集》只好丟進歷史的垃圾堆——圖書館。我時而翻檢垃圾堆，別有興趣，是覺得昭和四十年代（1965年至1974年）及其前後的日本被我們的歷史眼光空了過去。對於歷史，好似看球賽，任誰都可以當評論家，罵球員「臭腳」，哄教練「下課」，套用大宅壯一的說法，這就叫「人人評論家」。

大宅壯一說自己是雨蛙：「在今天的日本，看報紙其實就像漁民出海望天一樣，所以也不能小覷雨蛙的呱噪。我從事文筆業，要起到的就是這雨蛙的作用。」他總是能敏感地抓住社會的動向和風俗的演變，道破其本質，給百姓一個說法。那說法彷彿是脫口而出，給時代、世態起了個綽號，在社會上流行，成為大眾的共識。社會現象被符號化，從而更一般化。例如，戰後日本進行學制改革，高中或專科學校紛紛升格，一下子多了二百幾十所大學，各縣（相當於我國的省）至少有一所國立綜合大學，大宅批評這種亂設大學、質量低下、沒有特色的狀況，簡直是有車站盒飯賣的地方就必有大學。或許當今大學生已經唸不準大宅的姓氏，但無人不曉得「車站盒飯大學」這個詞，說不定就用來嘆息或痛罵自己的大學哩。日本於1953年開辦電視台，歷時三年，大宅批評：最高度發達的電視傳播最低級的文化，粗雜卑俗，使「一億日本盡白癡」。又過了三年，石原慎太郎的小說《太陽的季節》獲得芥川獎，大宅發表〈「太

陽族」健康診斷〉，批評他們是品種完全不同的日本人，算盤和自衛術高人一等，是徹頭徹尾的利己主義者。於是，「太陽族」這個新詞和做飯不冒煙的電飯鍋一起遍佈日本。大宅壯一是話語領袖，他的話語用有形的巧妙迎合大眾，同時用無形的霸權對大眾加以羈縻牽引。去世前兩年，一個精神病患者企圖用獵槍殺死他，被警察逮捕。犯人供述：自己是大宅用電波操縱的機器人，要脫出這種狀態，只有幹掉他。

　　大宅曾說過：「我很清楚自己在文筆家當中是極其特殊的存在，並不是有意這樣，而是成長環境造就了我這樣的人。」所謂環境，首先是家庭環境。他沒有留下成本的自傳，從幾篇述及青少年時代的文章中得知，大宅家開醬油舖，前店後廠，父親光喝酒，以至他的記憶裏只有一個酒氣沖天的父親。與他一天天長大成反比，家業越來越小。父親「對於孩子的教育，豈止是徹底的放任自流，根本就漠不關心。考中學時也是我一個人決定，自己填志願拿去交了。考上了也不說一聲好。當然，曠課逃學也隨我的便。中學三年時這位老爹死了，其後必須由我來支撐家計。我倒是滿不在乎。而且，直至今日，幾乎無須任何人照應。」（〈對兒子說的話〉）「大學時代不光完全要自活，還得養家。又一頭扎進社會運動，幾乎不上學。學費也不繳，不知甚麼時候給開除了。」（〈職業創作論〉）在這樣的生活環境中，他從小學時代開始作文投稿，「怎麼也擠不出投稿的工夫來，和歌或短歌那樣的簡單東西不用說，就是

相當長的文章也一邊走路一邊作」。可以說，這種勤勉是他日後在大量生產、大量消費的大眾社會裏大顯神通的童子功。川端康成是大宅的中學、大學同學，在《文學自敍傳》中回憶：傳聞大宅「把獲得的金牌排列起來，能構成鎖鏈，環繞整個房間。」讀東京大學社會學專業時，大宅為新潮社編輯13卷《社會問題講座》，說動馬克思主義經濟學家河上肇等名流執筆，不到一個月就在報紙上打出整版廣告。講座賺了錢，他獲得一大筆獎賞，終於脫貧。「《社會問題講座》結束後，我繼續幫新潮社工作。那時《新潮》雜誌卷頭有評論欄目，幾乎期期讓我寫。那是不署名的，但就此被新聞界認可，不知不覺成為文壇中人。」（〈放浪交友記〉）

大宅壯一在大眾傳媒中馳騁五十年，在他看來，大眾傳媒這東西「就是把各種文化加以商品化的過程。大眾傳媒本身也是文化的一個部門，同時有把其他文化都弄成商品的作用。所以，商品感覺強的大阪人就比較強」。他出身於大阪商家，從事文筆業也像個「文筆企業家」，最突出的事例是組織「綜合翻譯團」。那時他28歲，構居在文人薈萃的吉祥寺一帶，郭沫若也一度造訪。「我家成了『工廠』，總有十來個年輕人堆在那裏」。（〈擇優結婚〉）他從出版社拿來原書，幾個人分頭草譯，然後有人校正，有人潤色，最後由他定稿，流水線一般翻譯《一千零一夜》等大眾讀物。作法類似林琴南，可能是受了拍電影分工合作的啟發。近年某出版社大量翻譯謝爾頓小

說，名為「超譯」，其實不過是承襲大宅的路數。日本有很多週刊，一般都利用編輯工作室和自由撰稿人，分工、轉包，用人不養人，這種編輯方式當初也是從「綜合翻譯團」學來的。「人最終感興趣的是人」，大宅翻譯廠關張後，他獨力創辦《人物評論》雜誌，刊行十三期。1930 年相繼出版《摩登層與摩登相》、《文學戰術論》，確立了所謂「輕評論」文體，即「擯除學者使用的難懂術語，頭三行就抓住讀者」。當初大宅的夢想是文學創作，可能一輩子都不曾放下這心思，但事實證明，他的才能在評論，尤其是社會風俗方面。如他所言，人有兩種類型，施虐和受虐，評論家是前者，而小說家多後者。他看似憨厚，性格卻是施虐型，尤其不適於社會性缺缺的純文學。「任何社會名流都有見不得人的地方，不，一個人越被偶像化，見不得人的地方越擴大。」他揭露那些見不得人的地方，大大地滿足大眾的窺視心理和嫉妒心理。

18 歲以前的大宅，給天皇的教育敕語挑語法錯誤，寫「隔日上學論」，企圖偷渡去沒有天皇的美國，為米價暴漲所引起的動亂煽風點火，被視為赤化學生，以致退學。參與組建全日本無產者藝術聯盟，普羅文學家小林多喜二被警察拷問致死，也是他出頭領回遺體。到底加沒加入共產黨，他避而不談，始終是個謎。大宅也曾被逮了去，警察逼他寫悔過書轉向，他說：「我要是轉向，可就轉到共產黨那邊去了。」從他的秉性來看，可能沒入過共產黨，那是一種「野次馬」秉性。日語的「野次

馬」，源自老公馬跟在少壯馬後面走，指那種看熱鬧、起哄、喝倒彩的人。1969 年日本全國鬧學潮，造反派學生佔領東京大學的安田講堂，和警察機動隊對峙。電視台把大宅找來做現場評論。學生扔石塊，警察噴水龍，這老傢伙衝着麥克風起哄：「現在的戰爭遊戲是那些不知道戰爭的小子們在玩。不是學生和警察打架，媒體也算一個，好像三個組織串通好了，玩得很高興。今天天兒太好了，沒有緊迫感。要是下點雨，或者下點小雹子，就會再緊張一點，實在可惜。對這種戰爭遊戲不必那麼擔心。年輕人的能量用這樣的方式爆發不是壞事。大學具備虛幻的權威似的東西，把實際情況向全國各地的人們公開，是大好事。被叫作教育媽媽的人了解了學生的真面目，單單這一點不也是很大的收穫嗎？」三十年過去，即便是當年的紅衛兵，當我們回首往事時，不也有鬧哄了一場的感覺嗎？只是大宅當時就毫不惘然，凡事都抱持瞧熱鬧的態度，身臨其境卻並不投身其中。他說：「甚至對於人的一輩子命運那樣的事也只顧興趣，是我的也堪稱天性的惡癖。」這一「惡癖」為他贏得那些好起哄的大眾，同時也因之喪失責任感，曲終人散，誰還記得他的起哄文章呢？

儘管一聽口令走步就順拐，大宅也不落人後，參加「文化人部隊」，尤其在電影攝製上為侵略戰爭協力。日本戰敗前兩年，從印度尼西亞返回東京，丟下筆桿子，第二天就在院子裏開荒種地。過了四年自給自足的日子，見大局已定，重新出

山。法國存在主義哲學家薩特行時，他就諧音薩特，取筆名「猿取哲」，月旦人物。今天「思想」這玩意在日本已經是一個笑話，政客們紛紛標榜無黨派，但五十年前，誠如大宅所言：「說到底，『思想』對於知識人就像是脊椎。其有無決定是高等動物還是低等動物，不，是上等人還是下等人。當然，一般大眾被認為沒有。獲允加入知識人中間，缺少這玩意即屬於無照經營……所以，大家都爭着弄點甚麼『思想』。而且這上面還有流行，最近，不是從外國進來的，有了反而教人輕蔑。這一點，好似帽子之類。」大宅說自己外出不愛戴帽子，不戴柏拉圖、康德的圓頂禮帽或高筒禮帽，不戴民主主義的呢帽，不戴軍國主義的軍帽，不戴馬克思主義及其他社會主義思想的鴨舌帽，不戴自由主義的貝雷帽。話是這麼說，其實，他給自己的「野次馬」也戴上一頂帽子，就叫作「無思想」。1955年發表〈「無思想人」宣言〉：「『猿取哲』的特性，首先是決不秉持世上通用的主義主張，嚴正中立，不偏不黨，堅持徹頭徹尾的實事求是原則。寫的是大宅壯一，但寫的事情應該獨立於大宅壯一。議論一個人，不論他與大宅壯一個人多麼親近，也絕不受私情影響，站在甚麼都敢說的立場上。」「我是『無思想』，迄今始終一貫做的事只有一個，那就是抨擊宗教和偽君子。惟有這是無論如何也不能停止的。」當然，「所謂無思想，不是『無個性』、『無人格』。不，恰恰相反，在今天這樣的社會裏，要『無思想』地生存，必須有非常強勁的個性和人格。不

然，立馬就會被強硬的『思想』拉過去，溺死在裏面。」

1920 年代初幾家大報接踵創刊週刊雜誌，1950 年代後半出版社爭相刊行週刊雜誌，正是在這兩場週刊熱之間，日本形成大眾化社會。大量生產，大量消費，讓大宅壯一如魚得水，馬不停蹄地進行「文筆業擴大再生產」。哲學家久野收評論他：「大宅代表並推進的是把批評或評論當作商品來寫、當作商品來賣的商品化方向、現代化方向。本亞明曾指出，藝術作品商品化，給作品抹去神秘的光環，把作品轉向展覽，而大宅實踐的是評論的這種展覽化。」大宅明火執仗，公然把評論商品化。他的尖刻，他的反權威，反偶像，並非出於孤高，而是一種商業手法。他把評論大眾化、商品化，為大眾所喜聞樂見，但沒有低俗化，是其價值所在。然而，大眾不定性，大眾社會的流行來得兇，去得快，好似櫻花開落，大眾化評論不可避免地帶有節令商品似的命運。現今大眾社會已經從千人一面發展到千人千面，追求個性，評論家分工也越來越細，各有所專，難以再出現大宅那樣橫掃一切領域的綜合性評論家。

他評說過三島由紀夫。就在三島切腹那年的 1 月，他預測 70 年代的日本，舉出四個具有超凡魅力的領袖式人物，是三島由紀夫、石原慎太郎、池田大作、小田實。關於三島，他說：「主宰『盾會』的三島由紀夫具有日本知識人罕見的領袖性和行動力。過去也有先例：意大利詩人鄧南遮從第一次世界大戰前後變成狂熱的國粹主義分子，自己駕飛機去佔領阜姆，是墨

索里尼的先驅。三島有這般的領袖性嗎？他身上果真能產生拉攏大批青年的魅力和領導能力，足以左右日本的命運嗎？就現在來說，他率領的『盾會』也和請有馬賴義當教練的棒球隊一樣，未超出流行作家的癖好範圍。說到三島，我想起了三島章道，他是子爵的公子，也是『白樺派』作家，充當男童子軍的頭領度過晚年。」在同一篇文章中大宅還寫道：「最近日本正在發生的『經濟大國』意識孕育着危險的要素。雖然可以説抑制魯莽軍人和被他們操縱的政治家發動戰爭的是經濟人，但反過來，經濟人，特別是軍需產業的經濟人，打開戰爭電閘的時候也並不鮮見。誰能保證 70 年代的日本不會再次踏上『曾經走過的路』呢。」

在《日本的沒落》一文中，他開列「大東亞戰爭的輝煌戰果一覽表」，其一是「日本男人的可怕的國際性」，即「同樣是日本人，和女人相比，男人國際性遠遠不足，那在日常生活上尤甚。他們大部份是無論去哪裏都需要米飯、醬湯、醃蘿蔔、雜煮、清酒、飯糰子，和服、草席、兜襠布的種族，不把婦女當奴隸使就不安生。這一點，徵諸以下事實則一清二楚，即戰爭期間依仗日本國家權力以日本男人為主體的國際結婚，戰後幾乎百分之百地招致破裂。不過，日本男人這種頑固的保守性格主要只表現在日常生活方面，至於精神生活，也可以説富於國際同化性，那是超過女人的……為獲得一個著作的翻譯出版權支付百分之三十六的使用費，哪個國家曾有過此類發瘋似的

競爭嗎？」

他寫到《醜聞的商品價值》，說：「禁忌越來越多，傳媒除了社會版之外，競爭的餘地逐漸縮小，結果必然是醜聞的商品價值愈益提高。而作為讀者的一般大眾方面，對醜聞的興趣（需要）也異常增大。『興趣』和煽情主義一樣，是唯量的，喪失真偽、正邪、美醜的判斷。所以，過去具有真理、正義、美的社會價值暴跌，相反，帶來最大『興趣』的醜聞獲得最大的商品價值。」

經濟起飛，家家都覺得進入了中流階層，擁有私車成為流行的追求。一家大汽車製造廠的頭面人物登門推銷，大宅壯一放言：私車和姨太太一樣，坐的時候很愜意，可一旦弄來了，存放的地方就大成問題。從以前我的主義就是不要私車、別墅和姨太太。他說的姨太太，不妨時髦地譯作「小三」，我們聽到這話不也可以會心一笑麼？可能在日本時過境遷，忘掉了大宅壯一，中國卻好像正進入他的「語境」。眼下泡沫經濟崩潰的日本也值得旁觀，歷史的進程不好繞過去，或許哪一天我們就要說它是前車之鑒。

大宅病篤之際，總理大臣三木武夫打算頒給他一枚勛章，派秘書來探問。兩位門生替恩師回絕，因為他們相信大宅信奉三無主義——無宗教、無思想、無官銜，罵了一輩子政治家，不會要這個獎賞。不過，晚年的大宅被弟子們前呼後擁，奉為泰斗，也變成偶像。在兒子大宅步眼裏，他又是甚麼形象呢？

「我在工作上名揚天下，步作出這樣的結論：『歸根結底，父親這個人不是思想家，不是社會主義者，也不是商業主義者，說來是大眾傳媒的奴隸。』」（《大宅步的反叛與死》）

大宅壯一留下的遺產，似乎比著作更為世人所重的是大宅文庫。他認為「書不是讀的，而是查的」，在收集資料上具有超群的能力。他的資料室叫「雜草文庫」，二十年間收羅雜誌 3,000 種、180,000 冊，書籍 30,000 冊，多是圖書館不入藏的書刊。死後設立大宅壯一文庫，是日本唯一的雜誌圖書館，現在收藏雜誌已多達一萬種，580,000 冊。庋藏之豐富，整理之獨特（逐題登錄，按人物和事件歸類），尤其是傳媒界的寶庫。把田中角榮搞下總理寶座的立花隆說，若沒有大宅文庫，他的《田中角榮研究》等工作幾乎就無從談起。出版社文藝春秋祝賀大宅七十壽辰，設立 「大宅壯一非虛構文學賞」，他親手頒發第一屆，半年後去世。

墓在鎌倉泉瑞寺，遙遙望見富士山。我特意去看過，沒有祭掃的意思，有一點看笑話似的遊興。那裏立了一塊碑石，草木掩映，鏽痕斑駁，鑴刻着大宅的名言：男人的臉是履歷書。在他的著書中見過幾張老照片，穿和服戴禮帽的，穿軍裝或西裝的，從臉上也看不出歷史的滄桑。其貌不揚，頗像社會派推理小說家松本清張，或許那就是庶民的面相。

神道

日本到處有神社。清末黃遵憲駐日四年餘，説「三千神社盡巫風」，據現今統計，神社至少有十萬之多。走到哪裏遇見了，也過去看看，有時還學着給神塞錢，把硬幣丟進囚籠似的「賽錢箱」——經常是五元，自動販賣機不能用，但諧音「御緣」，而十元就成了「遠緣」，於是拿小錢酬神也心安理得。外國遊客多，東京明治神宮的錢箱「國際化」，裏面有各國硬幣，多達七、八百種，神們閒下來也可以玩玩收藏或倒匯。似乎日本神總在睡大覺，噹啷一聲投了錢，還得拍兩下掌才叫得醒；葬禮也拍手，但不能拍出聲，以免驚起了死人。隔着「賽錢箱」奮眼望去，黑黢黢到底弄不清祭祀着甚麼，對神道便大感神秘，難怪凡事不明底細或故作高深，文化的或心理的，往往都推到它那裏。

神社類似中國廟，不過，廟比佛寺古遠，而神社當初無片瓦，學了佛寺才大興土木。最常見的是八幡神社；歷史小説家司馬遼太郎説，五世紀初，一群自稱秦始皇後裔的人經朝鮮半

島渡海而來，供奉祖先，後來就變成八幡神。此神夠神的，很愛借巫的口對政治說三道四，受政界歡迎。六世紀後半傳來佛教，它又說自己本來是印度神。聖武天皇造大佛，建東大寺，八幡神跑前跑後，天皇大悅，就在大佛殿旁邊修一座八幡宮，讓它佑護東大寺，打這兒起神與佛攪和在一起，即所謂「神佛習合」。長此以往，日本人便養成神前結婚、葬禮唸經也泰然處之的民族性。最具代表性的神社是三重縣伊勢市的神宮及島根縣的出雲大社。伊勢神宮供奉天皇家祖先天照大神，而出雲大社奉祭大國主命，日本列島本來是他親手締造的，但天孫（天照大神之孫）下凡，只好拱手相讓。按說神宮是皇家宗廟，卻很早就任由庶民參拜。神體是傳國三神器之一的鏡子，代替天照大神的神靈，但不見記錄，從未映照過天日，有國民作家之譽的司馬遼太郎也緣吝一面。古鏡研究家推測，那鏡子雖叫「八咫鏡」，估計也就是梳妝鏡大小。

問日本人信教嗎？據報社調查，只有百分之三十幾的人答曰信，再問信甚麼教，回答信神道的還不到百分之五，或許這就像我們不會說自己信土地一樣。何謂神道？司馬遼太郎說：「這群島上的古人由岩石露出地面想到底下磐根之大也感到奇異，覺得可畏就馬上清潔其周圍，不許亂踏入弄髒，這就是神道。」如法造神，何止八百萬，難怪黃遵憲也莫名其妙，吟道：三千神社盡巫風，帳底題名列桂宮，蠶綠橘黃爭跪拜，不知常世是何蟲？處處有神，為人就無處不恭敬，幹起活兒來領導在

和領導不在一個樣。中國土地爺無處不在，可除了孫悟空動輒拘他來問話，大家並不放心上。神道迄今基本是自然崇拜，沒有教主，沒有教義，以「祭」為主。初來日本時好奇，哪裏有祭去哪裏看，看來看去，大都是抬神輿遊街。與其說是敬神，不如說是社區聯誼，甚而不過是麇集海內外遊客的觀光節目。近乎赤裸的壯丁們擠作一堆，也偶有女性夾雜其間，「往往顯出神憑或如柳田國男氏所云『神人和融』的狀態」（周作人語），卻未必是神道教信徒，而狀態是經過練習並有人指揮才達至的。我覺得日本人做甚麼事都有這股勁兒，不單為神抬轎子。祭，使人暫且從日常生活的壓抑下解放，裝神弄鬼，以盡情歡樂。祭神如神在，本來是孔子的祭祀心態。

「神道」二字最早見於 720 年成書的《日本書紀》，早了八年的《古事記》還不曾出現。再往前找，就只能找到中國古籍裏，即陳壽《三國志》所說的「鬼道」：女王「事鬼道，能惑眾」。敬神祭鬼，可上溯到蠻荒時代，但神道之為道，把習俗及信仰「語言化」，建構並宣揚為一種思想，是 13 世紀中葉以後的事。15 世紀後半吉田兼俱仿照佛教三部經把《古事記》、《日本書紀》等奉為古典，尤注重《日本書紀》卷一、卷二的《神代紀》。17 世紀山崎暗齋也極力推崇所謂神代卷。18 世紀本居宣長轉而從《古事記》中挖掘，說日本古代是神代，那時已經有神道，編造了一個純粹理想化的宗教世界。比本居早生五十年的儒者太宰春台不以為然，說：「現在的人把

神道看作我國之道，與儒佛並列，以之為一道，此乃大謬也。神道本來在聖人之道當中。《周易》有云：觀天之神道而四時不忒，聖人以神道設教，而天下服矣。『神道』始見於此文。」平田篤胤私淑本居，一心要證明日本為萬國之根本，天皇乃萬國之宗主，罵太宰狹隘乖僻，誹謗大日本。到了現代，佛學家鈴木大拙斥神道為兒戲，史學家津田左右吉則斷言，神道這東西起碼平田派鼓搗出來的形式在過去的日本不存在。視司馬遼太郎為敵手的哲學家梅原猛說：「平田對所有不純的神道加以攻擊，所謂不純的神道，是指受佛教影響、按佛教教義來思考的神道，但實際上，神道當初就是受佛教的刺激與影響，為對抗佛教而編造的。」其實，「記紀」二書中的神話並非從遠古流傳下來的東西，那是有意偽造的，以使天皇家為中心的政權具有正當性。梅原說國學家的思考方法好似剝洋蔥，他們以為剝掉所有儒教的東西，剝掉所有佛教的東西，最後剩下的就是日本固有的東西，可是，從日本文化去掉所有的外來文化就甚麼都不剩了。本居、平田們名之為古道的東西也多是舶來品。神道家何患無辭，我卻不信，且不禁替李澤厚擔心，他那麼偏信「日本不僅保存了許多神話，神道觀念也始終濃厚」，「長久滲透在日本文化和日本人的心理中」，拿來作背景比較中日文化心理，豈不是違離史實，乖謬本義？

神道真正成氣候是明治維新後。自1633年，德川幕府先後五次頒佈鎖國令，1853年被美國艦隊駛來，簽訂一堆不平

等條約，洞開了國門，幕府隨之像清廷一樣垮台。皇權旁落七百年，能重新奪回到天皇手中，神道功不可沒。明治新政府定神道為國教，令神佛分離，八幡大菩薩也改稱八幡大神。**轟轟烈烈**開展全國性神道教化運動，強化以天皇為中心的體制，統合民眾，振奮精神，轉眼之間日本妖魔化。發動了幾場戰爭，終於慘敗，國土被美軍佔領，麥克阿瑟成為國家神道的終結者。雖說老兵不死，但五、六十年過去，白雲蒼狗，回來的是神道。這道上走在前面的，小泉純一郎是一個，蓬鬆着野武士似的頭髮。

國語問題

內田百閒是夏目漱石的弟子，隨筆寫得好，灑脫有趣，為人卻極其固執。譬如 1960 年代某出版社刊行《日本的文學》一百卷，標榜是破天荒使用戰後新文字的文學全集，但內田抗拒文字改革，唯有他那卷舊態依然。不過，死後十八年的 1989 年，遺屬終於背棄其遺志，改用新文字，雖然當前猶限於文庫版。

日本內閣 2010 年 11 月 30 日頒佈新《常用漢字表》，計 2,136 字，比 1981 年的漢字表增加 191 字。京都大學大學院教授阿辻哲次有漢字博士之稱，擔任文部科學省下轄的文化審議會國語分科會漢字小委員會委員，參與了《常用漢字表》修定。日前他出版一本《戰後日本漢字史》，對戰後六十年漢字在日本的「受難」縷述甚詳，剖析得失也頗中肯綮。中國是漢字的本家，面臨西方文化的盛氣與威勢，漢字也被當作替罪羊，近代以降所受的磨難或許更多些，因而讀此書不單能知道些日本

逸事，似乎也不妨為鑒。

　　日本語，這是日本對外的稱呼，對內叫國語。國語問題是日本的歷史問題之一。表意文字的漢字悠久地充當漢文圈核心，隨清朝的衰敗而式微，1866 年幕府臣僚前島密向末代將軍呈遞了廢止漢字的奏摺，建言用假名（日本字母）普及教育。明治政府第一任文部大臣森有禮試圖用英語取代日語。福澤諭吉在《文字之教》中主張對漢字加以限制，像當今對待核武器一樣逐步廢除。創造了哲學、自由、理性等詞語的西周倡議以洋字寫國語。以減輕國民生活中的漢字負擔為由，文部大臣監管的「臨時國語調查會」於 1923 年發表《常用漢字表》，計 1,960 字，這是日本限制漢字之始。惟因發生關東大地震，未付諸實施。限制漢字可節省工本，報社尤為歡迎。1942 年國語審議會提出《標準漢字表》，附有簡易字體，容許世間通用的略字或俗字，例如乱（亂）、国（國），但當時正起勁鼓吹與中國「同文同種」，建設「大東亞共榮圈」，限制漢字之舉遭軍政府反對，也未至施行。

　　如果説以往八十年對漢字是自賤自殘，那麼 1945 年 8 月 30 日，麥克阿瑟將軍叼着煙斗走下舷梯，又飛來美國人對日本文化的橫加干預與壓制。天皇本來是人模人樣現於世上的神，只好變回人，政治及經濟體制乃至所有領域都被迫進行史無前例的變革。為改革教育，請來「美國教育使節團」，考察一通，提出了報告，其中有一章《國語改革》。以佔領為背景，

使節團無視或輕視日本的傳統及國情，一心把歐美人的想法搬到日本來。他們認為，「日語大部份用漢字寫，要記住那些漢字對於學生是過重的負擔」，「在教育的最初階段，時間浪費於記這種文字的苦鬥」。於是提出了三個方案，一是減少漢字數量，二是全廢漢字，採用某種形式的假名，三是漢字、假名全廢，採用某種形式的羅馬字。據他們判斷，「假名也不如羅馬字有利，羅馬字大大有助於民主主義的市民精神和國際理解的發展」，「相信漢字作為一般的書寫語言早晚應全廢，採用音標文字系統」。而「現在」，一敗塗地，一張白紙般沒有負擔，「正是邁出國語改革值得紀念的第一步的絕好時機，恐怕這種好時機今後多少代也不會再來」。

人心惶惶，對漢字的世論由限制一下子轉向廢止。甚至被捧為「小說之神」的志賀直哉發表廢除日語論，意思是日本人大概因使用日語而發動了戰爭，那就把日語廢掉罷，改用世界上最好的語言——法語。佔領軍下戰車伊始，命令日本政府把車站、道路等牌子用英文（戰爭期間日本稱之為鬼畜語言）標示。一位三十出頭的美軍官主管教育，讓日本人調查識字水平，水平低就證明漢字難，難就必須廢除。可是一調查，文盲僅為百分之二點一，為世界罕見，那軍官竟要求修改這一結果，日本調查者雖然是主張改用羅馬字的，卻不肯歪曲事實。

以作家山本有三為首制定出《當用漢字表》（「當」的意思不是應當，而是當前，屬於日本人誤用漢字，在某種程度上

漢字的日本特色就這麼形成），為 1,850 字。此漢字表屬於向廢除漢字、改用羅馬字的過渡，在憲法公佈十三天後，吉田茂內閣於 1946 年 11 月匆匆頒佈於世。它規定了法令、公文、報刊及一般社會使用漢字的範圍，表內若沒有就必須寫假名，對漢字是一表限制。時值社會一片混亂，人們忙於在廢墟中找食，誰顧得上文字問題。説來天皇制和漢字那時候廢也就廢了，歷史上不乏先例，但日本是幸運的，美國很快又投入朝鮮戰爭，需要日本作幫手，不再過問漢字，即便是障礙民主化的勞什子。

1950 年代中期，中國也戮力推行文字改革，大有漢字不久將消滅之勢，影響及於日本，國語審議會熱衷於限制並廢除漢字，或者用羅馬字，或者用假名。但輿論並不是一律的，莎士比亞戲劇翻譯家福田恆存憤起反對。他指出中世因大量使用漢語才克服了方言差別，況且和漢字同樣，英語拼寫對於記憶也是個負擔。1966 年文部大臣明言，國語表記以漢字假名混用為前提，不考慮廢除漢字。1981 年頒佈《常用漢字表》，增加 95 字，計 1,945 字。此表不再是限制，而是一個寬鬆的標準，日常使用漢字相當自由了。內田百閒也可以我行我素，這是一種可貴的堅守，卻也給在「當用漢字表」之下生長的世代（大致相當於中國長在紅旗下的一代，屬於簡化字世代）及其後代們平添些麻煩。

廢除漢字的理由之一是不利於國際競爭，對此，有保守派

論客之稱的福田恆存 1960 年寫道：也可以充份消化漢字假名混用文的機械未必不會被發明。1970 年代末，日語文字處理機問世，長年主張限制漢字的語言學家金田一春彥痛快地轉向，說常用漢字數量可增至 3,000 左右。計算機、網絡發展並普及，文字由寫變為打，漢字限制論消失殆盡。有趣的是，閒字被略為閑，網絡上常把百閒打成百間。

日語將消亡

　　水村美苗說：「我平常是謙虛的小市民，寫小說時也謙虛，但是寫這次出版的《日語消亡時——在英語世紀中》，從開始就沒有謙虛的心情。」

　　她是小說家，1990 年出版小說《續明暗》一舉成名，此後又寫了兩本，也接連獲獎，看來相當有實力。這本不謙虛的評論性隨筆出版於 2008 年 10 月，又得了小林秀雄獎。水村稱之為「憂國之書」。人正得意，怎麼憂起國來了呢？ 她寫道：

　　「日本人住在被海圍繞的島國，不必抱有自己的語言說不定消亡之類的危機感，連綿地生存下來。然而，現今闖進了英語這種『普遍語』通過因特網，翻山越海，在全世界橫飛的時代。21 世紀英語圈外的所有人都被置於自己的語言從『國語』淪落為『當地語』的危機。儘管如此，日本人，包括文部科學省在內，卻懵懂地活在英語多些、再多些的大合唱之中。」

　　人類語言的歷史是混沌而錯綜的，水村美苗用普遍語、國語、當地語這三個中心概念來梳理，亦即把語言分為三個類

型，構成三個層次。普遍語居上，它是向世界敞開的語言，如拉丁語、阿拉伯語、漢語。普遍至極的，那就是數學語言。普遍語是書面語，蓄積人類智慧，所以求取智慧的人讀普遍語，寫普遍語，用普遍語向盡可能多的人做學問。當地語處於最下位，是人們過日子使用的口語俗語，通常也就是自然掌握的母語，即便有書面語，也基本上屬於無教養人群。水村批評著有《想像共同體》一書的安德森，他母語是英語，便無視英語乃是普遍語的存在，鼓吹多語言主義，簡直是「身在福中不知福」。

所謂國語，是翻譯普遍語而成的語言，國民認作自己的語言。日語之所以能夠在明治維新以後立馬確立為國語，有兩個條件：其一，日語雖然不過是漢文圈的當地語，但在翻譯普遍語漢文的行為中產生書面語，並且在日本人的文字生活中成熟；其二，明治維新以前日本已經存在安德森所說的印刷資本主義，書面語廣為流通。倘若再舉出一個條件，那就是日本未變成西方列強的殖民地。於是，通過福澤諭吉等眾多能閱讀另一種語言的人的翻譯，日語變形為國語，又成為能夠寫小說的語言。日本文學「把那麼多樣的文字和文學傳統混和，並清晰地留下各自的歷史痕跡，就我所知，這樣的文學在西方文學裏找不到」。當國語達到了高度，不懂另一種語言的人也能寫作具有世界性的文學。

然而，因特網時代降臨了，英語日益成為人類有史以來最

大的普遍語，覆蓋全世界。越是求取智慧的精英，越心向普遍語。學術論文用英語寫，甚至日本文學、日本歷史的論文也要用英語寫，用英語寫評價高，用日文寫評價低。一百年前，日本的大學充當巨大的翻譯機構，使日語變成國語，而現在越是好大學越用英語講課，越是精英越要用英語做學問。長此以往，國語就可能淪落為當地語。水村美苗焉能不忡忡憂心，起而疾呼。

　　她 12 歲時隨家移居紐約，在耶魯大學攻讀法國文學，以這樣的經歷憂患日語，驚叫起來也格外驚人。對日語及日本文學的熱愛與執着，似源於當初對美國格格不入，讀《現代日本文學全集》度過少女時代。而母親居住美國二十年，不睬英語，用日語寫，她「每讀母親的文章都感到日本近現代文學的豐富」。真明白日本文學的好壞，是能讀日語的人才擁有的特權，被歐美説好説壞並沒有意義。她在英語博客上自我介紹是「用日語寫現代日本文學的小説家」。她通曉英語和法語，因而不至於被譏為酸葡萄，大概也不會被降為一般的國語民族主義者、國語保守主義者。

　　如何避免日語消亡呢？再凡庸不過了，那就是靠學校的英語教育。可以有三個方針：一，變國語為英語；二，全體國民能説兩種語言；三，一部份國民能説兩種語言。一是歷史上做過的夢，似不堪回首。近年朝日新聞主筆船橋洋一挑頭提倡把英語作為第二公用語，實質就是二，雖然也出於憂國之心，但

水村予以批判。她主張，在英語世紀中避免語言上孤立，道路唯有三，別無選擇。

會外語的人有兩類：能讀另一種語言的人，能說兩種語言的人。對於不是以普遍語為母語的人來說，重要的不是能說，而是能夠讀普遍語。能讀另一種語言的人輩出，翻譯書增多，就不必為大體上了解世界發生甚麼而直接讀外語。縱然有全球的文化商品，也不會有真正全球的文學。全球文化商品只能是在真正意義上不需要語言的東西，不需要翻譯的東西，最具代表性的就是好萊塢電影。

水村以續寫夏目漱石的小說《明暗》出道，在這本隨筆中也隨處以他為據。她懸想，漱石若生在今天，那麼，四分之一世紀之後的世界，非西方學者用英語寫作比今天更是常識，他怎麼辦呢？那時他詛咒自己以距離英語太遠的語言為母語的命運，嫉妒以英語為母語的幸運，卻不得不把人生相當多的時間拿來跟英語搏鬥。可是，用英語寫讓他感到難以自拔的孤獨，對所寫不會滿足。就是說，四分之一世紀以後的漱石還是要用日語寫，寫文學。

求取智慧的精英被吸進英語的趨勢是無法阻止的，但現在還可以重新選擇，水村美苗在全書的末尾寫道：「即便那樣，假如日語也處於消亡的命運，那麼我們能做的，就只有正視其過程，如同能正視自己死去是人的精神的證明。」

——說得好悲壯。

學歷的今昔物語

　　乍到日本，那是上世紀 80 年代末，因來自中國的大陸，很有點友邦驚詫，驚詫這資本主義國家居然看不見階級及其鬥爭，醒目的是學歷、學歷社會之類的話語，乃至刺眼。原以為學歷社會那就是大多數人持有一紙大學畢業的文憑，起碼是兩年制短期大學，但曾幾何時，聽說中國也已是學歷社會了，這才想弄清究竟甚麼叫學歷社會。時代使然，中國的發展是跨越式的，不免就帶些畸形，或許不過破了一點皮，便以為蛻變，這種事情也常有。所謂弄清，也就是找一本書讀讀罷了，讀的是《學歷社會史》，副題《教育與日本近現代》。著者天野郁夫，研究教育制度及教育政策對於日本社會的意義，還著有《考試社會史》。

　　通過教育來解析日本近現代社會的基本構造，視點該定在哪裏呢？天野抓住了考試和學歷，這是教育與社會的接點。關於學歷，他寫道：「學歷是學校、學業的履歷，本來是個人的東西。上哪個學校，從哪個學校畢業，填寫履歷書的學歷欄是

這種個人有關學校與教育的經歷。學歷具有了社會意義,被當作指標、尺度,給人以社會性評價並定位,重要性增加。就是說,學歷從個人的東西變成社會的東西。學歷社會,學歷主義支配的社會,就是指學歷所具有的社會意義或機能顯著增大的社會。」他盡其可能地利用傳記、自傳、升學指導、就職指南以及文學作品等資料,尋根溯源,縷述原本是個人的東西如何演變為社會的東西,即學歷如何起到了從社會的角度評價人,將其人置於某種序列之中的作用。

一百多年前,我們把日本加以近代化改造的漢字詞語拿回來,得心應手,以至今天不用這些外來語就只有啞口無言了。改革開放後似乎又掀起回收第二波,職場、完敗、人氣云云,滿不在乎地拿了來,學歷社會也屬於其一。學歷社會似乎是日本特色,廣為世人所知,甚而詬病,但實際上,這個詞是上世紀 60 年代才出現的。當初媒體有這樣的說法:學歷社會就是人的價值由學歷這個招牌來決定,和其人內在的東西如人格、能力、技術等沒有直接的關係。探究背景,似在於產業結構及職業結構發生變化,與學歷無關的農業、漁業等第一產業衰微,人們湧入第二產業或第三產業,學歷成為謀職的通行證、敲門磚。70 年代有一位媒體撰稿人矢倉久泰寫了一本時事讀物叫《學歷社會》。

明治維新以前日本不知有學歷二字。明治五年(1872年),福澤諭吉印行《學問之勸》,鼓吹向學,這一年政府公

佈學制，提出了「邑無不學之戶，家無不學之人」的宏偉目標。不過，多數人並沒有認識也不相信教育及學歷的價值，幾經獎勵，嚴加督促，十年之後小學實質就學率才超過百分之三十。明治二十二年，先進之區京都徵兵，20歲男子半數會寫名字，但具備讀書算術之普通學力者僅百分之十一。這時有個叫外山正一的，我們常見日本人三呼萬歲就是他始作俑，他還把「世態學」正名為社會學，本人沒有學歷，卻率先倡導學歷，當時叫教育資格，說是有了教育資格就可以位居社會上流。常有人誇日本，誇他們拿來中國文化只是拿好的，不拿壞文化，如科舉、纏足、宦官。然而說到底，科舉無非考試與學歷，中國自古是學歷社會。日本繞了一個大圈子，還是走上這條路，而聊以自慰的，無非這學歷不是那學歷，乃是從歐美搬來的。

天野郁夫指出：日本教育自初就是撈學歷，為的是教育資格或職業資格，所以學歷社會化早就是一個宿命。明治伊始，學校是新生事物，年輕人只要進學堂就行，就可以有一個新的人生。明治過了二十年，對學問領域越來越關心。再過十年，開始關心學校的內容。到了外山正一死去的1900年前後，終於注重升學的難易程度、畢業後的就職機會以及學校所頒發的資格證明，即學歷，學歷社會便初具原型。學而優則仕，以學歷為基礎的官僚任用制度加速學歷主義制度化。帝國大學畢業當官僚，生源主要來自新中間階層，教養是歐美文化。而農家子弟多是上軍校，他們讀不懂夏目漱石的小說、河上肇的論

文，對西洋大為反感，自以為是地信奉國粹。這兩路精英互相瞧不起，隔閡而對立，但同樣憑學歷高居於民眾頭上。學歷社會化的過程也就是官尊民卑的過程。

學歷社會實質是精英階層或者白領階層的現象與構造，身為精英、白領的情結。1970 年前後日本升學率達到了百分之十七以上，高等教育由精英階段進入大眾階段。從就職人數來看，大學畢業生超過中學畢業生，上班族不過是一般大眾了，精英意識也喪失殆盡。由於政策鬆動，1990 年代「私立大學亂立」，至 2006 年新辦大學約七十所，還有一百多所兩年制短期大學改為四年制大學。但社會少子化，預計 2020 年 18 歲人口為 188 萬人，倘若大學升學率為百分之五十五，那就應該有 645,000 人升學，尚缺五萬人填滿校園。粥多僧少，大學的市場競爭越演越烈，私立大學多半招不滿，連地方的國立或公立大學也常是一招不滿，不得不二次招生。除非名牌大學，如今是想上大學就能上，即所謂「全入」時代。高考出的是考高中試題，甚至只要在試卷上寫上名字就能錄取。大學變成娛樂場所，學生不用功學習，輕鬆畢業，被驚呼「大學崩潰」。教育水平下降，整個民族的知識水平低下。與此同時，社會上出現「學歷難民」，東京大學 2005 年畢業生多達百分之十不就職。看來學歷的「通貨膨脹」終將結果了學歷社會。

高三

　　1 月的第二個星期一，這一天日本是成人節。男女長到 20 歲，不管本人願不願意，一律成人，從此要具備自立意識。未成人也可以結婚，但喝酒違法，當新郎的或新娘的在婚宴上只能看着賀客喝。未成人喝酒，受罰的是父母。20 歲就有了選舉權，也有權抽煙喝酒。煙酒廣告上寫得明白，所以走紅的女歌手尚未成人，雖然幹着讓成人快樂的工作，但深夜在餐館裏抽煙被狗仔隊拍個正着，公之於媒體，就有點狼狽。未成人不許抽煙的法規早在明治年間就制定了，那時是為了強兵。至於以 20 歲為界，有甚麼科學根據，好像也沒人講得出來，我國古時候男子 20 歲行冠禮。成人漫畫的讀者成人為年滿 18 歲，也稱作「十八禁漫畫」。

　　20 歲，一般都告別了高中生活，或者升學，或者就業，去哪裏當成人，人生確實可以劃一個段落。有一首歌叫《高三》，是一個叫舟木一夫的歌手在 1963 年唱紅的；翌年，東京舉辦奧運會。作詞的丘灯至夫當時是記者，到一所高中採訪校園

節，看見男生女生手拉手跳集體舞，心裏油然湧起了歌詞。但音樂公司不看好，說它算不上流行歌曲。譜曲的遠藤實不服，拉出一撥人馬另立山頭，讓弟子舟木唱《高三》出道。一炮打響，舟木獲得日本唱片大獎新人獎，在台上感極而泣，唱不成聲，開歌手領獎抹淚的先河。唱片套封上的他穿着高中母校的校服。我國的校園歌曲百年前借鑒日本起步，上世紀 50 年代一曲《讓我們盪起雙槳》已大有後來居上之勢，可惜像好些事情一樣，小船兒輕輕，終於沒能像《高三》那樣推開新時代校園歌曲的波浪。大眾偶像由大眾捧起來，大眾不打碎他，本人也無奈，舟木已年高六十幾，上台還得原滋原味唱高三驪歌。每當聽到它，我總不禁覺得日本人對高中時代別有感情，彷彿是一種鄉愁。我們中國人感情深的好像是大學，上幾年大學，人生便與眾不同。

　　《高三》之歌風行時，還有一本書席捲日本，叫《凝視生與死：一個純愛的記錄》，是臥病大阪的女高中生道子和求學東京的戀人小實之間的四百封通信。道子寫道：「你是我的甚麼呢？將來一起過日子的希望一點都沒有，連一次都沒有像世上的戀人那樣挎胳膊走路⋯⋯」要說戀愛，高中生情竇初開，帶一點懵懂，似乎就特純。有「下半身作家」之稱（到了我國則譽為「情愛大師」）的渡邊淳一寫愛，也愛得兩人一起死，讀來卻不純，因為他們不是高中生，或者應該說，不是早些年間的高中生，那時候純潔是人生論一大主題。評論家龜井勝一

郎這樣説：「青春時代的友情中往往含有戀愛感情，而戀愛中往往含有友情感。戀愛只要不是感覺的、性的遊戲，其中就必有求道之心。友情所支撐的戀愛，我認為是戀愛的最高形態。」道子和小實的純愛是最高形態的戀愛，其實骨子裏是友情。

《凝視生與死》暢銷，百犬吠聲，出版商隆重推出女性信札熱，《愛與死的紀念：處女妻和死刑犯的純愛記錄》、《向星星禱告我的愛：女高中生日記》、《愛，並悲哀着：遺留的純愛日記》紛紛上市，非把高中生純愛炒到焦糊不肯罷休。四十年過去，小説《在世界中心呼喊愛》又呼起純愛熱，還偏師借重了「韓流」，但不同的是，這一回的純愛是虛構的。有出版社趁熱把《凝視生與死》翻出來，炒真實的冷飯，但今夕何夕，純愛早已被歸為非現實，假作真時真亦假，讀者豈是好哄的。道子死時 21 歲，對於活下來的小實來説，對於讀者來説，「道子始終是 21 歲」。在電視上看見小實先生現身説法，也買來書讀，上面卻不時迭印這位已經有兩個女兒的老爸模樣，彷彿讀一本鏽跡斑駁的回憶。電視上露臉有時真壞事。

説「道」

　　或許是飲食始終未走出原始之故，日本無味道一詞，卻很愛把其他人為的事物名之為道，如柔道、劍道、弓道、茶道、書道、華道，籠統地歸為兩道，即武道與藝道。柔、劍、弓之類屬於武道，茶、書、華（花）之類屬於藝道。

　　單說劍道，本來叫劍術，也有人把劍禪合一，名之為劍法。織田信長、豐臣秀吉都認為劍術在戰場上沒用，待以白眼，練劍（單刃的長刀，就叫它柳葉刀罷）的人為求進身，把劍術改了叫兵法，自稱兵法者。宮本武藏以殺人為生，稱劍術為道，不過是粉飾自己的嗜殺罷了。到了明治時代，廢藩置縣，武士變成喪家犬。為活命計，或上街賣藝，或開館授徒。也有人舉辦「擊劍會」，像相撲一樣比賽斂錢，但政府怕這些遺民聚眾滋事，予以取締。數年後開禁，許可從事「劍術業」，但部份輿論仍抨擊為無益之業。1882 年，一個叫嘉納治五郎的人開武館，把古來的柔術改稱柔道，武館名為講道館。之所以改術為道，他說，一是因為世人對包括柔術在內的傳統武術沒有好

印象；二，術是應用，而道為原理，當然也不好叫「柔理學」、「柔理論」甚麼的，那就新過了頭。當時教育部「就擊劍柔術等在教育上的利弊」搞調查，結論是否定，嘉納越發從精神修養、人格陶冶上強調柔道的教育價值。嘉納這個人非常能忽悠，但道字一時也不易普及，例如以老外寫日本出名的小泉八雲寫了一篇隨筆〈柔術〉，嘉納譯載在自己的雜誌上，硬給人家改成了柔道。風雲際會，日本對清、對俄打贏了兩場戰爭，國粹大興，掀起武術熱，武館興隆，擊劍、柔術也編入中學體育課。嘉納鼓吹柔道完成自我、補益社會，適應了文明開化的近代社會，影響及於其他武術，大約在 1910 年前後，劍術也叫作劍道了。1919 年，以官方為後盾的大日本武德會把劍術、柔術、弓術改稱劍道、柔道、弓道。某學校明示：廢除多含遊戲之義的術字，採用標舉人性修行的道字。1926 年教育部把條例中的擊劍、柔術修改為劍道、柔道，1936 年列為必修科，目的是振起攻擊精神、練就實戰性氣魄。文學為虎作倀，最大的虎倀是吉川英治的《宮本武藏》（報紙連載始於 1935 年）與富田常雄的《姿三四郎》（1942 年出版）。後者的原型即講道館，主人公姿三四郎的前輩戶田雄次郎源自小說作者的父親。職司宣傳國策、引導興論的情報局大力推薦《姿三四郎》，黑澤明拿它執導了第一部電影。這兩部武道小說把武道的意識形態大眾化。1945 年美軍佔領日本，當即禁止了武道活動及教育，日本政府跟着把武道一詞也禁了，而後來以體育之名復

活武道的也是這政府。武道教員像早年的武士一樣丟了飯碗。日本又臥薪嘗膽，過去把歐美傳入的體育武道化，這回把武道體育化。道字猶在，不免仍帶些遺臭，但好些人的醉翁之意正在於此也說不定。

道高於術，高於技或法，這種哲學可以到莊子那裏找根源。實際上日本人平時並不大說「道」，劍道叫劍術，書道叫習字，花道叫插花，出版之際才叫作花道大全、茶道全集甚麼的。茶道本來叫茶湯，19世紀末晚才與時俱進，遊樂、技藝都道貌岸然了。總之，道可道，我們中國人最可以會心一笑。

人與猴

朋友來日本觀光，驚奇還有耍猴的。

宋《太平廣記》記載蜀國有一個叫楊干度的人會耍猴，大概日本人最初見識這把戲的是遣唐使。現在日本仍然耍，而且他們也愛看，耍的人和猴時常上電視。有一個「日光猿軍團」，赫赫有名，老闆靠一群猴子發大財，老窩在櫪木縣日光。

單說一個酒字，在日本就是說日本酒（清酒），單說花就是櫻花，單說猿就是「日本猿」；他們叫「猿」，我們通常叫猴。日本地方小，物種自然少，日本猴卻是自來就有的，陳壽《三國志》記之為獼猴，尾巴短，紅臉紅屁股。1960 年在青森縣下北半島發現了猴群，被認定是地球上棲息最北的，雪地裏猴子泡溫泉乃日本奇景之一，人見人笑。再往北的北海道不生猴，琉球列島和朝鮮列島也沒有野猴。

據考古發現，原始的繩紋時代人愛吃猴。公元 675 年天皇頒詔，禁食牛馬犬猿雞。19 世紀中葉英國人 Robert Fortune

造訪江戶，肉舖裏沒有牛羊肉，幾家店頭掛着猴子，剝了皮，人模人樣的，看着很可怕。1945年戰敗，日本猴數量倏然銳減，因為糧食難，給人捉來吃掉了——人向來只顧自己活。

牛馬犬為人所用，食之不仁，雞下蛋報曉，也不該被吃，那麼猴子呢？牠可以當「弼馬溫」，好像在中國這只是《西遊記》的故事，而日本的武家馬廄裏真的養猴子以避馬瘟，或者放上猴子頭蓋骨發揮作用。日光東照宮是德川家康的遺骸所在，殿堂輝煌，有一神廄舍，也就是馬廄，上面雕刻了好些猴子，遊者必覽。其中有三猴，掩耳的，捂嘴的，遮目的，那意思是「非禮勿視，非禮勿聽，非禮勿言」。

白居易有詩：年衰自無睡，不是守三屍。何謂三屍？原來人體寄生的蟲子叫三屍，是天帝安插的奸細，每當庚申之夜，趁人睡熟了上天去告發其罪，天帝就讓他早死。人創造了神，當然也自有對付的高招，那就是守庚申，瞪眼不睡覺。這個道家之說在唐代傳到了日本，起初權貴們藉以秉燭夜遊，幾個世紀後佛教、神道都摻合進來，形成了庚申信仰，江戶時代大為流布。申猴酉雞，這信仰又拉上猴子。村人們三年搞十八回庚申活動，立一塊石碑，以資紀念，叫作庚申塔。上面常刻有三隻猴，不見、不聞、不言。明治以後庚申信仰被當作迷信破除，耍猴也滅跡。經濟大發展，百廢俱興，1970年代山口縣人復活了耍猴。一個在日光開舖子的，從電視上看見了，也弄來兩隻猴子幹起這營生，逐漸壯大，1990

年組建了「日光猿軍團」。本世紀又有人搞了個「日本猿軍團」，還惹起一場商標權官司。

日本人喜歡猴子，終歸因為牠像人不是人，可以當笑料。所謂「猿面冠者」，就是長得像個猴，尖嘴猴腮，歷史上最有名的是豐臣秀吉。畫上也都這麼畫，跟肥碩的德川家康正相反。小說家柴田鍊三郎為豐臣辯護，說他不矮小，「瘦軀」罷了，瘦軀的英雄們下場總是悲慘的。

尾崎行雄號咢堂，被稱作議會政治之父，也曾主張用英語取代日語，他在《咢堂自傳》中寫到福澤諭吉，稱之為先生，道：「那時先生一邊用鑷子拔鼻毛，一邊用古怪的眼神斜視我的臉，問道：著述甚麼的打算給誰讀呀？我不高興他那種態度和用詞，但壓住怒氣，一本正經地回答：為了給一般有見識的人看。先生便訓斥：你這呆子！要寫給猴子看！我寫總是抱着給猴子看的念頭寫，世上這就正好。還做出誘人似的笑。」

日本有不少來自猴子的諺語，如「猿智慧，牛根性」，猴奸與牛勁兒相對，一張一弛，迪士尼電影也常用這兩種性格搭檔。「猿智慧」不過是小聰明，甚而很可悲：有一座島，好似花果山，島上有五百隻猴子。某日，一猴遙望大海彼方，想像那裏更美好，便跳進海裏游去。眾猴見那猴子一去不復返，認定牠找到了好地方，也一個跟一個地下海，從此不知去向。

陪友人逛了日光之後，偶然在圖書館裏看見一本書，叫《世界的三猿》，原來世界到處有三猴文化，甚而四猴五猴，

捂襠的，捂腔的。我們的子曰本來是四勿，還有一勿是「非禮勿動」，有幾人能像顏回那樣「請事斯語」呢？人終究是穿褲子的猴子。

裸

　2009 年，頗有名氣的男藝人泥醉，深夜在公園裏赤裸，被警察逮起來，內閣大臣斥之不像話。

　2010 年，頗有名氣的攝影家在墓地拍 AV 女優，全裸，被法院以公然猥褻等罪名罰款。

　據說男藝人當時曾抗拒：脱光了有甚麼不好！

　似乎問題正是在這裏：把天地當作自家房屋，赤條條來去無牽掛，為甚麼犯法呢？倒退一百五十年，赤身裸體在江戶時代的日本真是無所謂，有畫為證。

　畫是德國人海涅 1854 年畫的《下田公共浴場》，男女二十幾人彷彿無性別，混在一起洗浴，雖然身體特別是女性乳房被畫得像西方人。海涅曾兩度隨彼理艦隊到日本，畫了 400 幅寫生，此畫附在提交美國政府的報告《合眾國海軍提督 M.C. 彼理指揮下一八五二年、一八五三年及一八五四年美國艦隊中國海及日本遠征記》中。報告有云：日本人都彬彬有禮，很客氣，但是有令人驚詫的習慣。在一個公共浴場看見男女不

分地隨便進，不在意彼此的裸體。進而斷定身份低的日本人，道德倒是優於其他東方國家，但淫猥不堪。不消說，道德與否，標準完全是彼理們自己的，即西方道德。

看見日本人混浴，公然裸體，西方人大都蔑視他們是世界上最不知廉恥的人種，但也有人欣賞，說他們像伊甸園裏的亞當和夏娃一般純真。混浴是日本民族的生活習性，起碼在江戶時代正常而普遍。無關乎身份，即便是相當有身份的人也當着家屬的面，恬然指着自己的那話兒問洋人，英語怎麼說。如今也常見不許隨地小便的招貼，只是在警告男人，而過去年輕女人也掀起裙襬就在路邊放尿。洗得通體爽快，甚至光着屁股往家走，裸奔也無人注目。男人幹活只繫一條兜襠布，叫作褌，大概那就是晉代竹林七賢之一劉伶當作屋室的，他脫衣裸形，卻說你們怎麼進我兜襠布裏來了。日本人全身都可以像臉一樣在大庭廣眾之前裸露，怕是劉伶也自愧弗如。

從生活到文化，大眾文學多帶有讓人想蒙上眼睛的猥褻圖畫，這也是日本人齷齪墮落的可恥印記，讓彼理們厭惡。然而，例如春宮圖，正可以看出日本人對裸體的態度。西方在日常生活中把裸體隱藏，裸體變成性慾的誘惑，並昇華為藝術。裸體被文化，同時商品化。日本人卻不把裸體當回事，沒有和性緊密相關，浴場裏男人的眼光不會在女人的裸體上游移。如1719年朝鮮通信使申維翰所寫：春宮圖，畫的是百媚千嬌的雲情雨態，性刺激在於變形地誇張性器巨大，姿勢像雜技。裸

體是日常的，未作為審美對象，春宮圖幾乎從不畫全裸，對乳房的處理也潦草，美在服飾上。服飾主要顯示社會、文化所形成的性別，而不是生物學性別。若問究竟，似乎只能說文明開化到這個階段，留有原始性。日本電視常播映熱帶雨林的裸體部落民，恐怕不單單出於好奇，還潛在着一種鄉愁。當然與生存環境也不無關係，雖然皇家貴族追慕中國文化，甚至穿很多層衣裳，有十二單之稱，但先進文明與落後文化並存，平民百姓裝束很簡單，不比陳壽《三國志》記載的貫頭衣複雜多少，如柳田國男記述，夏天工作服跟赤裸一樣。住居也是開放的，無隱私可言，也無所謂窺視，江戶人情味就是在這種生活中養成的。

　　以為現今日本仍然是這樣，甚而想入非非，未免錯亂了時代。江戶時代末葉，1791 年施行改革，內容之一是禁止男女混浴，移風易俗，其後也多次發佈禁令。明治政府一心要脫亞入歐，對混浴及裸體更覺得臉紅，1868 年陰曆七月江戶改稱東京，翌月便嚴禁混浴，理由是對人家外國人失禮。1871 年發佈禁止裸體令，理由是外國甚鄙之，丟國家面子。黃包車夫穿上外褂，澡堂子男女有別，遮掩起裸體，日本人開始害臊了。隱蔽裸體提高了日本女人的性感，這倒是明治政府始料所不及的。世俗變臉之快，到了 1895 年，油畫家黑田清輝出展女人裸體畫《晨妝》，觀看者浪笑穢語，女人一瞥羞赧，逃之夭夭，天皇臨幸展覽會，用布把它遮起來，媒體群起而攻之傷

風敗俗，日本人已經這般有羞恥心。在培植羞恥心上媒體很像是政府的幫兇，不遺餘力。吃了西方的禁果，裸體跟性、性慾掛鈎，或許「看見白臂膊，就想起全裸體，然後就想起生殖器，想起性交」（魯迅語）也説不定。這裏有人狂露，那裏有人偷窺，露自己的，窺別人的。再看海涅的混浴圖不免尷尬了，簡直被釘在恥辱柱上。內閣大臣的斥責完全是一百五十年前的西洋人腔調。抱着羞恥心旅遊中國，看見廁所裏沒有間隔便大驚小怪，先害起臊來，然後大加譏笑。

中野明在《日本人的羞恥心》一書中認為，裸體觀不是文明與未開化的落差，而是儒教國家與基督教國家在裸體觀上的不同。這值得商榷。我們中國是儒教的本家，向來不許裸，劉伶也不過在家裏任誕而已。儒教被日本拿來，很大程度像漂萍，並不曾滲透民間。實際上混浴在明治年間禁而不止，所以我們的王韜清末東遊，也見識過男女並裸體而入，真如入無遮大會中。迄今遺風猶存，這從公共浴場須知要寫上禁止混浴也略知一二。1945 年戰敗以後主要受美國影響，女人又一件一件往下脱，無限地接近裸。AV 女優抱怨攝影家：不可以在外面裸，這是常識。但藝術總是要挑戰常識，打破常識。或許對傳統文化及習俗更有了自信，為發展旅遊，振興地方，一些溫泉又以混浴為招徠了。不過，並非返璞歸真，招徠的背後隱含的卻是對異性之裸的興趣。

真是沒法子

關於沒法子，最初的領悟得自魯迅的《運命》。甚而以為跟窩裏鬥一樣，屬於中國人的劣根性，那麼外國人就該有法子。後來自愧讀書不認真，此文開頭便寫道：「我問：可有方法解除這厄命呢？回答是：沒有。」答者是內山完造，那就是說，日本人也是沒法子。實際上他們很愛說沒法子，好似口頭禪，不亞於我們中國人。譬如這次發生東日本大震災，核電站爆炸，全世界震驚、關注、援助。菅總理成天穿防災工作服出現在媒體上，一身戎裝似的，讓人看着就緊張，他再三說「想定外」，意思是沒想到，而底下的意思就是沒法子。從電視上看，災民們處於沒法子狀態，顯得很無助，好像不指望甚麼，不怨天尤人。

日本近代不大從中國拿來詞語了，似乎只有麻將、沒法子甚麼的。麻將的打法被他們改造，玩起來簡單，而沒法子一詞或許隨魯迅文章傳入的，也帶着嘲諷，基本用來說中國人，而同樣的意思，日本人自己另有說法。家臣叛亂，一代梟雄織田

信長被困在京都本能寺，只留下一句莫奈何，縱火自盡；他用的是古詞兒。昭和天皇訪美歸來，被記者問到美國投放原子彈一事，回答：雖然廣島市民很可憐，但那是不得已。天皇用詞是莊重的，民間有粗俗説法，女人不宜。

小説家遠藤周作本身是一個沒法子的典型。對於他來説，天主教猶如母親給他穿的洋服，雖然不合身，卻沒法子丢掉，一輩子都在想法子把它改成合身的和服。在小説《海和毒藥》裏，讓那個活活解剖美軍俘虜的人過後説：「因為沒法子呀。那時候怎麼也沒法子，但今後也沒有自信。如果今後又被置於同樣的境遇，恐怕我還要幹那個。」小説《沉默》甚至讓基督都沒了法子，打破沉默説，踩罷，可以踩，寬容信徒踐踏信仰的象徵。

1853 年黑漆漆的美國炮艦駛入江戶灣，日本沒法子，只好打開了國門。文豪夏目漱石在《現代日本的開化》中寫道：「西方的開化（即一般的開化）是內發的，而日本的現代開化是外發的。這裏説的內發的，是從內自然地出現而發展的意思，正如花開，花瓣自會破蕾向外，而所謂外發，指由於從外覆蓋的他力而不得已採取一種形式。」「不僅時時被推，刻刻被推，以至於今，而且往後多少年，或者恐怕永久地，若不像今日這般被推下去，日本則不能作為日本而存在，所以外發的之外沒法子。」戰敗後美軍佔領，沒法子，日本被推着民主主義了。

同樣沒法子，中日各有巧妙不同，即在於說了沒法子之後的後續行為。《運命》尖銳指出了中國特色：「所謂『沒有法子』，有時也就是一種另想道路——轉移運命的方法。」也就是此處不留人自有留人處，東方不亮西方亮黑了南方有北方，或許是地大物博養成的秉性也說不定。而日本小，四面圍着海，一旦出事，有一種無處可逃的感覺。有意思的是日本人，例如一位叫首藤基澄的教授，不知他有否讀過魯迅雜文，卻正是用中國的沒法子來否定日本的沒法子。他說：日本人說沒法子往往就死了心，把自己交給自然（命運），停止思考，被《方丈記》（1212 年成書，與《徒然草》、《枕草子》並稱日本三大隨筆）所抒寫的那種虛無感控制。因此，考察說了沒法子之後接着採取甚麼樣的行動，就可能把握那個人的人生態度。然而，中國人的沒法子並非對行動斷念，不是沒法子就放手了，而是好像說沒法子所以要重來，指示行為的持續性。

　　活人不能讓尿憋死，麵包會有的，似乎中國人的態度更具有普遍性，於人類有益，不然，人類活不到今天。金子光晴反對一切，在軍國主義猖獗的年代幾乎是日本唯一的反戰詩人，1937 年 12 月旅行中國，在遊記《沒法子》中歌頌中國人的沒法子：被忘在冰底下的鋤頭說……沒法子！驢馬、驢馬的眼屎說，沒法子！拿着碟子的嶙峋手骨，碟子說沒法子！骨也說沒法子！而且在中國，沒有比沒法子更強的，強過稅吏，強過始皇帝。

芥川龍之介作於 1915 年的《羅生門》是短篇名作，後世卻彷彿借了電影的光，其實電影內容主要取自他的另一個短篇《叢林中》。電影《羅生門》主題是公說公有理婆說婆有理，而小說《羅生門》寫的是老太婆宣說沒法子之理。被主人炒魷魚的僕役在羅生門的門樓上發現老太婆拔女屍的頭髮，用來做假髮。這女人活着的時候拿蛇肉假冒乾魚賣，老太婆說：「我不覺得這女人幹的事不好，她不幹就得餓死，所以沒法子。我此刻在幹的事也不覺得是壞事。這也是不幹就餓死，所以沒法子。這女人很明白沒法子，一定會原諒我幹的事。」沒法子，就可以拔死人頭髮，就可以解剖活人，也就只好挨原子彈，這個邏輯給了僕役當強盜的勇氣，扒光了老太婆，消失在黑洞洞的夜裏。倘若認為總會有法子，另想道路，轉移運命，恐怕就無法原諒日本人因沒法子而犯下的歷史罪行罷。

　　小說家淺田次郎很好心，在長篇小說《中原之虹》中讓張作霖「決不說沒法子，雖然生在顯然沒法子的國家裏」。這部小說是《蒼穹之昴》的續篇，沒法子作為關鍵詞，表現中國人性格及生活方式，「認為沒法子，人就一步也不能往前走，誰也不能活」；「不讓這個國家的老百姓再說沒法子」；「聽見了決不說沒法子的勇士的聲音」云云。對於日本人掛在嘴上的沒法子，歐美人不以為然，例如《不使人幸福的體制日本》一書便寫道：「因為有這句話，日本人今天也活在政治牢籠中。沒法子一語的力量使牢籠的格子越發堅固，緊緊關閉着大門。

只要沒法子這句話是家庭、職場、還有大學、機關的日常政治議論的結論，日本人就幾乎沒有活得更好的可能性。想把自己的人生過得更自由的市民最好從自己的詞典驅逐沒法子一詞，但這麼做首先需要勇氣。」

魯迅說：「運命並不是中國人的事前的指導，乃是事後的一種不費心思的解釋。」與日本人共勉。

卡哇伊

　　了解日本文化有兩個關鍵詞，一個是さび，讀若薩必，一個是かわいい，發音卡哇伊。前者是傳統的，後者很現代；前者雅，後者俗。單說現代的卡哇伊，也用漢字寫作「可愛」，可譯作我們常說的好玩兒。它表現一種很獨特的審美，已走向世界，被當作日本文化的一大特色。

　　女性愛用卡哇伊的感嘆打招呼，動不動驚叫卡哇伊，男性不明白她們何以有一點事兒就大為感動似地左一聲卡哇伊，右一聲卡哇伊。跟不懂卡哇伊的男人連呼卡哇伊，也許是為了表現自己多麼卡哇伊。年輕女人的身邊掛滿或堆滿卡哇伊的東西，期待的是別人說她卡哇伊。男人跟女人面對面，說她漂亮，她可能懷疑男人開玩笑，若說她卡哇伊，一般會欣然接受。卡哇伊是主觀的感覺，不是客觀的評判。

　　卡哇伊並不那麼簡單，不限於制服、蘿莉、黑蘿莉、女僕等，作為一種文化已形成對女性的規範，束縛她們日常的思考與行動。長相固然要卡哇伊，但男性可能更要求女性的性格卡

哇伊。日本鐵路為女性搞專用車廂，據說一旦沒有了異性的目光，女人便自由奔放，車廂內舉止惡劣。

卡哇伊不同於美。美往往是一個禁區，冷若冰霜，使人敬畏而產生距離，而卡哇伊讓人想觸及、想呵護。那應該是一種憐愛，可愛而可憐，帶有同情心。視之為卡哇伊的通常不會是強者，而是弱者，無意之間覺得比自己等而下之，乃至有控制的欲望。有人説，卡哇伊是女性活下去的媚態戰略。政府也積極用卡哇伊當大使，樹立日本的形象。一旦被貼上卡哇伊的標籤，女人也好，國家也好，似乎就變成不構成威脅的無害存在。卡哇伊不僅未必美，而且形象經常是畸形。例如短胳膊短腿沒脖子的機器貓，人們用手機到處捕捉的小精靈，若拋開卡哇伊觀念與視角，只能説很醜。

卡哇伊的要素首先是小，小而乖。《枕草子》大約成書於11世紀，是日本三大隨筆之一，寫道：「小雞腳很高的，白色樣子很是滑稽，彷彿穿着很短的衣服的樣子，咻咻的很是喧擾的叫着，跟在人家的後面，或是同着母親走路，看了都很可愛。」「雛祭的各樣器具，從池裏拿起極小的荷葉來看，又葵葉之極小者，也很可愛。無論甚麼，凡是細小的都可愛。」（周作人譯）對於小的審美，中國也古已有之，以至於凡是可愛的東西都冠以「小」字。卡哇伊文化能走出國門，原因也在於世界上普遍有這種憐小的心理。

研究電影、漫畫的四方田犬彥曾論説「卡哇伊」，有云：

「卡哇伊文化並非被現今亞文化限定的東西。卡哇伊的源流可以上溯到 11 世紀初的《枕草子》，經過江戶時期的歌舞伎、大眾小說，到太宰治那樣的作家，一以貫之。對於小東西、脆弱的東西、需要他人庇護的東西的感情自我指涉而產生媚態，逐漸洗練為獨自的美學。20 世紀後半在消費社會的回路中發展成巨大的產業，但構成其根底的美學在近代文學中清晰地留下了痕跡。」大概美意識的源流可以從文學中尋找，但卡哇伊文化終歸是亞文化，很好玩的文化，過於抬高它，很可能降低日本文化的檔次，雖然日本文化確實帶有這種玩的性質。例如，政府當作傳統文化向世界展示的藝伎，民族學家梅棹忠夫斥責是有錢人揮金如土而精心培育出來的極特殊的玩物。

其實，現代的卡哇伊趣味或文化出自少女漫畫，而少女漫畫是模仿。那些在中國也大為流行的漫畫形象基本是小臉大眼睛，短身子長腿，怎麼看也不是日本人。這是近代以來日本人看西方電影和洋娃娃憧憬不已而模仿的。日本浮世繪有美人畫傳統，也畫得變形。善於改造的日本人在模仿的過程中把西方美人加以變形，變得更可愛。偏巧趕上了 20 世紀末以來全世界大眾文化盛行，玩賞凡庸的偶像勝過仰視偉大的明星，西方美人被凡庸化，高貴的淑女變成卡哇伊少女，恰到好處。變形是人類追求非日常、超日常的心理反映。漫畫人物的形象令人覺得可愛，逐漸波及年輕女性的化妝、服飾。少女漫畫風靡一世，一不小心卡哇伊變成了日本文化的代名詞。

歐美也接受這種山寨文化，就好像中國人接受拉麵。日本從中國拿來了麵食，做一番手腳，包裝成日本文化，又輸出中國，把中國人吃得不亦樂乎，簡直沒吃過陽春麵、熱乾麵、刀削麵、擔擔麵、炸醬麵似的。這就是所謂雜種優勢，雖然不過在中國麵類中添加了一個「地方」品種罷了。日本文化從根本上是雜種文化，其優勢大，越來越受到世界吹捧。

　　卡哇伊文化不限於女性。記得在一次集會上，犬彥教授走進來，整個打扮得好似剛走出熱帶雨林的酋長，看着怪怪的，女生們興奮得壓低了嗓音交口卡哇伊。中國大叔們對卡哇伊也特別感興趣，譬如竹久夢二，讓他們着迷的正是那種七扭八歪的身段所含有的卡哇伊元素。拜拜、卡哇伊，這些説法日本男人一般不會掛在嘴上，一中國男人在車站大叫拜拜，簡直像裝嫩，令日本人側目。可不要説人家的老婆卡哇伊喲。在某大學教過幾年書，教員休息室裏張貼着注意事項，其一是老師不要對女生説卡哇伊。那些女生卻起勁兒説老師卡哇伊，甚至在試卷上寫「老師卡哇伊，我愛你」，我看了會考慮加分，因為她已經能實戰，用中國話討好老師。

馬馬虎虎

在南京屠城的罹難人數上，中國統計的數字太整莊，就顯得有點馬虎。對於數字，似乎中國人向來馬馬虎虎，雖然祖沖之早在一千五百年前就計算了圓周率。我在此籠而統之地說「一千五百年」，也難免馬虎之嫌。問某兄多少錢，答曰幾萬元，他的意思是以示其多，但沒有中國人的靈犀，就難以一點通。從二三到八九，到底是多少？《漢書》上說：「銖銖而稱之，至石必差；寸寸而度之，至丈必過。」這就是教人凡事要馬虎。

最近讀《八股與馬虎》一書，覺得有意思。作者安能務自昭和末年為講談社文庫翻譯《封神演義》，並接連撰寫《春秋戰國志》、《中國帝國志》和《八股與馬虎》，合為一部中國通史，當然是野史。《八股與馬虎》的副題是「中華思想的精髓」。他將上下五千年橫無際涯的中華思想歸結為兩條「精髓」：八股——頑固得令人討厭的形式主義，馬虎——融通得令人害怕的應變態度和處世技巧。這兩條「精髓」相輔相成，不掌握就做不來中國人。安能務在雜誌上也寫過：「對於學習

中文的人來說，『馬虎』是寶貴的語言，會使用它，就等於增加幾個、幾十個詞彙。」當年先大江健三郎一步獲得芥川獎的已故文學家開高健就非常喜好中國人愛說的「馬馬虎虎」，為日語居然沒拿來「馬虎主義」而扼腕。

武俠小說家金庸說：中國是禮讓之邦，你讓我讓，讓來讓去便馬馬虎虎。但我以為，馬虎的根源首先在於地域廣袤，民族眾多。馬馬虎虎，多種多樣的民族才得以相處、共存。否則，錙銖必較，像日本那樣一味強調單質性，絕不可能有容匯百川的胸懷。十返舍一九是江戶後期的通俗小說家，滑稽奇行，據說他是日本第一個能夠靠賣文營生的人。讓這位十返舍把雙膝當作棗紅馬，沿東海道從江戶徒步上京都，也不過才「五十三次」——五十三個驛站而已，不可能領略「夕貶潮州路八千」之遙。馬馬虎虎地說，馬虎的反義是精細、認真，處處與中國人相對的日本人自然地具備後者。戰敗之初，日本一片混亂，歷史學家會田雄次看見列車正點運行，認為「這樣日本就不要緊」。看來他的信心即得自世界上怕就怕認真二字，可惜中國人就最不講認真。原子彈爆炸罹難者名冊做得一絲不苟，簡直像令人不忍下口的日式點心，確實很值得佩服。但精細得小肚雞腸，他們要國際化，若不是以哪裏飛機掉下來都少不了「邦人」立論，又談何容易。日本在世界上難以當領袖，正是其民族性使然。

走進日式房間，地上鋪着幾塊草席，「六帖」還是「四帖

半」，一清二楚。僑居日本，在如此準確的數字當中討生活，馬虎成性的中國人也不敢馬虎了。

道歉的習慣

　　最近草思社出版了一本二百餘頁的書，名為《不道歉的美國人，立馬道歉的日本人》。著者高木哲也，憑前後駐美國二十四年的經驗把美日比較了一番，讀來有趣。全書共五章，習慣、教育、家庭、商界、社會與經濟，面面俱到。首先比較了習慣，其一就是被用作書名的道歉習慣。

　　作為一種生活習慣，在道歉這一點上日本人和美國人大不一樣：前者滿嘴道歉話，而後者討厭向人道歉，從他們嘴裏説聲對不起難乎其難。其實，豈止美國人，大概除了日本人，這個世界上再沒有不討厭道歉的了。去年雜誌《文藝春秋》上有人在「日本人為甚麼討厭韓國」的專題下説韓國人不輕易道歉。前年報紙《朝日新聞》上有關於日本人遺孤的通訊，説到吃高粱米長大的男子漢不肯隨口説對不起，顯然，那個在中國長大成人的日本人是按照中國習慣對待日本的道歉。

　　日本人平常習慣於使用道歉的説法，所以重唱「亞細亞的純真」的歌手之一傷癒復出，對歌迷們不是説多謝關心，而是

說對不起，讓大家擔心了。誠如高木所言，日本的這類道歉話語早已脫離了本來的意思，不過是作為寒暄用語掛在口頭上罷了。內容是虛的，彼此了然這一點，言者本無心，聞者不在意。久居日本，「對不起」、「抱歉」、「失敬」之類的生活語言時時脫口而出，但回到故國，使用故國的語言，說起來就覺得彆扭，聽的人也笑罵一聲假洋鬼子。在其他國家的人看來，道歉伴隨著責任，是別有一番沉重的。

正因為清楚日本人道歉好像吃麵條一般順嘴，沒有實質，壓根不打算負甚麼責任，世界尤其亞洲才會對日本就侵略戰爭的道歉不依不饒。以前在報上讀到，曾野綾子對一位常駐日本的美國記者說，日本已經道了歉，不能讓兒子替老子做的壞事道歉。這位女作家雖然是天主教徒，卻少了點國際感覺，難怪同樣是天主教徒的作家遠藤周作要畢其一生探究基督教果真能在日本的精神風土上扎根嗎。且不說國家大事用父子作比之不倫不類，道歉之所以成為問題，是因為各國心知肚明，日本何曾真誠道過歉，倒像是孤兒被眾人欺負，委委屈屈，而心裏在罵娘。

日本政客經常以「失言」的方式說出心裏話，又經常道歉，簡直是在對「純真」的亞洲乃至世界搞惡作劇。日前，橋本首相瀟瀟灑灑，與韓國總統會談，這邊廂尾山官房長官卻在眾議院預算委員會上就軍妓問題大放厥詞，弄得首相不得不繃起臉來道一番歉，但任誰聽來都毫無誠意可言。

日本的海外旅遊須知上特意叮囑「邦人」不要隨口道歉，以免招來法律上的麻煩和責任，看來日本國家在外交上也是按這個須知辦。

改造梁山

日本人善於改造。

譬如 2005 年搖滾女王瑪丹娜時隔十二年重訪日本，說及那種能沖洗屁股的熱馬桶，懷念依依，其實這玩藝兒本來是美國作為醫療設備發明的。日本 TOTO（東陶）公司於 1964 年輸入銷售，並加以改造；一位設計者演講，女性當年為沖洗曾大傷腦筋，請女職工反覆實驗，燙了屁股或濕了褲頭，怨聲嗷嗷。1980 年上市，而今已普及為日常生活用品，令歐美遊客羨煞。

對於日本的這個本事，我們中國人早就有深刻認識，如清末黃遵憲說：「日本最善仿造，形似而用便，藝精而價廉。西人論商務者咸妒其能，畏其攘奪也。」近人郁達夫說：「日本的文化雖則缺乏獨創性，但她的模仿卻是富有創造的意義的……根底雖則不深，可枝葉張得極茂，發明發見等創舉雖則絕無，而進步卻來得很快。」

而日本人自己，例如文豪夏目漱石，說：「西洋人讚賞日

本，一半是由於模仿他們，師事他們。輕蔑中國人則是由於不尊敬他們。」當代哲學家梅原猛說：「日本人如何引進外來文化，如何改造它，如何產生出獨自的東西，在這外來文化的引進方法和引進它產生出自己的東西的創造方法之中就可以看見日本文化的特性。」

改造之中也含有創造。我們向來看重第一個吃螃蟹的，做事多篳路藍縷之功，卻往往少了點「同志仍須努力」，不再加完善，功虧一簣的事情頗不少。日本人拿來現成的，施加改造，有時也就是使之完成，所以他們的哲學尤注重「有終之美」。對於人家的東西畢竟少了些敬畏，而且日本人更注重實用，即便很高檔的東西拿來也肆意庸俗化，用到生活裏，乃至讓本家尷尬，也不免瞧他不起。

日本人對中國文化的最大改造是漢字詞語，誠如阿城所言：「如果我們將引進的所有漢字形日文詞剔除乾淨，一個現代的中國讀書人幾乎就不能寫文章或說話了。」這些詞彙使中國人有昨日與今日之別，但我們是漢字的本家，有如把別人拿去甚或偷去、奪去的東西拿回來，理直氣壯，更不會表示感謝。

日本人的改造才能從文學上也能夠證明。他們把中國的古典文學改頭換面，創作出自己的作品，樂此不疲，大概在世界上堪稱一絕。芥川龍之介、中島敦、太宰治的「故事新編」之類不必說，最著名的，應該是吉川英治的《三國志》，而最近的例子可以舉北方謙三的《水滸傳》。

為甚麼改造呢？應該是有所不滿，雖然不滿往往來自文化的差異。北方謙三說，他當了小說家以後重讀《水滸傳》感到不滿意的地方有很多，時制不統一啦，向國家權力投降啦，所以他放手改造，先就是不接受招安，一直戰鬥到宋朝滅亡。還有梁山泊的糧道問題，不解決資金來源怎麼能大碗喝酒大塊吃肉呢？他知道中國歷史上有鹽鐵論，但是鐵太重，不好搬來搬去，那就讓好漢們販賣私鹽，路邊開店不賣人肉包子，而是轉運站，把鹽販到遼國去。

所謂改造，無非日本化和現代化。北方謙三改造「水滸」的時候，女作家平岩弓枝改造「西遊」，她覺得《西遊記》日本人讀來很有點彆扭，比如說直到最後唐僧還是把孫悟空當壞猴子，那麼好的猴子到了如來佛那裏也是壞猴子，實在太可憐，所以她要用日本人的感覺來寫，寫出人情味，反正原作者也不能來抱怨。北方謙三更現代，他認為梁山泊如同加勒比海上的古巴，大宋就是美國佬，晁蓋相當於格瓦拉，宋江則是卡斯特羅，心想着 1959 年發生的古巴革命，筆走龍蛇，彷彿再現他青春的火熱年代。

北方謙三生於 1947 年。讀大學時參加 60 年代末的學生運動，率領過二十來人。也挨過警棍，但不知是警棍軟還是警察手軟，他說沒打疼。人過中年，時常莫名其妙地來氣，在現實中當然不能像年輕時那樣發洩，但作為小說家，就可以拿小說來出氣。

自知未必能真正理解中國人的心情或思想，他只是藉中國歷史的舞台描寫日本人。不僅革面，而且洗心，洗出一顆日本心。日本化的一大特色是增加愛以及性的描寫，比如林沖跟他老婆，像現代人一樣藉以宣洩鬱悶。扈三娘愛戀晁蓋，而在晁蓋被暗殺後自暴自棄，隨便嫁給了好色的王英。更慘的是武松，被改造成從小暗戀潘金蓮，受不了她嫁給武大郎，便上了梁山，後來竟強姦潘金蓮，致使她自殺，不消說，這模樣的潘金蓮徹頭徹尾是現代日本人女性。北方謙三自詡這麼一改造，人物就更有深度，昇華了原典，但一位書店老闆娘恭維之餘，明言不會讓她剛上中學的兒子讀如此脫胎換骨的《水滸傳》。

　　傳聞北方謙三走筆如飛，有「月刊」之稱，被他「翻案」的《水滸傳》長達十九卷，洋洋灑灑。可是在我們看來，往白酒（譬如金門高粱或者北京二鍋頭）裏攙水不能算改造，而且是奸商所為，但日本人自有日本人的喝法，《水滸傳》還得了司馬遼太郎獎。

揣着明白裝曖昧

中國人最愛講光明正大，打開天窗說亮話，而日本人偏偏曖昧，就不免招我們厭惡。

曖昧是心下明白，嘴上含糊其詞，與馬虎不同，馬虎是壓根兒沒明白或不想明白。乍到日本時，看見房間裏鋪滿榻榻米，一塊是一塊，清清楚楚，不像我們那裏的八平方十來平方，只有個狹小的概念，馬馬虎虎。吃飯則一人一份兒，也不像咱們擺上一桌子，四面八方齊下箸，多吃多佔誰清楚。日久天長，聽他們說話，看他們做事，和他們說話做事，體味到曖昧，哪兒像中國人有一點大事小情，鴨子下水、羊群進圈一般爭先恐後地表態。但近墨者黑，漸漸也跟着曖昧，而今聽憤青憤老那種往死裏說的激烈反倒覺得有點刺耳了。

活得曖昧，日本人自己也認賬。當年大江健三郎獲得諾貝爾文學獎，不騎野鵝騎飛機，到斯德哥爾摩講演，題為《曖昧日本的我》，這是套用了「日語作家第一個站在這個地方的川端康成」講演的題目《美麗日本的我》。大江認為川端講得「極

其美麗又極其曖昧」，那種曖昧勁兒首先表現在題目上——「美麗日本的」的「的」，在日語裏既表示所屬，又可以理解為同位，以致英譯為「美麗的日本與我」也不能算叛逆。如常地理解為所屬，漢譯就是「美麗日本的我」。日語使用不同的助詞，「美麗的」或「曖昧的」的「的」是定性，「日本的」的「的」是所屬，並非像我這樣僑居，人在曖昧的日本。中文只有「的」，話就說得曖昧了，或許去掉一個「的」，「美麗」或「曖昧」就完全是「日本」的了。大江健三郎的說法似不無為賦新詩強說愁的味道，但就勢說到了日本的曖昧，至為深刻。他說：

「據我觀察，國門開放以後，近現代化一百二十年，今天的日本從根本上被曖昧性的兩極撕裂。而我，作為一個被這種曖昧性創傷一般打上烙印的作家就活在其間。強大而銳利以至把國家和人一塊兒撕裂的曖昧性用多種形式呈現在日本和日本人的表面。日本近現代化定向為全盤向西方學習，但日本位於亞洲，日本人一直堅定地保護傳統文化。如此曖昧的進展使其自身竟至在亞洲充當了侵略者。近現代的日本文化雖然全面向西方敞開，但是在西方方面看來，始終有暗昧不明之處，總不能理解，或者至少是理解不暢。至於在亞洲，不僅政治上，而且社會、文化上也處於孤立。」

凡事見仁見智，甚至有更多日本人覺得曖昧是以和為貴的表現，曖昧是一種美，結晶了俳句，或如水墨畫的空白。他們

就嘆息日本越來越不曖昧了。例如池波正太郎，他是武俠小説家，也寫得一手好隨筆，尤其關於吃食的，讀起來好像站在街上看店家殺鰻魚，烤鰻魚，煙味也聞了，只差沒吃到嘴。他説：「近來日本，對甚麼事情都不是『白』就是『黑』，中間的色調完全沒有了。」

黑白分明，最近的事例就是在電視上鬧騰了一陣子的堀江貴文；做網頁起家，幾年工夫富得恨不能買下世界。年輕人崇拜他，崇拜他敢説敢做。三十出頭，公然捅破窗戶紙，説出日本人的心裏話：有錢的傢伙了不起；錢能買來人心；女人跟錢跑。出頭露面也不繫領帶，輕裝上陣，彷彿給毅然救地球於溫暖的國會議員們帶了個頭。解下領帶也有助於淡化日本人的雙重性形象，但看慣了西裝嚴謹，開放了領口的國會就顯得閒散。電視上小泉首相蓬着頭，面也像垢，總一副宵旰模樣，而細田官房長官甘當反襯，答記者問無精打彩，欠人家錢似的。小泉愛説硬話，扒開來沒有實質，趁人沒回過味兒來，就又去靖國神社拜了拜。挨個看看日本政治家，大概石原慎太郎算是不曖昧的一個，他本人也知道，如今在中國名聲最臭了。説話做事不曖昧，我們能分明知道對手在哪裏，回罵也痛快，罵他個狗血噴頭，所以這也是石原的可愛之處。

他在月刊雜誌《文藝春秋》上「正告中國」，話就説得非常狠。大意是，叫嚷反日的暴徒和當年手持毛澤東語錄的紅衛兵是一路貨，為甚麼中國教科書裏沒有關於文革的內容？現今

中國人相信的不是共產主義之類思想，而是共產政權下自由經濟的好處，這是中國的歷史性 DNA。今後十年中國很可能分裂。用網絡、電波等手段刺激中國人的人權意識，讓他們知道貧富差別之大。抵制北京奧運會。派自衛隊駐紮釣魚島，中國絕不敢動手打。

石原以名聲最臭的日本人為榮，表示今後要繼續大放厥辭，偏不讓中國人舒服。不止說說而已，還落實到行動上，日前就下海潛了潛，好像這下子「礁」就變成「島」。潛海是他寫小說《太陽的季節》那年月常玩的，但而今挑戰的可不是挺起男根就戳個窟窿的紙屏。

明天颳甚麼風

「從前我常想從文學美術去窺見一國的文化大略，結局是徒勞而無功，後始省悟，自呼愚人不止，懊悔無及，如要捲土重來，非從民俗學入手不可。」

這是周作人六十多年前說的話，但好像沒有人要聽他的，如今更多了文學，尤其是美術，從民俗學入手仍少見。他這裏說「民俗學」，帶了一個學字，我以為也就是「民俗方面」的意思，並非鼓動人坐冷板檔搞學問。我固無窺見文化大略之心，時而注意日本的民俗事物，只是出於好奇，感覺很好玩罷了。

諺語是民俗的語錄。諺，日本把這個漢字讀若「言技」，很是得要領。中國有諺語有成語有歇後語，分得比較清，而日本一把抓過來，雜煮似的籠統在「諺」裏。有的諺語結晶了人類共通的心理，例如吃不到葡萄說葡萄酸，但也有些諺語出自那個民族、社會才會有的見識或感覺，外人可能覺得有意思，也可能難以理解。日本說，老婆和榻榻米是新的好，拿榻榻米說事，喜新厭舊便有了客觀理由，但只有睡過才知道，舊榻榻

米的霉味有多麼難聞，足以令人不能像周作人那樣喜歡日本。

　　把青出於藍而勝於藍、燈下黑、狐假虎威之類算作日本諺語我們不免要友邦驚詫，而「風吹山不動」這樣的諺語聽來也不大有日本特色，似不如「大山鳴動鼠一隻」（意謂雷聲大雨點小）更有趣。日諺被譯成地道的中國諺語，異文化的妙趣就減弱了不少。「百日說法一個屁」，意思是高僧說法一百天，最後在台上放個臭屁，一下子把人們的心得都熏跑了，前功盡棄。「借別人的兜襠布比相撲」，這不是借花獻佛，若能用別人的錢開公司發大財，有何不好。「船老大多了船上山」，怪不得日本公司的老闆都獨斷專行，來不得民主。

　　走在街上，秋天了，時見高出牆頭的柿樹上掛滿小燈籠，不禁想起一句諺語：「青柿子悼熟柿子」，兔死狐悲。「弘法大師也有筆誤」，這真是智者千慮必有一失，但生動就不如「猴子也會從樹上掉下來」，類似我們說老虎也有打盹的時候，打了一輩子雁，被雁啄了眼。日本人喜愛猴子，但中國自古對猴子不大有好印象，沐猴而冠，朝三暮四，對那位齊天大聖也並不敬重，除非有了妖霧才歡呼他。

　　「夜看遠看傘下看」，女人才好看，這屬於日本情趣。看富士山也如是，滿山是火山噴發所留下的爐灰渣子，只可遠眺，不可近觀。我們中國人卻愛說晴方好，雨亦奇，遠近高低各不同。不過，所謂距離產生美，遠來的和尚會唸經，吹了燈所有的女人都一樣（希臘諺語），被洋人娶了去的中國女人，

在中國人看來都不算漂亮。

文藝評論家加藤周一在《日本文化的時間與空間》一書中用諺語解讀日本人的秉性，生動而深刻。其一是「把過去付諸流水」。趕快忘掉過去的爭執，不要總追究過去，有利於個人或集團的今天的活動，另一方面也含有個人和集團都不必為過去的行為負責的意思。雖然各種文化也都有既往不咎的說法，但日本社會為使當下生活得順利、以不計較過去為理想的傾向尤為顯著。二次大戰後德國社會不曾把「奧斯威辛」付諸流水，而日本社會把「南京大屠殺」付諸流水，結果是德法恢復了信賴關係，而日中兩國的國民之間未建立信賴關係。

關於未來，日本人愛說的諺語是「明天颳明天的風」。未來是無法預測的，與其擔心明天，不如關注今天，同時這也是不知道風向怎樣變，那就見風使舵，看風向決定態度罷。戰後日本熱衷在現今所給予的框架當中施展，大顯神通，卻不看未來變化的可能性。急劇的國際環境變化，如美國佔領、美國與中國靠近、石油漲價等，皆外力引起，完全未料到，所以受「衝擊」，然而對「衝擊」的反應每每敏捷而有效率。由這兩句諺語，加藤周一看出：

「日本社會在所有層面上有很強的傾向，把過去付諸流水，未來則到時候看風向決定，專心活在當下。現在發生的事情，其意義不是從它與過去的歷史與未來的目標的關係來定義，而是獨立於歷史或目標，就其自身作決定。」

不做賊也心虛

　　記起章炳麟的兩句詩：干霄何足羨，所貴在心虛。詠竹也。中國人説話向來好左右逢源，例如這竹子，一竿挺拔，可以誇它心虛，虛懷若谷，也可以譏它腹中空，不貫通。虛心是好事，至若通常所説的心虛，就比較成問題。作賊心虛，但中國人似乎不做賊也心虛。

　　在東京打工，大概屬清掃自在，因為工頭不可能總盯着，而掃清與否也比較容易打馬虎眼。一位朋友做清掃工，還沒有做到以為自己和總統或首相只是分工的不同，説：還經常去打掃自選商店，偌大的店裏沒別人兒，一架架貨物，琳琅滿目，這要是丟了東西脱不了干係，但日本人好像都滿不在乎。他是中國人，於是我不禁想到中國自古有瓜田李下的觀念，就是説，在瓜田裏鞋子掉了也不能彎腰提一提，在李樹下帽子歪了也不能抬手正一正，以免被人家誤以為做賊行竊。所以，「君子防未然，不處嫌疑間」，但事關維生或發財，這位朋友顧不得古訓，好在後來也不曾聽説被疑過。擔心受疑，先就渾身不

自在，其實也不無自疑。

怕人家懷疑，根子在中國人好懷疑別人，生動的事例就是那疑人偷斧。自家的斧子丟了，看左鄰右舍，個個都像是偷斧的，雖然只丟了一把。你懷疑我，我懷疑你，互相提防，這種國民性在文化大革命時代發揮至極，喪盡人性。日本官僚中出一個壞蛋，大家認為就他這個人壞，一條魚腥一鍋湯，但中國揪出一個，人們卻不以為然——洪洞縣裏沒好人，還有比他更壞的。疑神疑鬼，讀小說也不由地對號入座。周圍總那麼可疑，疑心生暗鬼，由此又產生一條處世經驗，即「害人之心不可有，防人之心不可無」。

經歷、處境不同，人的想法各異，中日之間當然更有着「國溝」、「族溝」，差異尤甚。例如一女子投宿，日本的旅店可能不歡迎，怕她是想不開或者想開了，來這兒自殺。而中國式想法是覺得弱女子子然一身太危險，連打虎英雄武二爺住店都有人算計哩。窮人每每遭富人懷疑，中日皆然。當年把中國人看成呆雁的日本電視劇《阿信》不就有小阿信被主人懷疑偷了錢的段落嗎？

日本江戶時代有一位俳人，叫小林一茶，窮苦一輩子。他寫了將近兩萬首俳句，頗有同時代畫家葛飾北齋的浮世繪之趣。47 歲那一年總算在家鄉柏原（今長野縣信濃町）分得一份父親的遺產，後來又回到江戶，寄居富戶夏目成美籬下。元旦之夜，街上着大火，他就吟了一句：元旦喲，不只我一個，

無家可歸的鳥。轉年開始寫俳句日誌《七番日記》，文學創作達到最高潮，形成「一茶調」。例如：春雨喲，淋在妹的長袖上，唏里嘩啦響錢聲。倒霉的是這一年冬天，夏目成美去賞玩紅葉，讓充當食客的一茶和僕人們看家，翌晨發現金庫裏的巨金不翼而飛。看家人難免嫌疑，一茶「亦被歸入彼黨，不許外出」。一連幾天大搜查，到底找不出，查無實據，只好解脱了眾人。不知是認為「本來天地大戲場」，還是很明白所處社會地位的緣故，似乎一茶倒不以為辱，依舊出入夏目家。他在手記《我春集》序下署名「信濃國乞食首領一茶」，一個窮字，哪怕俳句寫得再好，令人起疑心的理由卻足矣。他的名句：瘦蛤蟆，別敗退，有我一茶在。原來是給他自己壯膽。

　　不過，中國人為人處事自有解脱的辦法，與瓜田李下相對，是腳正不怕鞋歪，或者常在河邊走，哪能不濕鞋甚麼的。兩頭都説得明明白白，所以我們活起來很中庸。

寫真異聞

近年來照片不叫照片叫寫真了，雖然這個詞古已有之，但重新起用卻並非復古，而是從日本拿回來的，也許繞道了台灣，洋氣十足。作為外來語也不能隨便用，美人寫真，明星寫真，起碼櫥窗裏臨街招展的婚紗照，「西」奇「古」怪，才稱得上寫真，照得讓本人都疑惑「那是我嗎」。又見網上報上有「寫真照片」的說法，可真就不知其所云了。因經濟發達而蕭條的行當之一是照相館，如今在東京街頭頗難覓，到處可遇的是自動照相「箱」，需用標準像，鑽進去一拍即得，快而省，便民。

大約三十年前在銀幕之外初見日本人，人人手拎照相機，那時我也被照過，是小說家宮本輝照的，而且當場出片兒。卻聽說歐美人笑話日本人旅遊，一團一團的跟着小旗走，還沒抬眼看，咔咔一通照，轉身便上車而去。今夕是何年，聽說這話變成說中國人了。照相機日益改良，簡直既不需要技術也不需要藝術，只要不真是傻瓜，從清晰來看，任誰都拍得出足以自

我欣賞乃至忘乎所以的作品來。常見日本人年屆老邁，不聚集街角下棋打撲克，而玩起拍照，恐怕原因也在於它不費學畫的工夫，無須寫字的勞形，很容易藝術。照相機普及，圖片氾濫，出版才得以步入「讀圖時代」。無圖不成書，卻也是閱讀的衰退，樂觀而厭讀，好似退回了看圖識字的年齡。看連環畫（如今跟着日本叫漫畫）及漫畫，與讀圖是兩碼事。所謂讀圖，終歸不過是一個流行，日本已經流行過了。說讀圖是大眾文化的盛世，似不無濫用概念之嫌，這個「大眾」就好像當年叫工農兵的，隨便從活字文化中扒拉了出去，莫非他們只配看帶圖帶色的玩藝兒？

　　旅遊，各有各的遊法。便攜照相機，很多人的遊興由到此一遊變為到此一照，有圖為證。良辰美景不可能據為己有，那麼，拍下來，帶回家，自賞賞人，既滿足了本能的佔有欲，又類似唱卡拉 OK，滿足表演欲，據說這是現時代 N 欲之一。看照片（讀圖）是一件樂事，尤其老照片（日語寫作「古寫真」）。早年日本人初識照相也有過迷信，認為三人並排照，中間的人早死。事實呢，位居當中，每每是長者，自然死得早。福澤諭吉吃牛肉，穿西裝，開化文明，他平生出過三次洋，留下了幾張在美國照的照片。有一幅和照相館女兒的合影，可題為洋妞與鄉巴佬，看來日本男人到哪裏都愛拉當地女子拍照，始作俑的就是他。

　　自 1984 年福澤諭吉的肖像印上了萬元大鈔，千元鈔票上

印的是夏目漱石，但 2004 年被換下場，翌年，這位大文豪的文章似乎也隨之過時，從中學課本中消失。他當年是抗拒一切向錢看的時潮的，被印到鈔票上真像是嘲諷。人在鈔票上，一臉的愁苦與寂寥，卻原來依樣的是他給明治天皇戴黑紗的照片。

某日，某雜誌要給夏目漱石拍照，予以拒絕，緣由是討厭那個雜誌淨登些故作笑貌的寫真。但對方說，兔年正月號想刊登幾張屬兔的臉，用不着笑，也就應允了。攝影師來「照了兩張相，一張是坐在桌前的素常姿態，一張是站在庭前寒霜上的普通樣子。書房不大透光，所以架好機器後點燃氧化鎂。火馬上要燃燒之前，他衝我露出半面臉，說道：『雖然說好了，但能不能稍微笑一笑。』我那時突然覺得有點滑稽，同時也發覺此人耍無賴。」過了幾天照片寄來了，上面的人臉是按照攝影師的要求笑着的。漱石又寫道：「我生來至今，多次在人前不想笑卻笑了。也許這種虛假現在借這個攝影師而受到報復。他寄來我那噁心的露出苦笑的照片，但刊登這照片的雜誌一直未收到。」此事他寫在隨筆《玻璃窗內》裏面，而那張照片是夏目漱石唯一有笑容的照片，彌足珍貴。

夏目漱石不愛照相，因為出天花落下麻子，對臉面自卑。20 世紀是影像的世紀，文學家被照，公之於世，幾乎是不可避免的。當然也會有這樣的情況，例如太宰治，遇到兩女孩，求他給拍照──「我不知如何是好。我對機械不大明白，又毫

無拍照的愛好，而且裹外穿了兩件棉袍，連茶館的人都笑我像土匪，一副邋遢相，大概被那麼俏麗的東京女孩請求做時髦的事，內心就非常狼狽。不過，轉念一想，說不定見仁見智，這副模樣有的人看來還算挺別致，況且像是個會按快門之類的男人，也有點美滋滋，便假裝平靜，接過女孩遞過來的照相機，用若無其事的口氣問了一下快門的按法，然後哆哆嗦嗦看鏡頭。正中間是巨大的富士山，下面有兩朵小小的罌粟花，那是二人都穿着紅外套。二人相依相偎，好似抱在了一起，繃緊了臉。我覺得非常可笑。拿照相機的手抖得不得了。忍住笑，看鏡頭，罌粟花一本正經，越來越僵硬。怎麼也對不準，我乾脆把二人的身影趕出了鏡頭，只滿滿一個富士山，按下了快門。富士山，再見，多謝了，嚓嚓。」 （見《富嶽百景》）

　　旅遊屬於非日常，返回了日常生活，瀏覽照片，遊興裊裊。太宰治想到女孩們回到東京把照片沖洗出來，只見富士不見人，不由地得意，他就是這麼一個蔫壞的人。若是在今天，用數碼相機，小巧玲瓏，當場看效果。太宰治幾次跟女人玩情死，最後一次被女人綁在了一起，結果就死定了。

超能力趣聞

　　日本比較有名氣的作家當中，相信超能力（特異功能）的，大概村上龍要算一個。他在 1976 年以動搖時代價值觀的小說《無限接近透明的藍》獲得芥川獎。不過，好像還沒有迷信而且張揚到中國某作家的地步。

　　前些年女作家吉本芭娜娜特別走紅的時候，曾和搖滾歌手清田益章對談，話題是超能力。歌手當場獻藝，把金屬湯匙柄看彎了，讓女作家驚叫「看見空氣彎啦！」這個清田曾經是轟動一時的超能力少年。

　　彎湯匙的把戲其實是舶來品。立花隆開始在雜誌上抖露總理大臣田中角榮的金脈和人脈的 1974 年 2 月，一個叫尤利·格拉的人被請來東京錄製電視節目，他就是日本當代超能力悲喜劇的原點。尤利出生在以色列，是魔術師，但戲法漏了底，在故鄉沒能夠大成。後來被一個美國人看中，打出超能力的招牌在歐美電視上做秀，名聲鵲起。日本電視在 3 月 7 日播放他的節目，估計有三千萬人收看，全國掀起超能力熱。電視台嘗

到收視率的甜頭，一發而不可止，找來少年男女上場，最受寵的是 11 歲的關口淳。媒體大肆炒作，連諾貝爾獎得主江崎玲於奈博士也表示不能簡單地無視。某工程學博士提出「幽子信息系理論」，鼓吹彎湯匙是新科學之始。有的人認為尤利是搞鬼，卻相信關口具有超能力，因為小孩子的力量弄不彎那麼硬的匙柄。然而，連續拍攝的照片表明，金屬匙柄是被純真的孩子在皮帶上或地上弄彎的。批判歸批判，信者照樣信，以小說《日本沉沒》名世的科幻小說家小松左京撰文為關口辯護，理由是他本人怎麼也沒看破。繼關口之後出名的就是清田益章。紀實作家立花隆也大感興趣，但實驗卻證明是騙術，只好飛往歐洲去尋找不可思議現象。

戲法魔術的歷史很古老。傳說開山日本真言宗的空海大師「能種種奇妙」，使冷水變熱湯，生栗變熟栗。明治以降不時流行的各種超能力，幾乎都來自歐美。1840 年代法國風行催眠術，美國勃興心靈術，半個世紀後相繼傳入日本，一起接一起地折騰。1910 年熊本地方出了個奇女子，叫御船千鶴子，能透視人體病在何處、煤礦埋在哪裏，轟動全日本。越明年，千鶴子服毒自殺。是為千里眼事件。近來弄神弄鬼的恐怖小說在年輕人中間流行，《鏈環》（鈴木光司著）堪為代表作，已改編成電影（聽説中文叫「午夜凶鈴」）。超能力的死對頭大槻義彥教授説，《鏈環》的故事就是從千里眼事件的故紙堆裏翻檢出來的。

混浴的復興

　　日本大力振興旅遊，各村有各村的高招，一招是混浴。不錯，拿我們中國人來說，特別是男士，聽了較為動容而神往的，無非藝伎和混浴，肥碩相撲不大有人看。

　　一百三十年前（1879 年），時當清末，王韜遊日本混浴過溫泉，寫道：「往浴於溫泉，一室中方池如鑒，縱橫約二丈許，男女並裸體而入，真如入無遮大會中。」比王韜早二十幾年（1853 年），水師提督彼理率美國艦隊敲開了日本國門，也目睹混浴：一個公共澡堂裏，男女滿不在乎地赤身裸體，混雜共浴，那光景使美國人對當地的道德心抱有不太好的印象。他不僅把這個東洋景用文字記述在《日本遠征記》中，而且有寫生畫為證。男女混浴，通俗文學的猥褻插圖，讓他認為日本人淫蕩。但見仁見智，似乎普魯士人比較說好話，例如艾林波伯爵，在美國人之後出使日本，說：男女老少共浴一池，起碼不發生醜事；不，可以說，入浴的人絲毫不注意男女性別。這好話卻說得有點過份，事實上幕府屢頒禁令，理由就是「於風

俗不宜」。有一位藩主留下了筆記，説澡堂裏黑燈瞎火，時有男女行苟且之事。陋習改也難，明治以降各地也反覆發佈禁止混浴令。當今東京都規定十歲以上男女不得混浴，其他地方也有限制 12 歲以上的，但沒有罰則，混也就混了。

日本多溫泉，在偏僻簡陋的環境裏自然形成了混浴的習慣。後來城市裏出現「錢湯」，花錢泡湯，就是澡堂子，沿襲舊習，江戶時代澡堂子男女混浴。到了三島由紀夫小時候，溫泉鄉男女混浴也不罕見；他生於 1925 年。而生於 1907 年的井上靖寫傳記小説，説小時候寄居在伊豆半島上的曾祖母家（那裏有一處地方叫三島，據説三島由紀夫的筆名源於此），經常跟讓他叫姐姐的年輕姑母在全村公用的溫泉混浴，他十來歲，在水花中看見姑母「白皙豐滿的裸體很耀眼」。過了四、五年，幾個女學生在溫泉裏洗浴，看見他過來，一齊發出驚叫，慌忙爬上來，趕快用衣物把她們的裸體包起來。其中一個穿好了衣服，走出去時掉頭衝他説：「色鬼！」那臉孔惡狠狠，口氣顯然滿含了責怪。他從此厭惡這女生，但也知道了，自己已經到了不能像過去那樣對女性隨隨便便的年齡。三島由紀夫説過，「羞恥心不是文明的問題，羞恥心的多樣性只不過是地理學上的多樣性」，看來這種話頂多有一半的真理。羞恥心不是一成不變的，隨着年齡或時代，遠遠比地理更易於變化。

甚麼事物過去了，就可以名之為傳統，也就有了復興的大義名分，況且像三島由紀夫説的：「從西洋人看來無聊的東西

統統廢止，從西洋人看來蒙昧的、怪誕的、不好看的、不道德的全部要廢止，這就是文明開化主義。從西洋人看來，浪花曲低級，特攻隊愚蠢，剖腹野蠻，神道無知簡單，要是全部否定了這些東西，日本還剩下甚麼呢？甚麼都不剩。日本文化不是從西洋人眼睛看來能判斷進步或落後的。因此，我們必須知道明治維新以來日本文化並沒有進步，已經到了該明白以為追在西洋後頭就是文化的荒謬的時候了。」

閒來翻閱兩本關於混浴的書，作者皆女性，或許這類書不宜由男人來寫。她們寫第一次混浴的心情：深深吸了一口氣，打開從脫衣處通往露天混浴池的門，像錐子一樣的視線盯住我全身，這種羞恥是女性了解混浴世界的洗禮。把怕被人看變成看人，心態一變，其樂也洩洩。然而，青森縣山裏有一處歷時三百多年的溫泉，混浴愛好者成立「保衛混浴會」，開展不要盯着女浴客看運動。據說還有人潛伏在池子裏，專等女性下湯來養眼，被稱作「鱷男」。其實江戶時代女孩家去錢湯，也有用兩個老太婆前呼後擁，以防性騷擾。混浴的全部意義在於混，與其設大防，分開來泡豈不更痛快？恐怕看總是要看的，但盯着看，在任何場所都是不禮貌。有意思的是這個「保衛混浴會」成員上萬人，全部是男士，莫非擔心把女性看跑了，他們也混不成。

某中國男士隨團旅遊，要求去混浴溫泉，見識一下日本文化，導遊笑盈盈說：那你們這一團男女混不混呢？

相撲

　　詩曰：稻繩為界土為台，大腹如牛對陣來，胯下兜襠九尺布，任君扭打任君摔。

　　若列舉三樣東西來說道日本，我想，不少僑居日本的人會舉出櫻花、相撲、新幹線。就我來說，新幹線坐過幾趟，但也說不出甚麼。和中國的火車相比，與其羨慕人家的快，不如佩服那到家的服務。櫻花是一年一度，心不變則櫻亦不變。至於相撲，一年四季總會在電視上看幾眼，議論幾句。夏威夷出身的力士小錦當年說得妙，相撲是有規則的打架，但這種話純種日本人可不愛聽。相撲如今被當作「國技」，但當年黃遵憲大概不覺得有趣，沒寫進《日本雜事詩》。翻閱相撲史，我感覺別有趣味的，是它居然與平安年間首屈一指的漢詩人菅原道真有關係。

　　六世紀的古墳曾出土力士俑，可知相撲的歷史很久遠。據史書《日本書紀》記載，垂仁天皇七年（公元前 23 年），秋七月七日，左右稟奏：當麻邑有一個叫當麻蹴速的，為人勇悍，

力氣大得能毀角彎鉤。他經常誇口，要找天下的力士比試。天皇聽了，就問有沒有人能應戰。一個大臣上前回答：聽說出雲國有一個勇士，叫野見宿禰，可以召他來對付當麻蹶速。即日傳詔，把野見宿禰從大老遠的地方找了來。二人相對而立，抬起腿來你踢我我踢你。當麻蹶速被野見宿禰踢斷了肋骨，踢折了腰，當場斃命。天皇把當麻蹶速的田地都賞賜給野見宿禰，留他在朝裏作官。各位看官，你道這野見宿禰何許人也？原來他不是別人，正是菅原道真的先祖。莫問真假，892 年菅原道真編纂《類聚國史》，就把這段記述當作七月七日相撲節的起源。

不過，記述當中並沒有出現「相撲」二字。《日本書紀》裏最早出現「相撲」是雄略天皇十三年（469 年）。説的是雄略年間有一個木工叫韋那部真根，一天到晚在石台上用斧子砍削木材，卻絲毫傷不着斧刃，技術甚是高超。天皇覺得奇怪，問話，他大大咧咧地回答「絕不會有誤」。天皇就要試他一試，叫出來幾個「形容端正」的女官，脫掉衣裳，只繫了兜襠布，捉對相撲。真根看了一會兒，再舉斧砍削，可就傷了斧刃。龍顏不悦，命令刀斧手推將出去，但聽見工匠們唱歌嘆息，又開恩赦免。這就是關於女相撲的古老記載。

野見宿禰和當麻蹶速為甚麼相撲？眾説紛紜。民俗學家折口信夫解説：是演戲祭神，讓從遠處來的神誓約壓服精靈，守護土地。也有人認為是喪葬活動。我總覺得事情沒那麼複雜，

當初不過是遊戲罷了——農事小憩，年輕人在田間較力，眾人圍觀。後來逐漸形成表演性，或用以娛神，或用之送葬，用途很不少。《平家物語》書中有這樣的故事：天安二年（858 年）文德天皇駕崩，四皇子惟仁與異母長兄惟喬親王爭奪皇位。公卿大臣們撓頭，決定用賽馬和相撲來一個物競天擇，誰贏了天皇就是誰。賽馬，惟仁先敗四馬，後勝六馬。比賽相撲，惟喬派出名虎，惟仁派出雄熊。眼看雄熊要敗，惟仁陣營的和尚惠亮在護摩壇上拿起金剛杵，把自己的腦漿敲出來焚燒。黑煙滾滾，雄熊取勝。於是惟仁登基，當時才九歲，即清和天皇，平安時代前期在位十八年。

日本的年中行事多來自中國，定型於平安時代。當初是宮廷及貴族的活動，逐漸流行民間。七夕這個節日在平安時代以前已經傳入，但日本遠古幾乎沒有星辰神話，可能對牛郎織女的故事不大感興趣，於是加以改造，白天比賽相撲，晚上文人雅集，吟詩作賦。本來是從中國傳來的觀念性知識，演變為宮廷儀禮。崇尚武功，亦不廢文事，就有了日本特色。菅原道真的《菅家文草》裏錄存了幾首七夕應制之作，唯「竹窗風動笙歌曉，意緒將穿月下針」兩句有趣。

藝伎

　　好萊塢電影《藝伎》是依據阿瑟‧戈爾登 1997 年暢銷美國的小說改編的，演一個藝伎從藝到妓的人生歷程。飾演者是中國影星，這很教日本藝伎界不滿，因為藝伎是他們最可以孤芳的傳統文化，豈能由外國女人來演義。黃遵憲的《日本雜事詩》有兩首寫藝伎，其一：繁花南部記煙花，七十鴛鴦數狹邪，欲聘狸奴先問價，紅箋分送野貓家；其二：彈盡三弦訴可憐，沉沉良夜有情天，樓頭月照人團聚，到老當如雞卵圓。

　　據說，藝伎形象當初就是被美國人搞壞的；1898 年，一個叫約翰‧盧瑟‧羅恩的律師，壓根兒沒來過日本，把聽來的故事寫成了短篇小說《蝴蝶夫人》，先搬上百老匯舞台，再由意大利作曲家普契尼譜為歌劇，從此，一個不管那男人是甚麼東西，一定把愛情進行到底，以至一死的藝伎形象定格在歐美人心底，而且這形象不止是藝伎的，也是日本女人的。幾年前，當過十餘年藝伎的岩崎峰子對外人把藝伎跟娼妓混為一談很生氣，寫書在美國出版，把親身陪侍過的名人如本田汽車創業者

本田宗一郎、諾貝爾物理學獎得主湯川秀樹統統拉出來，以證明藝伎的「閃光魅力」。其實，就是這個峰子把阿瑟‧戈爾登領進藝伎世界，後來又告他不守約，暴露了男人包養藝伎的價碼。相信美國人守約，那是她重犯了蝴蝶夫人的錯誤。憑美國的霸道，打你玩你沒商量，捧你也沒商量，藝伎界終歸只能眼看着電影在日本上映，幸而觀眾也不大買賬。

關於藝伎，我們的張愛玲說過：「日本美女畫中有著名的《青樓十二時》，畫出藝伎每天二十四個鐘點內的生活。這裏的畫家的態度很難得到我們的了解，那倍異的尊重與鄭重。中國的確也有蘇小妹、董小宛之流，從粉頭群裏跳出來，自處甚高，但是在中國這是個性的突出，而在日本就成了一種制度——在日本，甚麼都會成為一種制度的。藝伎是循規蹈矩訓練出來的大眾情人，最輕飄的小動作裏也有傳統習慣的重量，沒有半點游移……這樣地把伎女來理想化了，我能想到的唯一解釋是日本人對於訓練的重視，而藝伎，因為訓練得格外徹底，所以格外接近女性的美善的標準。不然我們再也不能懂得谷崎潤一郎在《神與人之間》裏為甚麼以一個藝伎來代表他的『聖潔的 Madonna』。」

張愛玲也是把藝伎當作了妓女。中國自有多才多藝的妓女，乃至自處甚高，但青樓花街到底未分工，而日本藝伎是文藝工作者，陪酒不陪衾。清末名士王韜東遊百日，被日人譏為好色之徒，就抱怨藝伎「不教雲雨夢襄王」。他欣然記述：「日

本探花之例，以茶屋為先導，謂之引手。先於茶屋中開綺筵，招藝伎。歌舞既終，管弦亦歇，更闌燭炧，客意告倦。藝伎乃導之娼樓，擇其美者，解淳於髠之襦，而薦宓妃之枕焉。」

藝伎的出現往遠裏説是 18 世紀，但昌盛在明治維新後，那時政客、商人、官僚時興在酒樓茶屋招伎，吃喝玩樂談政治，使藝伎遍地開花。她們被自幼嚴訓，加工成玩偶似的藝術品，在酒宴上歌舞助興，或類似中國歌伎。藝伎賣身向來是違法的，但可以被男人包養，似娼而專屬，似妾又沒有名分。田中角榮當初競選上議員，二十八、九歲，就包養了 19 歲的藝伎，前年這藝伎寫了一本書，回憶她俘虜田中角榮四十餘年，生二男一女。夫人似大度能容，而嫡女真紀子長大後為父親的外宅切齒。

賣藝也罷，賣身也罷，在周作人看來，都跟武士一樣是奴隸。他在 1919 年寫道：「藝伎與遊女是別一種奴隸的生活，現在本應該早成了歷史的陳跡了，但事實卻正相反，凡公私宴會及各種儀式，幾乎必有這種人做裝飾，新吉原遊郭的夜櫻，島原的太夫道中……變成地方的一種韻事，詩人小説家畫家每每讚美詠嘆，流連不已，實在不很可解。這些不幸的人的不得已的情況，與頹廢派的心情，我們可以了解，但決不以為是向人生的正路，至於多數假頹廢派，更是『無病呻吟』，白造成許多所謂遊蕩文學，供飽暖無事的人消閒罷了。」

不過，甚麼事物一旦被捧為傳統文化，就會被恣意美化，

別人往往也只好跟着欣賞。美化藝伎，歸功於旅遊業，而文學家更是功不可沒。所謂花柳小説，多是寫藝伎生活，永井荷風是第一高手。川端康成的名作《雪國》也是寫藝伎。有溫泉，有藝伎，這就備足了日本風情。駒子是東京訓練出來的藝伎，回到雪國，愛上來此閒遊的島村，這愛情一開始就寫得很絕望，再發展一下，又是一個蝴蝶夫人也説不定。人生全都是徒勞，就只有一死，不是死於愛的絕望，而是死於生的徒勞。這麼一想，田中角榮和藝伎的相愛相依還真是難得哩。

武士早已從街面上匿跡，藝伎卻風韻猶存，雖然也已是夕陽產業。對於大眾來説，藝伎從來是高嶺之花，可望不可即。現今藝伎出沒的地方，東京有六花街：新橋、赤阪、芳町、神樂阪、向島、淺草；京都有五花街：上七軒、祇園甲部、先斗町、宮川町、祇園東。觀光京都，在祇園一帶遇見藝伎是一個驚喜。茶屋是招伎作樂的地方，黃昏時分，偶爾窺見它打開玄關，一條灑了水的小徑通向深處，彷彿「穿過長長的隧道就是雪國了」，走進去可能走進另一個天地，走不進去就不免對裏面的事情生疑。茶屋有「生客恕不接待」的規矩，神秘兮兮，也許真像章子怡扮演的藝伎所言：不神秘，藝伎世界就不存在了。

看了電影之後油然賦詩一首，打油也：面如觀世音如唄，勸酒逢君只一陪，文化大旗好説事，古都還數看花魁。

假名

關於漢字和假名，黃遵憲寫了幾首詩。其一是：論語初來文尚古，華嚴私記字無訛，老僧多事工饒舌，假字流傳伊呂波。第三句原本作「老僧饒舌偏多事」，定本加以修改。對於假名，黃君持肯定態度，認為「讀書人或鄙為俚俗，斥為諺文，然而人人習用，數歲小兒學語之後，能讀假字即能看小說、作家書，甚便也」。他還寫了一首《伊呂波》，說「不難三歲識之無，學語牙牙便學書」。

假名，也寫作假字。把漢字作為「真字」，由漢字派生出來的表音文字是「假字」。《古事記》、《日本書紀》始用漢字的字音記錄口耳相傳的歌謠，例如「夜久毛多都」，單純取其音，不可以望文生義。其實這本來是中國翻譯印度佛經的法子。用音不用義，一字一音，這些表音漢字被稱作「真假名（萬葉假名）」。後來用草書寫真假名，筆劃極為簡化，大概在平安時代初期（九世紀前半），47 個真假名的草體被定型，產生「平假名」。「片假名」則是把漢字大卸八塊，取其一部份，

定為表音符號。傳說平假名出自「老僧」弘法大師空海（774-835）之手，片假名的作者是吉備真備（695-775），他們都曾到唐朝留學。平安時代男人使用漢字，平假名是「女人的文字」，《源氏物語》的作者是女流之輩，用平假名書寫。

假名雖然便利，卻不能全用它來寫文章，原因之一是日語裏同音異義的詞語非常多。荻生徂徠有一本著作，叫《譯文筌蹄》，是寫漢文、作漢詩的參考書，據說現在也非常實用。他認為傳統訓讀不合理，例如，誤、謬、錯、訛、愆、過、失，都讀一個音，抹煞了文字的微妙區別。漢字文章裏夾雜假名，或者假名文章裏夾雜漢字，古已有之，但現在通行的行文方式，漢字與假名適度相雜，應該說是二次大戰後的產物。如今年輕人不愛用漢字，但給他滿紙的假名讀，恐怕也不知所云。

讀中國書，漢字好似秦磚漢瓦，一個挨一個，碼了成了萬里長城。又像走進青紗帳，密不透風，讀得人昏頭脹腦。讀日本書，漢字後頭跟着假名，雖然有一點齙牙露齒的感覺，但又像尋山溪而行，忽緩忽急，不時有歇腳處，讀起來比較輕鬆。把日本小說譯成中文，字數上大大縮水，即因為去掉了拖泥帶水的假名。「山上開着櫻花」，變作日文，漢字假名混着寫，大概佔稿紙十個格，若全用假名寫出來，又多佔三個格。文章用一串串假名，且頻頻改行，就可能是矇騙稿費。文章高手講究漢字和假名的搭配，張弛有致，疏密相宜。

用電腦寫作常遇見沒有字，為遣詞造句犯難，這時更覺得

日本語文有假名可用，甚便也。詩曰：千秋誰是第一功，風浪劫餘此老僧，文有不真堪養眼，勝於字字砌長城。

感覺俳句

漠漠水田飛白鷺，如周作人所言，這「差不多是一幅完全的俳句的意境」。

又如鄭板橋題畫竹，有云：「風和日暖，凍蠅觸窗紙上，咚咚作小鼓聲」，簡直像周作人翻譯的一茶俳句。

魯迅的「我家門前有兩棵樹，一棵是棗樹，另一棵也是棗樹」，也頗有俳句之趣，如果對魯迅筆法莫名其妙，甚至嗤之以鼻，那就不要讀俳句，免得惹一肚子氣。魯迅為阿Q立傳，不是給阿Q們讀的。

俳句或如說相聲，我們就要問「下句呢」，沒有下句了，我們覺得不完整，似乎只說了半截話，甚至小半截，俳句卻正是用這種不完整造成含蓄。含蓄是中國詩歌的一個手法，而對於俳句來說，幾乎是全部。俳句由 17 個音構成，江戶年間叫十七文字，也包括假名（注音）。一個漢字常就是一個詞，17 個漢字的容量比 17 個音大得多，一首俳句充其量只容得下幾個詞。五言絕句是 20 個字，起承轉合，一應俱全，而俳句彷

彿只是一個起，簡直沒有承，遑論轉合。好像賣魚的，他只管把活蹦亂跳的魚賣給你，至於其他，直至做成美味佳餚，就都是你自己的事情了。

俳句是「俳諧之發句」的略語，所謂俳諧，是「俳諧連歌」。連歌的歌乃是指短歌。日本古時候把詩歌叫作歌，有長歌，有短歌。詩，興起於明治初年，就是我們所謂的新詩。長歌之類早就沒落了，短歌又叫作和歌，或者乾脆就一個歌字。它比俳句古老得多，由 31 個音構成，斷作五七五七七，被我們慣於五言七言的中國人當作了五句。當初一首短歌就是一個人作，後來玩花樣，兩個人合作，17 音（五七五）和 14 音（七七）交替唱和。一人率先作五七五，這就是發句，另一人作七七，叫脅句，他還要接着作下一個五七五，叫第三。如果說脅句是承，第三就要轉，轉得巧妙，便顯出手段。比方說，脅句要穩穩地接住球，第三就是把球再傳出去，那可要傳好。芭蕉認為自己在傳球上更有高招。第四句以後全都叫平句，惟最末一句收尾，特別叫舉句（七七）。周而復始，就成為連歌。這樣的文學已帶有遊戲的性質。更多人參加，自然更熱鬧，也就鬧着玩，採用俚諺俗語，遊戲取樂，便成為平易而滑稽的「俳諧連歌」。

俳諧一詞，大概在漢代就有被滑稽取代之勢，杜甫曾作過《戲作俳諧體解悶》，戲作以解悶，但年代久遠，有點讀不出滑稽了，反覺得「頓頓食黃魚」豈不是好事。人們樂於戲，俳

諧連歌流行。後來也叫作連句，或許該譯作聯句。大家圍坐在一起，準備好聯句，要有人首唱，這就是發句，譬如我們的鳳姐兒，《紅樓夢》裏蘆雪庵爭聯即景詩，便「說道：既是這樣說，我也說一句在上頭」。率先說一句起頭，通常是老師、嘉賓或社主。嘉賓被讓到上座，不免要寒暄，今天天氣哈哈哈，相沿成習，有關時令的詞語便成為發句必不可少的了，這就是季語。你三句我兩句地聯下去，百韻、千句、萬句，特別把唱和 36 句（連句的句）的形式叫歌仙，緣於和歌古代有 36 位歌仙，也就是 36 名家。

芭蕉是師傅，門徒甚夥，他發句作得好，而發句本來就具有完整性，芭蕉更使它從藝術上獨立成詩。到了明治時代，短歌之類遭否定，正岡子規力挽狂瀾，斷行革新，用新的文學概念徹底把發句定型為一種詩體，改稱俳句。現在也有人仍叫它發句。五七五的平句沒有發句那麼多的規矩，也鬧了獨立，就成為川柳。短歌、俳句、川柳，這三種詩歌形式流傳下來，至今人們也愛作。

元祿七年（1694 年），芭蕉到大阪，身體不適，不能親臨句會（也叫作俳席）與大家聯句為樂，便作了一首發句送過去，供大家續作：

秋葉飄零盡

鄰人是做甚麼的

四壁無聲息

現在住在公寓裏，養狗的人家多，時有犬聲相聞，卻不相往來，或許越不往來，養貓養狗就越多。芭蕉關心人，臥病還想到鄰人，他是做甚麼的呢？怎麼一點動靜都沒有？現代地解釋，可能有一點窺視心理。也有人說這就寫出了孤獨寂寞，但好像那就該寫：門徒都哪去了呀？連句大眾化，並非貧民化，説不定鄰人正苦於困窮，對連句甚麼的毫無興趣，看見來了一位「不務正業」的怪翁，很有點疑懼哩。那時候，人生五十年，芭蕉 40 歲就稱翁了。

坐聽青蛙跳水聲

芭蕉是俳聖，卒於 1694 年。

三百一十二年後的某日，譯者贈我《奧州小路》，欣然重讀芭蕉的這本名垂日本文學史的遊記，並隨處揣摩專家的譯法，樂趣是雙重的。《奧州小路》是芭蕉推敲了四年才完成的文學作品，並非像《徐霞客遊記》那麼記實。讀到「越後路」一節；越後國在新潟縣境內，瀕臨日本海，海中的佐渡島那時是佐渡國，自古乃流放罪人之地。芭蕉步行了九天，溽暑致病，未記述見聞，但作了兩首俳句，「荒海啊，天河橫佐渡」尤為著名，由此又想起正岡子規對芭蕉的批評。

徐霞客去世三年後芭蕉出生，那是 1644 年。28 歲時從故鄉來到新興城市江戶，幾年後自成一家，收徒教授俳諧，不久又遠離鬧市，在深川村結廬隱居，以逃脫傳統的窠臼。學禪，讀《莊子》，「心嘗李杜酒，法啜寒山粥」。植芭蕉一株，草屋被叫作芭蕉庵，自號芭蕉。市街失火，殃及草庵，從此不定居一處，多次出遊。第一次遠行歸來寫出了「古池啊，蛙入水

有聲」，突破擬漢詩體，漸成「蕉風」，一統俳壇。在整個江戶時代芭蕉被無條件尊崇，儼然一偶像，但明治時代出了個正岡子規，對這首幾百年名俳不以為然。子規寫《獺祭書屋俳話》，從文學高度論說芭蕉，革新俳句，使向來近乎消閒遊戲的俳句更具有藝術價值。有云：芭蕉作了一千多首俳句，過半數低劣，好的不過才二百多首。芭蕉文學具有平民性，德行也備受景仰，以致人們對其作不分良莠。芭蕉的特色是閒寂，「只取一瑣事，一微物，如實放言其實景實情，猶含幾多趣味」，然而他也有雄壯的俳句，「藏豪壯之氣，揮雄渾之筆，賦天地之大觀，敍山水之勝況」。例一是「荒海啊，天河橫佐渡」，再如《奧州小路》當中的「夏草啊，萋萋兵士夢」，「最上川，盡收五月雨」。志賀重昂論日本風景，最誇耀「跌宕」之美，他覺得「荒海啊」寫自然極其簡單又極其跌宕，舉世罕見。

俳句寥寥十七音，寫景點到為止，卻未必只能畫靜物。置身於久遠的歷史與蒼莽的自然，最上川水漲船急，「飛泉疊湍，一瞬百里」（志賀重昂語），芭蕉也情不自禁地壯闊起胸懷。不過，景的幽玄或熱鬧，最終取決於寓在景中的情，而芭蕉骨子裏終歸是閒適枯寂。蛤蟆跳進水裏的聲音固然不會嚇人一跳，而橫亙佐渡島上空的天河給人的感受恐怕也只是寂寥。人具有兩面性，甚至是多面體，問題在惟其一面為主體，往往就不及其餘。偏要把短處抓出來，求全責備，與長處等量齊觀，似有失忠恕之道。兔子急了也咬人，不能就說牠像一條狗。文

學史上不需要完人芭蕉，哪怕他本心想豪邁，也只能無奈，縱然寫蛤蟆入水響如雷，人們也要說那雷是於無聲處聽。這又是閱讀的霸道。

　　子規當然不否認芭蕉是一大文學家，只是要看得更全面。進而聯想到魯迅說陶淵明：「就是詩，除論客所佩服的『悠然見南山』之外，也還有『精衛銜微木，將以填滄海，刑天舞干戚，猛志固常在』之類的『金剛怒目』式。在在證明着他並非整天整夜的飄飄然。這『猛志固常在』和『悠然見南山』的是一個人，倘有取捨，即非全人，再加抑揚，更離真實。」子規似乎跟魯迅一樣，更賞識金剛怒目式。他把美分為積極美與消極美，芭蕉雖然有積極美的俳句，但畢竟偏於消極美一面，而蕪村打開了芭蕉未能充份展開的積極美一面，所以在他看來蕪村更高於芭蕉。

　　正岡子規（1867-1902）活得沒有明治年號長，僅三十有五。晚年臥病，身邊擺滿了書籍文具，猶如獺祭魚，所以號「獺祭書屋主人」。同年出生的夏目漱石作俳句也是受了他影響。

歲 時 記

　　黃遵憲有詩：梧桐葉落閏難知，薺莢枝抽不計期，只記看花攜酒去，明朝日曜得閒時。

　　如王韜所言，黃遵憲的《日本雜事詩》是「有用之書」，當時很被人愛讀，版本甚多，雖然如周作人所言，「詩也只是尋常」。黃遵憲曾加以改訂，跋云：「使事多暇，偶翻舊編，頗悔少作，點竄增損，時有改正，共得詩數十首，其不及改者亦姑仍之。」這裏引的詩卻是原本上的，屬於拉雜摧燒之屬，但覺得比定本的更多些詩味。

　　中國人本來最有季節感，把節氣分為二十四，何其細緻。不知打甚麼時候起感覺沙漠化，冷漠粗糙。日本人似乎不大有人定勝天的念頭，西裝底下保持着農耕的季節感。不過，東京城畢竟是鋼筋混凝土結構，月曆牌上印刷的節氣變成現實感覺，多是商家叫賣出來的。唯有瓜果蔬菜，或飛機運送，或溫室栽培，秋光常在，越來越顯得四時無序。中國也改行市場經濟，大小商店便忙着商品換季，像梧桐樹一樣；古人説梧桐知

日月，每月生一葉，逢閏月則多生一小葉。

「梧桐葉落閏難知」，但日本人知時節可以依賴歲時記。物理學家、隨筆家寺田寅彥說：「歲時記是日本人的感覺的索引。」中國過去有《荊楚歲時記》、《燕京歲時記》等書籍，紀錄歲象時事，鄉土風俗。日本的歲時記是詞彙手冊，把所謂「季語」分類排列，施加注釋，並附有例句（俳句之句）。最早用「歲時記」三個字的是瀧澤馬琴，1803 年他編印了《俳諧歲時記》，後來藍亭青藍加以增訂，名為《增補俳諧歲時記刊草》，收季語三千餘，流傳甚廣。本來是寫作俳句用的，類似中國的韻書，所以現在的歲時記全稱應該叫「俳句歲時記」。俳句是短小的格律詩，基本定規有兩條，一是音數，再就是季語。這些表示季節的詞語約定俗成，有點像典故。例如「春泥」，歲時記上這樣解說：「指早春的泥濘，東風解凍時多雨天，且氣溫尚低，大地乾得慢，所以馬車道也好，市街也好，泥濘到處可見。」現今東京城，甚麼樣雨天也不見泥濘，此類「季語」已落後於時代。季語豐富多采，不單是自然現象，還有那些生活中反映時節的事物。講談社新近出版的《彩版新日本歲時記》淘汰了過時的季語，如蚊帳、夏時制，收入新季語，如花粉症、森林浴、黃金週。像一些中國人墨守古韻一樣，也有不少日本人非依照舊歲時記不可。聽說戰爭年代曾發生爭論：在侵佔的土地上作俳句該如何用歲時記？當過東京市長的永田秀次郎主張因地制宜，在甚麼地方就編製甚麼地方

的歲時記——他那時是新加坡軍政府最高顧問，不消說抱有政治意圖。現今日本人滿世界遊走，「世界歲時記」之類的圖書也問世了。

　　日本人的季節感不僅與日常生活相關，還帶有文學性，非常有意思。他們總能把事物弄俗，用來裝點生活，這也是日本文學以至文化的一大特色。從季語引發感慨，好似先查了「索引」再創作俳句，季節感就不會那麼自然了。面對自然，中國人追求個人感悟，而日本人藉以認同。季語的流弊是變成套話，按圖索驥就更其可笑了。歲時記一般按陰曆編排，在通行陽曆的當代就產生一個難題，即陰曆和陽曆的不合。「立春」是春天的季語，卻正當陽曆的冬天，用起來不免彆扭。有人在嘗試改革，解決文學與現實的矛盾，我們外人就不必插嘴了。

江戶熱的死角

日本很有點武士小說熱。

自 1603 年德川家康被朝廷封為征夷大將軍，在江戶設幕府執掌天下，至 1867 年第十五代將軍把大政奉還天皇家，長達二百六十五年，史稱江戶時代，又稱德川時代，大致與滿清興衰相始終。武士小說多取材於這個時代，馳騁想像，編撰故事。滿清入主中原，留髮不留頭，而日本武士的堂堂儀表則是把頭髮在剔禿的額頂支起小鋼炮。士農工商，武士為首，雖不是多麼了不得的盛世，但閉關鎖國，自有一派太平景象，市人（商人、工匠）窮也窮歡樂，非常日本。今天認為是日本人固有的思維模式及風習基本都可以到江戶時代尋根溯源。明治新政府把江戶改稱東京，老東京人被叫作江戶子，俗話說江戶子沒有隔夜錢，但是我僑居多年，尚未遇見這等人，可見人心不古。於是武士小說也載道，力挽世風，使人心回歸原點。1964年東京舉辦奧運會前後，江戶的遺物餘情被掃蕩殆盡，不滿於現實，時常就美化過去的時代。也不限於武士小說熱，近年

對江戶時代的事理人情都憧憬起來，鄉愁也似的，以致還實施「江戶文化歷史檢定」。樂之好之不如知之，追求資格的人又多了一紙證書。

不過，這股子時代熱潮裏有一個不小的死角，那就是漢文。八年前去世的中村真一郎是名實相副的學者型作家，著有《江戶漢詩》，說：

把此書作為日本古典之一供現代讀者鑒賞，可能很多人抱有詫異之感，但江戶時代的文學讀者恐怕要對於現代人居然有這樣的疑問而莫名其妙。直截了當地說，江戶時代人們的文學性活動，其中心不是淨琉璃或俳諧，也不是龐大的隨筆類，更談不上愛情小說或青樓小說甚麼的，實際是漢文著述。在學校裏作為常識學習的文學史，說江戶時代是市人文化、市人文學，但是在江戶時代末晚，不會有一個知識人容忍這種說法。19 世紀末從歐洲輸入文學史這門學問，照貓畫虎，乖離各個時代以漢文學為主流的實際情況，只是把日語作品編成日本文學史。但對於江戶人來說，比起宣長來，最大的思想家無疑是徂徠；詩人可能是茶山，而不是芭蕉；散文家的名聲，山陽遠遠超過馬琴。就是說，江戶知識人保持着一種文學性習慣，即主要用遠東文化圈的共同語言——中國古語思考、講說、歌詠。這是日本古來的一貫傳統，對於不用生身之國的語言著述絲毫不抱有疑問。

那麼，這個當時的常識怎就從日本人的頭腦裏蕩然無存了

呢？中村認為是明治維新所致。從理念上，掙脫中國的世界帝國性文化束縛而獨立，在現實裏，轉而追隨西歐，學英法德語，棄漢文如敝屣。結果到了昭和時代，天皇宣讀投降詔書，滿紙漢文調，不少人可就聽不懂，還以為號召打下去，一億玉碎呢。

江戶二百餘年歌舞昇平，得力於漢文。德川家康本身不習漢詩文，他重用藤原惺窩、林羅山等儒學家。武士本來嗜殺成性，家康採納藤原之策，讓他們學漢文，讀漢籍，用朱子學改造思想，束身自好，為社會樹立樣板。江戶時代中葉以降，下層武士及上層農民、市人之間也普及漢學。幕末志士多為下層武士出身，如第一任總理大臣伊藤博文，他們都寫得來漢詩。

藤澤周平在他的代表作《蟬噪如雨》中寫到文四郎吟誦「關關雎鳩」，嚴於律己，卻也萌生了若有若無的愛戀之情。這位武士小說大家極擅長寫下層武士的生活與情感，其影響使年輕女性也對以往基本局限於中老年讀者的武士小說發生了興趣。朝日新聞社出版《週刊·藤澤周平的世界》，每週一冊，計 30 冊，這樣用「分冊百科」的形式介紹小說家，在日本出版史上可謂破天荒。

連句與團隊精神

　　沒有哪兩個民族能好上一千年，時好時壞是正常的，中日關係也無非如此。一會兒融融洩洩，一會兒又冷了，所以幾年前我們的總理還有過「融冰之旅」。與時俱進，總理以詩傳情會友，作的是漢俳。日本電視學漢語節目借此又找來中日35人作詩，湊成36首。大概中方寫漢俳，而日方用日文寫，可能本來是俳句，再譯成中文，也都叫漢俳，就叫作中日漢俳接力。其實不妨叫唱和，揆席首唱，各色名人遙贈和，但無論對於日本的國民，還是中國的人民，唱和一詞似乎已太雅，不如叫接力鮮活，好像餐館玻璃缸裏養的魚。有人把這事叫漢俳聯句，恐怕就不確了，因為聯句別有其作法。

　　中國有聯句，日本有連句，聯句起初也是叫連句。連句來自連歌。歌是和歌；日本把中國詩（古詩）叫漢詩，相對而言，日本詩叫和歌，也寫作倭歌，或者倭詩。和歌有多種樣式，通常說和歌，指的是其一的短歌，由31個音構成的定型詩。這些音斷作五、七、五、七、七，上半部份的五七五叫長句，下

半部份的七七叫短句。本來是一人獨吟，大概受聯句誘惑，也搞起二人聯吟，誰先作長句，另一位續作短句，合作一首，這就是連歌。到了 13 世紀，長短句交替，七嘴八舌吟詠一百句，也叫作百韻。高朋滿座，眾人聚一處連歌，叫作座。在座的各位既是作者又是讀者，叫連眾，這是一個精神共同體。近現代文學的命題是自我表現，而連歌屬於小圈子文學，並不是個人的孤獨創作。芭蕉說，散會之後抄錄和歌的紙就成了廢紙，這意思就是連歌文藝的真髓全在於當場的愉悅，不是創作給外人欣賞的，作者與讀者同在，創作與享受一體。這種封閉性文藝以夥伴意識為基礎，顧及、應承其他人的意思、感情及語氣，互相協調，共同完成。一個人是蟲，三個人是龍，需要有一種團隊精神。

逢場作歌，自有遊戲性。出口成歌，妙在出人意表，而為了滿座皆歡，少不了滑稽有趣。中國最古的聯句詩，起句是日月星辰和四時，嚴肅有餘，結句也滑稽起來：嚙妃女唇甘如飴。貴族文化人追求優雅而純正，連歌越來越文藝，也越來越小眾。這就像當今的電視小品，只要不脫俗，不被文學藝術收編，觀眾就笑將下去，它也就不會玩完。另有人堅持走滑稽（俳諧）路線，勃興了所謂俳諧連歌，從 16 世紀一枝獨秀，17 世紀乾脆略稱為俳諧。芭蕉有俳聖之稱，乃俳諧之聖，他活著的時候還沒有俳句一說，所作是俳諧的發句。

連歌第一句是長句，發端發起，叫發句。第二句叫脅句，

是短句。第三句就叫第三，結尾叫舉句，中間的長句或短句統統叫平句。連眾濟濟一堂，有主客、師徒、長幼之分，所謂起承轉合，發句為起，由師傅、貴人、稀客、老者起頭，召集人為主，作脅句承接。他們應酬之後，第三就要轉，轉出新意境。最後的舉句則合得皆大歡喜。平句應該跟前面不即不離，既不為難續作，又要別出心裁。重複人家用過的詞語、意思或情趣，即所謂輪迴，是連歌的大忌。

發句並不是作為獨立的詩而創作，但萬事開頭難，作為一篇連歌的起筆，發句自然有一定的獨立性。而且是師傅、貴客的作品，便有人收集編纂，以供揣摩。偏重獨立性，可單獨欣賞，這種發句日見其多，叫作地發句，而專門為連歌而作的發句便叫立句。芭蕉的名作多數是地發句。

芭蕉年代連歌一般為 36 句，相繼成篇，叫歌仙。18 句叫半歌仙。緣自古人編和歌集，選 36 位歌人之作，稱作 36 歌仙。芭蕉參加或指導的連歌被稱作蕉風連歌，以閒寂精神為根底，加意避免露骨的語言遊戲。他遊走各地，聚會連歌，但志在文學，高度藝術性使發句益發獨立為一種新詩體。文學性消除遊戲的魅力，芭蕉死後連歌就風光不再。19 世紀末，正岡子規寫小說不成，轉向傳統文藝，把發句革新為俳句（俳諧之句）。之所以改名，也是讓人們忘掉它本是連歌中具有引發之用的發句，後來俳諧連歌也改稱連句。文學是孤獨而嚴肅的自我表現，子規否定幾個人一起作的合作性與即興地接下去的

遊戲性，貶斥歌仙之類的連歌「非文學」。連歌出自和歌（短歌），而俳句由連句分離，或許這就像五言絕句，據說從陶淵明時代的聯句中斷絕出來的。

正岡子規死後，跟他學俳句的夏目漱石曾試圖復興連句。現今作俳句的人很多，但連句少不得機智，規矩也較繁，作的人就不多了。1970 年以來又有人推動連句，如參加中日漢俳接力的大岡信，他是著名詩人，還倡導連詩（新詩），走出日語，走向世界。

說來 16 世紀日本流行過和漢聯句，有人詠連歌，有人吟漢詩，相映成趣。這要精通漢詩文才玩得起來，所以範圍幾乎僅限於大內和禪林。好像中日關係又需要融冰了，試一試漢俳與俳句聯吟如何呢？

辭世歌

　　三十多年前的 1970 年 11 月 25 日，三島由紀夫在自衛隊駐地剖腹，被幫手砍頭而死。話說前一天，他帶着那幾個鐵哥們兒在酒館聚飲，寫下兩首和歌。這就叫辭世歌，或漢詩，或短歌俳句，總之是臨死之際寫下來告別人世的。倘若譯作絕命詩，不免有一種臨刑口占的感覺，與辭世歌大異其趣。三島死後，賢妻拿出 6,000,000 日元賠償傷害，一年後父親平岡梓撰文回憶「犬子」。大概當時社會上異口同聲，嘲笑三島寫的「這二首辭世之歌和那篇檄文極為拙劣，無法想像是本人所作」，當父親的於是在書中辯護了一通。

　　辭世歌是死亡的準備，人之將死，其歌其詩自然是哀感的。可能中國人當即會想起 「雖不逝兮可奈何虞兮虞兮若奈何」、「王師北定中原日家祭無忘告乃翁」、「砍頭不要緊只要主義真」之類的詩句，而陶淵明的「得失不復知，是非安能覺，千秋萬歲後，誰知榮與辱」乾脆就題為《輓歌詩》，但日本人說辭世歌是日本所獨有的文化。從普遍性來看，中世以降

蔚然成風，幾乎形成了一種人生慣習及文學類型，僅見於日本。對於死，日本人遠遠比中國人看得開，不大有好死不如賴活着的念頭。芭蕉的《病中吟》是辭世歌的典型之作：一生苦行旅，夢魂此去歸何處，依舊繞荒野。他說：我不作甚麼辭世之句，因為我所作全部是辭世。這首俳句並非為辭世而作，但他吟罷之後四天即去世，竟成絕筆，被人們讀作辭世歌。

14世紀以降，受禪宗影響，武士自殺都是寫漢詩辭世。《太平記》卷二有日野資朝（1290-1332）辭世的漢詩一首：五蘊假成形，四大今歸空，將首當白刃，截斷一陣風。日野為後醍醐天皇謀劃討伐鎌倉幕府，但有個參與舉兵的武士在枕邊說給愛妻，走漏了風聲，日野被捕。天皇趕緊向幕府洗清自己，只日野一人受死。沒有「去留肝膽兩崑崙」的慷慨，就只好看破紅塵，倒也瀟灑。

大津皇子臨終前寫了兩首辭世歌，一首和歌，一首漢詩。天武天皇立草壁皇子為太子，卻寵愛「博覽而能屬文，多力而能擊劍」的大津皇子。686年天武天皇崩，皇后鸕野皇女（690年登基，即持統天皇）臨朝稱制，擔心位居大相國的大津皇子篡奪皇位，誣以謀反，勒令自裁。山邊皇女披髮跣足地趕來，依偎着丈夫的屍體殉死。大津皇子的辭世歌收在《萬葉集》裏，大意是我要走了，看池塘裏叫喚的鴨子只限於今天。這讓人油然聯想李斯被腰斬之前對兒子感嘆，從此不能再和你牽黃狗去野外攆兔子了。大津皇子的辭世詩收在751年編就的日本第一

部漢詩集《懷風藻》裏，是這樣的：金烏臨西舍，鼓聲催短命，泉路無賓主，此夕誰家向。有趣的是七百年後，清初有個叫孫賁的，遭文字獄，臨刑口占，文字和大津皇子的「五言臨終一絕」很相近，云：鼉鼓三聲急，西山日又斜，黃泉無客舍，今夜宿誰家。（這是從周作人的文章裏讀來的）看來人之將死，古今中外，大家的心情差不多。上天堂也好，下地獄也好，對於生來沒去過的地方不免總有些漠然的不安。

中國人藉電視卡通片熟知的一休和尚（1394-1481）自稱南宋臨濟宗禪僧虛堂智愚再現，以日本禪正統自任。他還有不少的號，如瞎驢、夢閨，放浪形骸之外，嗜酒近色，是大大的花和尚，但據說這一切都是為超然於形式化、世俗化的五山派禪風之外。晚年愛戀盲女，寫黃昏戀詩文。墓在酬恩庵，有自刻木像，那裏本來是他隱居的草庵。雖為高僧，辭世詩卻寫得纏綿悱惻：今宵拭淚涅槃堂，伎倆盡時前後忘，誰奏還鄉真一曲，綠珠吹恨笛聲長。

井原西鶴（1642-1693）有《好色一代男》、《好色五人女》等作品傳世，享年五十有二。那時候日本可不是長壽之國，人生五十年，所以他多看了兩年浮世之月。門人刊行遺稿集，把他的辭世歌印在卷頭。

現代作家芥川龍之介對將來唯感到漠然的不安，在 1927 年服藥自殺，死前在色紙上抄寫了一首舊作：清泗長，殘照鼻尖涼。當作辭世之句來讀，愴然變成了「映在末期的眼裏」的

光景。芥川步入文壇的第一篇小說是夏目漱石大為讚賞的《鼻子》，聯想起來他用這首俳句辭世也別有深意。

河上肇（1879-1946）是試圖把科學真理與宗教真理合二而一的馬克思主義經濟學家，對中國革命也頗有影響。坐過幾年牢，「六十衰翁初學詩」。去世前一個月擬定辭世詩：「多少波瀾，六十八年。聊從所信，逆流棹船。浮沉得失，任眾目憐。俯不恥地，仰無愧天。臥病已及久，氣力衰如煙，此夕風特靜，願高枕永眠。」四言的八句若作為詩序，或許餘下的五言詩更可以傳世罷。合掌。

取筆作詩，絕筆而終，是地地道道的辭世，但也有人事先就寫好了，這類辭世歌豁達之餘，更多些遊戲人生的意味，因為還來得及笑笑。那麼，我也試作一首「漢俳」，準備好辭世——

前世留下的，該做今世還沒做，怕來世閒着。

葬禮上的笑顏

　　當初接觸日本文學，讀過一本西村京太郎的小說，描寫人物表情幾乎從頭到尾是「苦笑」，不禁懷疑日本人還有沒有別的笑法。來日本久了，才發現這世界上大概他們最會笑。

　　1563 年到日本傳教的葡萄牙人弗羅伊斯對日本人的印象是「很愛笑」，但白雲蒼狗，等到民俗學家柳田國男研究日本的笑，卻因為「從戰爭末期到戰後不久，笑非常少見了，而且很下賤」。情隨境遷，日本在經濟上得勢，西裝筆挺地四處輸出「日本造」，臉上當然又多了笑容。

　　日本人的笑，西方人覺得很獨特，還有點討厭。一百年前，印行過一本《中國怪談集》的 Lafcadio Hearn 來到日本，被親切柔和的微笑誘惑，彷彿到了「妖精」國度。樂不思蜀，娶日本女人小泉節子為妻，改名小泉八雲。他寫《日本人的微笑》，講過這樣的故事：一位日本婦女在美國人家裏作傭，請了兩三天假，回來後在主婦面前「笑眯眯」地說，其實，她丈夫死了。這種時候居然還笑得出來，美國人不可思議。小泉解說，這種

「微笑」是一種禮節，正是日本女性的嫻雅之處。

柳田國男對小泉八雲的索解不以為然。他認為「日本的文化不是日本人就不能研究」，「特別是語言與笑有關，而語言的韻味、情趣等，連本國人的感覺都越來越鈍，別國人更不可能明白」。據他分析，日本本來有兩種笑，出聲的「笑」和悄然無聲的「微笑」，但是被漢字的一個「笑」字給混為一談。「微笑」不是「笑」的半成品，不是花的蕾。「笑」，可能使人不快，也未必帶有溫情，而「微笑在任何場合都不會那樣，這就是一個明顯的區別」。「微笑是人生的潤滑劑，尤其是女性具備的自然武器，以求平穩地度過此世」。有人又加以引申，說日本人的微笑還具有自制性，這樣的微笑有時令人感動，有時令人困惑，進一步曲折、複雜，就變成「苦微笑」（小說家久米正雄的造語）。

芥川龍之介在短篇小說〈手帕〉裏描述過自制的微笑：一位母親來到大學教授家，嘴角浮起微笑，說她的兒子病故了。母親竟然不掉一滴淚，海外歸來的教授覺得匪夷所思，但俯身拾扇子時發現，她放在桌子下面的雙手緊緊攢着手帕，強忍悲痛，幾乎要把它撕碎。對於這位母親的武士道「演技」，芥川龍之介筆下是不無譏諷的。

柳田國男所說的「微笑」，皮笑肉不笑，恰恰不是內向的，而是笑給人看，像假面一樣掛在臉上，禮節地待人處世。從電視上觀看演藝界人士參加追悼會，接受採訪時，他們臉上

忽而浮起微笑，忽而現出哀戚，表情的變化表明着對人關係的變化。微笑時他是以本人面對記者，哀戚時心情轉向死者。而且，這一絲微笑也就在自己和記者之間劃上一條界線：你是局外人。「微笑」之為笑，並非生來與俱的本能，乃是在人際關係中修煉出來的。

急匆匆奔上站台，列車卻正好關門，沒能上去，這時日本人往往報之一笑，把西方人笑得莫名其妙，enigmatic smile。其實，遇到這種情況，落到這個地步，中國人也會笑。那不是慰藉乃至淨化自己的心靈，而是東方人介意周圍的目光，對自我感覺的狼狽加以掩飾。看不明白日本的笑，正如看不明白能劇的面具。東方的笑，包括日本在內，尤其那似笑非笑的微笑，比西方來得複雜。日本人研究自己，常常是由於西方人見怪了，骨子裏不無文化劣等感。中國人對日本的事情大驚小怪，倒多是出於對本國文化的無知。

從解頤、絕倒、噴飯、莞爾、忍俊、強顏到笑裏藏刀，誰都能笑出個千變萬化。在當今大眾社會，笑的數量激增，笑的質量劇變，笑已然是滿足市場需求的「商品」。中國藝人在電視上學笑、搞笑，學港台式的笑，搞日本式的笑，我們也都跟着笑，雖然還覺得有點彆扭。

吃骨灰

日本電影《黃昏清兵衛》裏有這樣的場面：清兵衛奉命捕殺一高手，交鋒之前，那高手訴説衷腸，還拿起一個小罐子，打開蓋，裏面裝的是女兒的骨灰，幽幽地説着，竟拿起一塊放進嘴裏，像吃糖一樣嚼得酥脆，觀眾看他便像了惡人。最後高手把長刀砍到房梁上，入木三分，清兵衛的短刀便乘機攔腰一刀。終於頹然倒地，摸到手的骨灰罐滾落，黑暗中閃亮了一粒骨灰。

那個小罐子是骨灰罐，日語叫「骨壺」，一般是陶的或瓷的。日本人對骨灰情有獨鍾，以致有骨灰信仰之説，但到了大嚼的地步就匪夷所思了。以前有個叫勝新太郎的男優，以飾演盲目遊俠座頭市聞名，前兩年北野武導演並主演的《座頭市》不過是誇張了他的諧謔罷了，這個勝新太郎愛搞怪，父親去世，他在媒體鏡頭前抱着骨灰罐邊哭邊吃，説「這下子老爸就進咱裏面了」，令人瞠目。

日本死了人幾乎百分之百火化。從土葬變為火化，好像大

家都不曾反對，為甚麼呢？民俗學家柳田國男是這樣解釋的：「人的遷移頻繁了，離開故鄉在他鄉立足度日的機會多了，這也是明治以後的顯著現象。但死了要埋在家鄉墳墓裏的願望根深蒂固，遺族需要把骨灰抱回去，一下子就不得不火葬了。」當年日本軍「雄飛大陸」，但沒有青山處處埋忠骨的念頭，行軍作戰，還得帶上被我八路軍或武工隊擊斃的戰友的骨灰。

　　如今大多數人是死在醫院裏，遺體運回家舉行葬禮，然後火化。有一種撿骨灰的習俗，其正規之做法，書上寫道：拾取骨灰近來大都只是用竹筷子，男左女右，二人一起用筷子夾起骨灰，放進骨灰罐裏；首先撿牙，之後按腿、胳膊、腰、背、肋骨、頭骨的順序各撿一塊兒，最後是喉結。為此，焚屍的人必須小心翼翼地保持骨灰的形狀。日語裏「箸」與「橋」發一個音，所以這習俗出自三途河的說法也說不定。死者要渡過的河流有三種，或風平浪靜，或浪高風險，就看你生前幹了好事還是壞事，並非一死都成佛。至於為何兩個人一起撿，可能因為閻王爺差遣小鬼常常是兩個一組。死是穢，自古避忌，但屍體被火一燒就淨化了，撿骨灰時沒有人悲悲戚戚。近鄰老太太折過腿，逢人就說骨頭是用釘子連上的，她死了，左鄰右舍一邊為她撿骨灰，一邊悄悄說：沒發現釘子呀。活着的人可真是無常，我差點笑出聲來。由於撿骨灰這個行為，日本人用餐時忌諱互相用筷子傳遞食物。我們家鄉是忌諱把筷子插在碗裏的米飯上；我小時候也見過的，棺材前面擺一個碗，裝滿米，上

面插一雙筷子。

　　上古日本人死後裝進甕中埋葬，很像巨大骨灰罐。骨灰罐裝了骨灰再放入白桐木箱裏，外面包上白布，常見電影裏把它掛在脖子上，捧在胸前回老家。電車遺失物品招領，為數最多的是傘，人們上了車往往就忘了它的用處，最稀奇的是骨灰罐，想來是悲至恍惚，醉得朦朧，就把故人送上不歸路。三島由紀夫死後，被掘墓盜走骨灰罐，後來在公廁旁找到。志賀直哉的骨灰罐是國寶級陶藝家濱田莊司的作品，生前用來裝砂糖，死後裝骨灰，但不知是景仰他的文學，抑或那罐子值錢，有人偷了去，至今下落不明。

　　前兩年去世的文學家水上勉寫過一本隨筆《骨壺的話》，說他看見的骨灰罐都過於簡單，一律灰白色，很是乏味。透明彩釉的，雖然很光亮，也不值得賞玩。他提倡自己動手做骨灰罐，而今好像真有點成風。總惦記死後的事，未必是活得輕鬆，怕是活得更累。也有人說，自己活着預備好，免得給後人添麻煩。細川護熙總理下台後遠離政壇，晴耕雨讀，幾年的工夫就成了陶藝家，標價不菲，是否也給自己做好了骨灰罐呢。

算算友誼賬

中國與日本於 1972 年恢復邦交，郭沫若填詞一首，有云：赤縣扶桑，一衣帶水，一葦可航。昔鑒真盲目，浮桴東海；晁衡負笈，埋骨盛唐。情比肺肝，形同唇齒，文化交流有耿光。堪回想，兩千年友誼，不等尋常。所謂「一衣帶水」，作詩無妨，若拿到實際中，恰恰用不到中日兩國之間，不過是套近乎罷了。正因為有大海阻隔，唐玄宗「矜爾畏途遙」，才特許日本二十年一來朝。日本中斷遣唐，蒙古鐵蹄遭滅頂之災，不都因風波險惡，何曾是「一葦可航」呢？說友誼長達兩千年，真不知這筆賬是怎麼算的，交流未必就留下一部友誼史。其實，這兩千年歷史，除了有幾個和尚是不辭風險來傳教之外，對於日本來說是一部留學史，對於中國來說幾乎是亡命史。

要說兩千年的開篇，據《日本書紀》記載，是神功皇后揮兵越海，入侵朝鮮半島上的新羅、百濟、高句麗。當時她有孕在身，把一塊石頭纏在腰間，用冷卻法延緩生產。如願，得勝班師，應神天皇在九州島瓜瓜墜地；天皇家萬世一系，據說應

神才第一個具有實存性。幾處神社祭祀月延石或鎮懷石，那就是神功皇后用過的，塊頭兒不小，若無神力，搬也搬不動。直到被美軍佔領之前，日本人相信這皇后實有其人，但我們的黃遵憲當明治時代即一笑置之，有詩為證：狐篝牛樞善愚民，百濟新羅悉王臣。腰石手弓親入陣，浪傳女國出神人。

不論神功皇后的三韓征伐是不是史實，日本人身上卻自古摻入了霸佔朝鮮半島這根筋。豐臣秀吉尚未徹底統一全國，就開始盤算出兵朝鮮，佔領中國，這也是他的前輩織田信長的夢想。公元 1591 年 9 月，秀吉寫信給菲律賓的西班牙總督，說日本百餘年來戰爭不斷，他誕生時出現治天下的奇瑞，及長，果然十年便統一全國，朝鮮、琉球等遠邦異域也順從。現在要問鼎大明國，此乃天授。菲律賓尚未進貢，來春必須遣使到肥前名護屋，晚了就興兵征討。所言奇瑞，是老娘懷他時夢見日輪入懷，看來那時候並不把太陽只奉為天皇家祖神，鳥皇帝人人做得。肥前名護屋在今佐賀縣，與朝鮮半島隔海相望，翌月在此築名護屋城，集結大軍。秀吉視朝鮮為日本屬國，指令朝鮮為「征明嚮導」，但使節明白朝鮮不可能從命，便擅自改稱「假途入明」。豐臣秀吉甚至把關白的職位讓給了外甥，自己退為太閣，專念於侵攻大陸。在他眼裏，大明不過像處女，憑日本弓箭征服簡直是大山壓雞蛋。九路兵馬渡海而來，直搗漢城。秀吉坐鎮名護城，得意忘形，指示日廷準備天皇入主北京，他本人是打算定居日明貿易港寧波。日軍殘暴至極，擄掠朝鮮

人當土特產饋贈親友。朱子學家姜沆也在俘虜之列，藤原惺窩受其影響，得以成近世儒學鼻祖。說到陶器，足以驕人，其實，萩燒、有田燒、薩摩燒等無不出自朝鮮俘虜之手，而朝鮮的白瓷卻由於工匠流失而式微，真可謂「文化交流有血光」。

　　雖說明神宗治下中國開始走下坡路，但總算打敗日軍，解救了朝鮮，於是，奉天承運皇帝制曰：爾豐臣秀吉，崛起海邦，知尊中國。西馳一介之使，欣慕來同；北叩萬里之關，懇求內附。情既堅於恭順，恩可靳於柔懷。茲特封爾為日本國王，賜之誥命。就這一段史實，黃遵憲寫道：「豐臣秀吉攻朝鮮，八道瓦解，明誤聽奸民沈惟敬言議和。授封使齎詔至，秀吉初甚喜，戴冕披緋衣以待。及宣詔至，『封爾為日本王』，秀吉遽起，脫冕拋之地，且裂書，怒罵曰：我欲王則王，何受髯虜之封。且吾而為王，若王室何？復議再征高麗。」1597 年 1 月再次出兵，翌年秋，這個「黑面小猴」（黃遵憲語）病故，匆匆撤兵，結束了長達七年的侵略戰爭。此後德川幕府統治日本二百六十年，閉關鎖國，與中國相安無事，統統算進友誼賬。

　　江戶時代有儒者叫小野招月，寫詩斥責豐臣秀吉入侵朝鮮：忽向雞林放虎狼，丁男屠盡及孩嬰。東海舊稱君子國，不知此役命何名。

人與人間

　　清人張之洞抵制日貨，看見公文上有新名詞，就提筆抹了去，批示：這是日本名詞！後來恍悟這個「名詞」就是一個新名詞，便改批為這是日本土語。

　　近來又有人抵制日貨，但好像今不如昔，不如張之洞來得徹底，新名詞是不加抵制的。以史為鑒，本應該趕盡殺絕；與時俱進，也不妨便宜行事。

　　詞語是難以抵制的。說來「日本」這個詞就是日貨，在域中是武則天之天下的時候，他們嫌「倭」不好聽，自己給自己起了這個名。現而今常聽說的「人間蒸發」也是日本詞兒，可能用中文來說有點怪，別有天地非人間，聰明人便說「從人間蒸發」。其實，日本現代語的「人間」通常指的是人，當初是誤用，習以為常，把固有含意擠到一邊去了。人不知去向，音信全無，蒸發了也似的，無非我們本來說的杳如黃鶴，但是說「人間蒸發」就時髦。日語裏也有「人」，而「人間」之所謂人，按《廣辭苑》解釋，是以人格為主的社會性存在。明治維

新時代大量日本詞彙傳入中國，現在花開二度，來自日本的詞彙又見多，如寫真、人氣、組合、品質、職場。分明是中國的固有詞彙，但衣錦還鄉，看着就別有一番滋味在心頭。內涵被富有工匠天分的日本人加工了，意思更微妙，那種若有若無的差異每每令譯者躊躇。

例如池田大作說：「人不可能脫離苦惱而生存；人要得病，要衰老，早晚都要死。」前面的人用的是「人間」，後面的人用的是「人」，中文卻只好拿一個人字來應戰，似也戰無不勝。池田大作是創價學會的領袖，從世界各地獲得百餘個名譽稱號，其中約三分之一是中國頒贈的。學會的基本教義是「人間革命」，譯作人革命有點彆扭，而譯成人本革命，若聯想與神本主義相對的人本主義，用於唱誦南無妙法蓮華經的佛教團體亦不倫不類。

大江健三郎獲得諾貝爾文學獎，在斯德哥爾摩發表演說，先講了《騎鵝旅行記》，是瑞典女作家的作品。少年尼爾斯終於回到故鄉，見到久別的家，呼喊父母：媽媽，爸爸，我變大了，又恢復了人！大江在日文中用的詞語是「人間」，譯作「我又回到了人間」，雖然讀得過去，但「人」才是大江要呼喊的，貫穿其文學。同樣的話，大江還引用了法譯本，法文是「homme」，相當於中文的「人」、「男人」。

日本戰敗，1946 年 1 月 1 日天皇發表《關於新日本建設的詔書》，然後去巡視全國 46 個都道府縣。不再穿軍裝騎白

馬，一身平民打扮，樹立新形象。這個詔書否定天皇是顯現人形在世上的神，但並未說自己就是人，卻被叫作「人間宣言」，好像神仙下凡到人間，語言明瞭，意思不明。日本使用漢字，迻譯為中文不無便利之處，但那也常常是似是而非的陷阱。

「人間」一詞也難為過魯迅。那是他翻譯了蘇聯小說《毀滅》，瞿秋白批評「人」譯得不精確，魯迅回答：「將『新的……人』的『人』字譯成『人類』，那是我的錯誤，是太穿鑿了之後的錯誤。萊奮生望見的打麥場上的人，他要造他們成為目前的戰鬥的人物，我是看得很清楚的，但當他默想『新的……人』的時候，卻也使我默想了好久：（一）『人』的原文，日譯本是『人間』，德譯本是『Mensch』，都是單數，但有時也可作『人們』解……」

看來中文最好也有那麼一個詞，把我們從「人」的層次提升或超脫一下。

日本論

　　我愛讀魯迅，雖然並非像日本評論家佐高信那樣「烈讀」，以支撐他的反骨哲學，「斬書斬人」。不過，從性情與興趣來說，我傾向周作人，尤其愛讀他關於日本的考察，即所謂日本論，持正而卓識，「比西洋人更進一層，乃為可貴耳」。

　　日本人特愛日本論，或者日本人論、日本文化論。擔任過文化廳長官的文化人類學家青木保 1990 年出版了一本《日本文化論變貌》，他估計 1945 年戰敗投降以來，約半個世紀，有關日本文化論的書出版兩千餘種。二重性被視為日本人一大特性，可能不少人是從《菊與刀》這本書讀來的，甚至只知道書名，浮想聯翩，也大談日本人如何二重。這種二重性，中國人早在唐代就指出了：野情偏得禮，木性本含真。（包佶《送日本國聘賀使晁巨卿東歸》）陳壽《三國志》中有世界上最早的日本論。到了周作人筆下，寫道：「我們要覷日本，不要去端相他那兩當雙刀的尊容，須得去看他在那裏吃茶弄草花時的樣子才能知道他的真面目，雖然軍裝時是一副野相。」日本發

動了侵略戰爭，證明周作人恰恰把話說反了，但描述日本人的二重性，他也比《菊與刀》早二十多年。二重性是日本剛剛走出原始狀態不久從中國生生搬來了先進文化造成的。美國佔領日本後，強加給它民主，與天皇臣民的落後性並存，又產生新的二重性現象。言行曖昧，也正是二重性的體現。說來哪個民族都具有二重性。當我們說道日本人時，總是忘記了自己的二重性，譬如滿嘴仁義道德、滿肚子男盜女娼。

我們也愛看中國論，現在常有人論，但好像很討厭別人說三道四，尤其不能受日本人指指點點。日本人最在意歐美人說它甚麼，又說它甚麼了，卻也只像照鏡子，孤芳自賞，並不把外人對他們的不解當回事，倒可能覺得不解才說明自己是獨特的，沾沾自喜。所謂獨特，是比較出來的。沒有比較，獨特則無從說起。譬如說日本乾淨，那是跟本國相比的印象罷。美國人寫《醜陋的美國人》，受其啓發，1970年代日本人也寫《醜陋的日本人》，然後台灣的柏楊1980年代寫了《醜陋的中國人》，可見任何民族都具有醜陋的一面。後出的書，意識先出的書，作者心裏或許有一種自家更醜陋的潛意識。競相出本國的醜，算不上壞事，但起勁兒比較誰個更醜陋，就近乎無聊了。

常聽人慨嘆，日本對中國的認識遠遠超過我們對這個蕞爾島國的了解，甚而某日本學者說，中國研究日本的水準幾乎等於零，所以才有了現在的對日政策。那麼，當今日本對華政策就高明麼？日本人時常對中國誤解、誤判，不就擺明了知彼不

到家嗎？末了便歸咎於中國。日本人研究中國，多是對古代的研究，因為他們上溯歷史，越往上越溯到中國古代裏去了。與其說是研究中國，不如說是尋繹自己的歷史。上帝在細節中，日本人對細節的探究着實比凡事大而化之的中國人強得多，卻總是找不到上帝。大而化之也是一種方法論，層次未必淺。平日裏與日本人交往，他們賣弄似的扯到古代中國，吟一首唐詩，講一段三國，這是課本裏學來的，漫畫上看來的，話題轉到現當代，就知之不多了。女孩子看見中國書報，驚叫全都是漢字呀，實在可愛極了。無論中國青少年多麼喜愛日本漫畫，中學課本裏也不可能選入日本古典。我大清沒落以前，日本遠遠落後於中國，不屑於了解恐怕也情有可原。甲午戰敗後，中國人悟出日本之所以忽而這般了得乃西化之結果，於是直奔主題，向西方取經，只把它當作「二傳手」，豈非正道？至於取不來真經，那是中國人本身的問題，有這樣的問題就是學日本也學不來。中國人對日本的考察、研究並不少，早年有黃遵憲、周作人者流，日本投降後大陸只能在報紙上看見毛主席接見日本友人，但台灣出版了很多關於日本的書。上世紀 80 年代以來一窩蜂出國，不少人學有所成，博士論文出版了不少，於中應有一個半個有真知灼見的罷。動輒說中國對日本的研究始終不發達，彷彿是一個共識，實乃偽命題。不知說這話的人讀沒讀過周作人的日本論，又讀過多少日本人論中國，恐怕不過是人云亦云。周作人寫的是隨筆，長也不過萬把字，那一條條真

見，若到了西洋人手裏，可以洋洋灑灑成一本又一本論著，雖然多是填充料，卻能讓中日兩國人嘆為觀止。或許從碼字來說，這也是「東洋人的悲哀」罷。

兩個民族，兩種文化，無論怎麼樣交流也不會渾然一體。周作人曾反省他觀察日本所走的路，自呼愚人不止，捲土重來，提出了研究方法，那就是「應當於日本文化中忽略其東洋民族共有之同，而尋求其日本民族所獨有之異，特別以中國民族所無或少有者為準」。日本與中國多有不同，根本是三大差別：中國是大陸，日本是島國；中國多民族，日本基本上單一民族；中國幾千年來改朝換代，日本自詡萬世一系。

我已活過周作人撰寫《日本之再認識》（1942 年）的年齡，在日本生活的年頭也比他長得多，猶不能忝列他所說的少數人，即「中國人原有一種自大心，不很適宜於研究外國的文化，少數的人能夠把它抑制住，略為平心靜氣的觀察，但是到了自尊心受了傷的時候，也就不能再冷靜了。」記得在某文中涉筆日本人寫的漢詩，說人家露出不是中國人的馬腳，被網友指出我有誤。靜心想一想，這個失誤本來可以不發生，但興之所至，只顧抓住個由頭嘲笑一下，卻露出了自己的馬腳，骨子裏到底「不能再冷靜」。讀魯迅，好似跟着他痛罵，大快淋漓，讀周作人不會有這種痛快。他曾說：「在今日而談日本的生活，不撒有『國難』的香料，不知有何人要看否。」時過四分之三個世紀，好像今日談日本還是得撒點甚麼香料罷。

錦鯉繞島影

別夢依稀，四十年前跟一群同學從長春下鄉，接受貧下中農再教育，那地方叫小山嘴子，有山有水，讓知識青年不由地浪漫。冰雪消融，冬眠醒來的蛤蟆順溪水下來，發情的鯉魚沿牡丹江上來，火急火燎，只差沒上岸，露出脊背在淺水中折騰，當地叫咬汛，簡直像過年煮一鍋餃子。說時遲那時快，老鄉撲騰騰跑上前，用柳條編織的罩子罩鯉魚，甚至一下子罩住兩三條。我們那時被算作高貴，高貴者最愚蠢，當然罩不到，只好掏錢買，然後用酒精綿塞了嘴和腮，背回城裏去探親。大的有一米多長，小個子同學背着牠尾巴拖地，招搖過市，路人瞪目。

二十年前隨大流來到日本，第一次看見錦鯉，驚詫其美。以前年畫上常見紅鯉魚，而日本金魚從大明朝輸入，不禁想當然：錦鯉當然也中國古已有之，只是我東北人，貓冬無非在炕頭聽聽王本山張本山唱二人轉小調，少見多怪。不久知道了錦鯉是日本人培育的，「既是復疑非」，1973 年，也就是中日邦交正常化第二年，日本曾贈給中國領導人。這大概與總理田

中角榮有關係，他喜愛錦鯉。

田中是新潟人，新潟縣小千谷市就是錦鯉之鄉。每年春秋那裏舉行錦鯉品評會，我沒趕過集會的熱鬧，而是夏天去觀賞，池塘裏百餘條「游動的寶石」交映，斑斕如錦，真個是賞心悅目。

小千谷在群山之中，層巒疊嶂，冬天就變成雪國。村民開梯田，種水稻，並且在田裏養鯉魚，以補食用。也有人家掘池塘，與廚房相連，逢年過節來客人，就撈來鯉魚做魚生甚麼的。鯉魚通常是黑色的，日本叫「真鯉」；我見了黑色的真鯉魚就食指動，但看見反常的紅鯉魚則止於觀賞，不會由紅而想到紅燒。鯉魚突發異變，鱗上出現了怪怪的顏色，煞是好看，好事者留下來飼養，這就是錦鯉養殖之始。一般認為時間應該在江戶時代後期，即19世紀初葉，不過，這個年代完全是民間傳說，並沒有文獻記載。當初把變色鯉魚叫「色鯉」，從新潟運到五、六百里之外的東京能賣大價錢。「色鯉」與「色戀」同音，誘人固然誘人，但玩物喪志，明治之初的1874年縣府明令禁養。禁而不止，反倒更盛行，乃至形成了「鯉市」，但長年間品種也就是「緋鯉」、「淺黃」。1889年，小千谷市的鯉魚商培育出一種叫「紅白」的品種，這才是現代錦鯉的源頭。1906年東京金魚商把日本引進不久的德國無鱗鯉和「淺黃」相交，創作出「秋翠」，自此多品種化。1914年在東京的上野公園舉辦博覽會，新潟村民把鯉魚拿來參展，

名之為「變鯉」，裕仁皇太子（昭和天皇）看了也大感興趣，榮獲銀牌。村長感激涕零，進獻宮中。變顏變色的鯉魚出了名，身影游四島。1910 年代，被長久埋沒的孟德爾遺傳定律也傳進日本山村，改良交配技術，雜交出更為華麗的品種，被驚嘆為「錦鯉」。到了 1950 年代，各種稱呼統統被淘汰，約定俗成，尊為「錦鯉」。1960 年以後日本人日益富起來，錦鯉成為寵物，並走向世界。

「錦」字是日本愛用的，譬如多色套印浮世繪叫作「錦繪」，錦鯉成群游動，的確像一幅「活錦繪」。鯉，日語叫 Koi，歐美把錦鯉就叫作 Koi。日本美有華麗多彩的一面，如京都的金閣寺，如和服，以及錦鯉。不過，遊日本庭園，如屬於日本三大名園的金澤兼六園或岡山後樂園，曲徑通幽，池塘中三五錦鯉游過來，嘴露出水面，翕動索食，這時倘若發思古之幽情或許就錯了。因為錦鯉的歷史並不長，當初園主們賞玩的只能是黑鯉，像現今皇宮護城河裏的那些。

錦鯉被日本人稱作國魚，如櫻花是國花，並非法定。照此說來，中國的國魚應該是金魚。近年在北京下館子，似乎很少見鯉魚，大快朵頤的是外來魚，羅非魚甚麼的。但也該知道，哪裏的中國式庭園放養着錦鯉，牠可是日本「元素」，像故宮裏的星巴克。不過，說不定遠古從中國東渡的，古詩不是有「絲禽藏荷香，錦鯉繞島影」麼。

河豚

　　黃遵憲奉使隨槎，吟到中華以外天，紀事詠物，妙趣橫生，但那二百首雜事詩裏沒有寫河豚，可能因為他在日本當參贊那兩年河豚還屬於禁食之物。不然，想起蘇東坡的正是河豚欲上時，也會吟到拼死吃河豚的趣事罷。

　　河豚，日本也是用這兩個漢字，古時讀若「福」，但現代標準語按東京的叫法統一魚名，讀成「不具」，就不大好聽了。據說捕撈養殖輸入的河豚百分之七十被大阪人吃掉，那一帶至今堅持讀古音，或許也不無反抗中央的心理。河豚有大毒，味雖珍美，修治失法，食之殺人（《本草綱目》語）。日本人自有其可愛之處，諺語裏老老實實說想吃河豚捨不得命。甚而乾脆就叫牠「鐵炮」，中了彈難逃一死。俳人也吟得可憐巴巴，例如，傳為芭蕉之作的「河豚湯／也有鯛魚嘛／太孟浪」，「吃河豚／夜裏說夢話／唸佛哪」。最妙的是吉田松陰，大辟在即，獄中作《不食河豚記》，云：「世言河豚有毒，嗜之者甚夥，余獨不食。非懼死也，懼名也。人必有死，固不足懼，

然死生亦大矣，苟為一魚之小而致死生之大，思之豈非有辱士名乎……或謂河豚之美，非眾魚可比，不食則不知其美。夫清人所惡之鴉片煙，其味非不美也。其味越美，則其毒越深。故今日嗜河豚者，他日必貪鴉片者也。」吉田是思想家，開兩年村塾就培育了不少明治維新的風雲人物，如伊藤博文。他的這個思想讓我想起比蘇軾晚生九十年的范成大有詩《嘆河豚》：「一物不登俎，未負將軍腹，為口忘計身，饕死何足哭。」

從瀨戶內海經關門海峽西出東海、黃海，那裏是河豚的主要漁場。海峽北岸的下關（過去也叫赤間關、馬關）是河豚城，集散全國百分之八十的河豚，大頭娃娃似的河豚造型到處可見。1592 年，統一了日本的豐臣秀吉集結大軍，出兵朝鮮，「假道入明」。那些從山溝來的士兵途徑下關，不知好歹地大吃河豚，出師未捷身先死，恨得豐臣發出禁食令。明治政府也頒佈法令，食河豚者處以拘留或罰款。下關有一旅館名春帆樓，偎山臨海，伊藤博文來遊。女店主是眼科醫生之妻，有法不依，為這位首任總理大臣料理了一席河豚宴。他大快了朵頤，或許又想到天下百姓，命山口縣令解禁，春帆樓便成了河豚料理第一家。時當 1888 年，黃遵憲 41 歲，前一年《日本國志》脫稿。到了 1895 年，伊藤博文選定春帆樓，與我大清議和全權大臣李鴻章談判，簽訂了賠款割地的條約，是為中國人憎惡日本之始。當時李鴻章還挨了一槍，弄得伊藤只好做出點讓步，但不知請沒請中堂大人吃河豚，待考。昭和年間天皇也曾下榻春帆

樓，他當皇上之餘還研究魚類，卻不能品味河豚，因為廚師雖持證上崗，猶怕萬一。

　　大概宋代頗盛行吃河豚，比蘇軾早生三十多年的梅堯臣也有詩：春洲生荻芽，春岸飛楊花，河豚當是時，貴不數魚蝦。日本吃河豚講究在天寒，那時節河豚正處於排精產卵前。某些品種有溯河性，「欲上」中國餐桌時就到了春暮。如今人工養殖發達，自然的季節性美感日趨淡化。牠肉白味淡，正合乎日本尚白好淡的傳統。傳聞虎河豚最為鮮美，其實，決定其味道的是那種用橙汁調製的醬油，各店秘製，競爭食客。再加些切碎的小蔥、帶點紅辣椒的蘿蔔泥，酸溜溜的，入口特別爽。不消說，日本人吃魚的首選是「刺身」。河豚生肉片厚了嚼不動，必須切得薄薄的，在青瓷大盤上平鋪成菊花或仙鶴圖案，還透出盤底色彩來。我更愛吃火鍋，雖然淨是剔去好肉的骨頭，配些茼蒿、豆腐、白菜甚麼的。從下酒來說，涼拌皮絲（熱水焯過的）或皮凍再好不過了。酒當然喝烤鰭酒——把乾燥的河豚鰭用炭火烤得將焦未焦，放在杯子裏，注入燙得很熱的清酒，悶一會兒，揭開蓋子便飄出一股子異香。喝到微醺，然後才能體味到「雜炊」收場有多麼愜意。那是在剩湯裏加入米飯，打個蛋花，灑些碎蔥，佐以梅脯鹹菜，吃法似寒素，卻也有原湯化原食的意思。河豚的卵巢毒最大，居然也被日本人糟漬成「天下絕品」，是金澤的名產，可惜還不曾嘗試。

　　阿城在《常識與通識》中談到吃，說「若到日本，不妨找

間餐館（坐下之前切記估計好付款能力），裏面治河豚的廚師一定要是有『上崗證』的。我建議你第一次點的時候，點帶微毒，吃的時候極鮮，吃後身體的感覺有些麻麻的。我再建議你此時趕快做詩，可能此前你沒有做過詩，而且許多著名詩人都還健在，但是，你現在可以做詩了。」如果讓我來建議，那麼，你最好在進店之前估計好付款能力，此事很容易，非常大眾化的「虎河豚亭」門口就擺着菜樣，惟妙惟肖，明碼實價是日本人經商的一大特色。坐下之後再起身走人，不大合乎常識或通識，雖然是老外。

傳聞港人蔡瀾通曉日本食色，他說，若認識店家，也許給你嚐一點毒。我不認識店家，也不去確認廚師有無「上崗證」——僑居日久，已喪失國人特有的高度警惕性，所以身體未感覺麻麻的。但也做了詩，是烤鰭酒喝多了，暈暈的：

如蛙如虎氣如鼓

無奈人間好刀俎

生猛不聞魚有聲

滿盤拼作秋菊賦

落日

　　東京塔是東京一景，高 333 米，建於 1958 年。今春，影片《ALWAYS 三丁目的夕陽》幾乎包攬了日本奧斯卡獎，最後的畫面就是這東京塔落成，在夕陽中聳立，各色人物從不同的位置欣然眺望，大概是表達明天更美好的意思。

　　我愛看落日，尤其是日本海上的。日本國細長，細長的兩邊，東邊是太平洋，西邊是日本海，向洋看日出，向海看日沒。山使人驕傲，登頂便敢說一覽眾山小，海卻無論從哪裏看都一樣浩渺，只感到神秘與恐懼。在山上看落日，終歸吟的是蒼山如海。

　　日本有元旦看日出的習俗，源自信仰，所以，雖然如今已基本是旅遊項目，但是在破曉的寒風中經歷了莫測的期待，觀賞之時就可能像李澤厚說的：「甚至現代日本的知識人在觀賞日出等自然景物時，也一方面是感官的，充份開放和享受，另一方面仍然懷着神秘的敬畏和崇拜（這在中國知識人便少有）。」公元七世紀初，那時日本還沒有國名，執政的聖德太子給隋煬帝寫信，自稱是日出之處，要自立於民族之林。其

實，這是站在中國一邊的看法，我們老早就把那邊叫暘谷，叫扶桑，日出於暘谷，拂於扶桑。那時候他們只是向西看，不會向東看，說不定早就去過新大陸，一片荒涼。附會太陽神的天照大神可能是來自中國的鏡子，後來被天皇家奉為祖神，或許是這個緣故，她跟一般日本人關係並不大親切。對於平民百姓們來說，夕陽西下才是生活中的常事，更具有感官的享受。日落看多了，不免總有些淡淡的哀愁。

　　我幾乎沒聽過日本人唱日出，聽慣而且愛聽的是夕陽與晚霞，例如《好日去旅行》。二十多年前山口百惠唱這首歌，直唱得國營鐵路扭轉了票價上漲而乘客銳減的局面。詞曲是谷村新司作，標題原文中含有「日旅」、「日立」，據說是贊助單位名，都是與鐵路有關，「日立製作所」生產車廂。歌曲流行，婚禮上唱，畢業典禮上唱，谷村說：你們可要看仔細，此歌並沒有那麼喜慶的意思。歌中唱：獨自一人去旅行，日本的甚麼地方有人在等我，好日啟程，去探尋晚霞，帶着在母親背上聽的歌。還有那首人人會唱的《紅蜻蜓》，唱的是晚霞中的紅蜻蜓。《晚霞》之歌我們也耳熟能詳，前半大意是：火燒雲霞日西下，山中古寺響鐘聲，手拉着手回家啦，烏鴉一起快回家。作者叫中村雨紅，小學教師，教情操課，他就憑這半首童謠而流芳，真令人叫絕。

　　落日是日本文學中常見的景色。小說家藤澤周平偏愛寫夕陽，或金光鋪滿原野，或又紅又大地掛在櫛比的房屋上，而人

影是黑的，在餘暉中動搖。他記得自己小時候看着紅極了的晚霞哭起來。木下順二的獨幕話劇《夕鶴》也曾在我國演出：仙鶴報恩，最終受不了人的欲望，向通紅通紅的晚霞中飛去。俳聖松尾芭蕉寫日本海落日：暑日沉入海，最上川。最上川是山形縣境內的河流，西入日本海，那裏立有詩碑，實地縱目，便體味出大海落日圓、不廢江河入海流的意境。

說來我對日本海並不陌生，三十年前在中蘇邊境起點「土字牌」為祖國站崗，幾乎天天遠眺日本海，也常看日出。來日本以後反了過來，眺望的是落日。日出令人興奮，而日落帶給人的是一片沉靜。當最後一抹霞光也消逝，天空反而呈現了一片蔚藍，漸漸地藍裏泛黑，便可以轉身去尋找酒家了。暢飲後沉沉睡去，誰還惦記看日出呢。

電影《ALWAYS 三丁目的夕陽》是由漫畫改編的，這個漫畫已連載三十多年，標題本來是《晚霞的詩》，後來加上副標題《三丁目的夕陽》，卻成為通行叫法。眼下日本正建設一座新的東京塔，高 634 米（數字諧音「武藏野」，是當地的古稱），又領先於世界。最近有一個英國人寫日本，叫《太陽又升起》，十五年前他出版過《太陽又沉沒》。

追記：新東京塔於 2012 年建成，中文名稱是東京晴空塔。據說本來打算叫東京天空樹，但是被中國搶註了商標。我叫它「東京摩天樹」，按中文發音，「摩天」還跟它所在的「墨田」相近呢。